KB235330

크로스오버 인문학

크로스오버 인문학

─젊은 철학자의 '늪의 글쓰기' ─

최재목 지음

크로스오버 인문학
─ '늪의 글쓰기'를 위한 변명

1

인문학을 하고 철학을 한다는 내가 지금까지 남들이 고민하지 않은 일로 고민한 것이 있을까? 나이 마흔을 넘기고 나서 문득 나는 이런 생각을 했다.

돌이켜 보면 최근 4, 5년간 내 머리 속에서 맴도는 글자 하나─ '늪'.

나는 이 '늪'의 주변을 서성거리며, 그것에 대해 생각하고, 그런 방식으로 글을 쓰고자 했다. 그것을 중심으로 인문학의 이론과 글쓰기를 고민해왔던 것 같다. 여기에 실린 것은 그 동안 '늪의 사유', '늪의 글쓰기'를 스스로 실천해 보였던 글들이다. 표면으로는 다양해 보이면서도 내용을 들여다보면 일관된 논리가 있다. 내가 고안한 '늪의 사유', '늪의 글쓰기'는 하늘과 땅, 지상과 지하, 소멸과 창조, 보이는 것과 보이지 않는 것, 추함과 아름다움 모두를 담아내는, 인문과학적이면서 동시에 자연과학적인 공간인 '늪'에서 얻어낸 것이다.

나의 '늪의 글쓰기'는 온몸으로, 전방위적(全方位的)으로 써 가는 것이다. '순(純)'이라기보다는 '잡(雜)'에 어울리는 글쓰기이다. 여러 장르들과 어울리고 넘나드는 형태로 글을 써 가는 것이다. 자신의 이른바 '전공'이라고 하는 하나의 장르 외에도 자신 바깥의 정치 경제 사회 예술 등의 여러 사안들에 대해, 그것들을 외면하거나 방치하지 않고 온 몸으로 부딪히며 자신의 입장을 표현해 가는 것이다. 이것은 이 책에 실린 글들을 보면 알 수 있을 것이다.

나의 글쓰기 작업에서 특히 시와 철학을 넘나드는 부분에 이르고 보면 늪처럼 혼돈스러울 수가 있다. 나의 늪의 글쓰기가 의존하는 곳은 주로 시와 철학 두 영역의 융합이다. 한 때 나는 이 두 영역간의 불협화음으로 적잖이 고통을 겪기도 했다. 그러나 지금 나에게 철학과 문학은 내 영혼의 한 지붕 밑에 동거하는 가족이며, 이 둘은 늘 끊임없이 대화하고 협력하며 사는 사랑스런 존재이다. 처음에 철학과 문학 사이에는 서로 간극이 심했고 또 이질적이라는 생각이 들 때가 많았다. 그래서 한 때는 나 스스로의 개성을 억압해가며 시 쓰기를 그만두기도 했다. 그러나 타고난 재능을 버리는 일은 나에게 너무 힘든 일이었다. 결국 둘은 화해를 시도했고, 철학은 문학에게 뿌리와 비전, 비판능력과 종합능력을 제공하고, 문학은 철학에게 상상력과 수사력, 감성을 제공하기에 이르렀다. 아마도 이것은 지금 나의 개성 있는 철학의 작업, 인문학적 작업을 가능케 하는 원동력이 되고 있는 부분일 것이다.

2

늪은 지구의 숨통(허파)으로 불리기도 하면서 부서져 가는 자연의 생태환경을 복원해주는 역할을 한다.

답답한 지구에 인간다운 삶의 공간을 만들어주는 늪. 늪은 문명의 주변지대에 위치하면서 도시와 과학 기술, 자본주의가 쏟아내는 오만잡것들을 받아들여 정화하며, 지하-지상, 생물-무생물-동물, 자연-인간 등의 삶의 건강한 생태 공간을 만들어 간다. 바로 그것에서 사람의 무늬가 만드는 삶의 즐거움과 보람과 같은, 인문적 지성의 흔적을 발견할 수 있다.

늪의 사고는 혼돈과 질서를 겸비한 삶의 방식을 말하며, 뒤에서 말할 사유 글쓰기 담론 생활하기라는 인문학하기, 철학하기의 새로운 틀과 일맥상통하는 점이 있다. 늪의 사고는 세속의 지평에서 세속에 동참 연대(親民)하여 함께 자신이 철학하고(eigenes Philosophieren), 자신이 사색해(eigenes Denken)가는 것을 의미한다. 한편으로 이것은,

자생하는 풀숲과 진흙의 발을 서로 딛고 오르내리는 물의 음계(音階), 늪의 지성(知性), 온몸을 부비며, 아름다운 화음(和音)으로 연대한 공생

과 자치의 터

— 최재목, 〈늪〉 일부

라는 시적 표현도 가능하다. 어쩌면 진정한 인문학함의 사고는 이러한 시적(詩的) 생태적인 삶을 지향하는 열망 같은 것에서 싹터오는 것일지도 모른다. 사람, 동물, 식물만의 아픔뿐만 아니라 돌, 물, 그리고 바닷가의 파도에 밀리는 모래알의 말없는 아픔도 함께 느끼는 자비의 마음, 늪의 글쓰기에는 그런 심성이 전제가 된다. 사람됨, 사람다움을 추구하는 노력에서 톱니화된 답답한 우리의 삶에 숨통을 틔워주는 것이다. 늪의 정신에서 나는 그것을 바라보고자 한다.

'늪'은 내가 지향하는 사유와 글쓰기의 원리를 상징적으로 잘 드러내 보여준다. 이러한 나의 '늪의 사유', '늪의 글쓰기'는 사실 솔직히 말하면 내가 몸담고 있는 영남대학의 풍경과 분위기가 가져다 준 하나의 영감이기도 하다. 예컨대, 의인정사(宜仁精舍)의 고전 강독과 첨단 공학 실험실, 까치 구멍집과 22층 건물, 국산 토종 소나무 숲과 마로니에 거리, 아스팔트 길과 오솔길, 솟아오르는 분수의 열정이 있는 못과 연꽃이 만발한 선적(禪的) 분위기의 침묵하는 연못, ……. 이렇게 얼핏보기에는 상대적이고 이질적인 이원화 된 요소들이 공생하는

곳. 나의 시적(詩的), 철학적(哲學的)인 사색이 자라난 곳이 바로 이곳
이다.[1]

---

1) 2년 전 영남대학교 홍보지 《천마소식》 제19호(2001년)에 실었던 〈법고창신(法古創新)의
   대학 영남대학교로 오십시오〉라는 글에서 나는 나의 글쓰기와 나의 글쓰기가 성숙해온
   배경에 대해서 밝힌 바가 있다. 이에 참고를 위해 그 전문을 실어둔다.

   의인정사의 고전 강독과 첨단 공학 실험실, 까치 구멍집과 22층 건물, 국산 토종 소나무
   숲과 마로니에 거리, 아스팔트와 오솔길, 솟아오르는 분수의 열정과 연꽃이 만발한 선
   (禪)적 분위기의 침묵하는 연못……. 이렇게 얼핏 보기에는 상대적이고 이질적인 이원화
   된 요소들이 공생하는 곳. '영남대학' 하면 "전통과 첨단이 함께 하는 대학"이라는 말이
   떠오릅니다. 이 말은 전통이 박물관화 되고 캐캐 묵어 구닥다리인 채로 있다는 말이 아
   니라 전통의 본래면목(本來面目)·진수(眞髓)를 오늘날에 통용되는 새록새록 살아 숨쉬
   는 참신하고도 세련된 것, 즉 첨단적인 것으로 소생·창출해갈 수 있는 대학임을 나타내
   는 상징적 표현일 것입니다.
   저는 국내외의 많은 대학을 가본 적이 있습니다만, 영남대의 캠퍼스 분위기는 일단 앞서
   서 말한 것처럼 세계 어느 대학 못지 않은 특징과 매력을 갖고 있습니다. 저의 시적(詩
   的)·철학적(哲學的)인 사색을 키운 곳도 바로 이곳이라고 자부합니다. 우리대학은 진
   리탐구를 하는 사람들이 안식과 자유를 느끼며 자신이 하는 일에 매진할 수 있는 훌륭한
   여건과 분위기를 잘 갖추고 있습니다. 바로 이곳에서는 포괄적이면서도 세부적인 것을
   다 존중할 수 있는, 통이 크면서도 섬세한 '늪의 사유'가 가능합니다. '늪의 사유'는 제
   가 고안한 말입니다. 하늘과 땅, 지상과 지하, 소멸과 창조, 보이는 것과 보이지 않는 것,
   추함과 아름다움 모두를 담아내는 인문학적이면서 동시에 자연과학적인 공간인 늪. 전
   통문화를 첨단적인 사색과 발견·발명으로 연결해 갈 수 있는 분위기가 마련되어 있는
   곳 영남대학교는 바로 '늪의 사유'가 살아 숨쉬는 곳입니다. 이곳에서 머지 않아 위대한

늪 속에는 '혼돈(混沌)'과 '질서(秩序)'가 '공생(共生)'하는 '자치(自治)'와 '자연(自然)'의 장소이다. 늪은 우리들의 삶과 사색을 세상만물에 대해 전방위적(全方位的)으로 하게 만드는 지혜를 가져다준다. 사물 전체가 바로 사색함, 철학함, 행위함의 텍스트인 것이다. 그러므

사상가나 과학자, 노벨상이 나올 것으로 기대해봅니다. 우리대학의 이곳 저곳을 가로지르는 많고 아름다운 오솔길들은 이제 전통의 길이자 첨단의 길이고, 철학의 길이자 과학의 길로서 새로운 시대의 주역이 될 여러분을 기다리고 있습니다. 여러분들이 걸어가도록 그 길을 비워 드리겠습니다.

그런데 외부에서는 우리 대학의 학생들이 촌스럽다고들 합니다. '촌스럽다'는 말은 '촌'이라는 말에서 알 수 있듯이, 세련미가 없다는 말입니다. 이때 세련미라는 것은 사실 도시와 시골, 중앙과 주변이라는 이분법적인 구도로 생겨난 각색된(폄하된) 표현 방식입니다. 표준말에 대한 사투리라는 정도로 들으면 됩니다. 사실 세련미도 순박함과 소박함, 솔직함을 잃어버린다면 뺀질거림에 불과합니다. 뺀질거림에 대비된 촌스러움은 나쁜 뜻이 아닙니다.

또 한가지 우리대학의 큰 특징은 교문이나 울타리가 없다는 점입니다. 그야말로 《노자(老子)》에서 말하는 "큰 도는 문이 없다(大道無門)."는 것과 닮아 있습니다. 우리 대학 학생들은 어떤 틀이나 형식에 구애받지 않아서 활동의 폭이 너르고 투박하며 느낌과 생각이 자유분방합니다. 그러면서도 나름대로 패기와 멋이 있고 고집과 줏대가 있어, 무엇인가를 추구하게 되면 끝까지 쉼 없이 열정적으로 온몸을 던져 해나가는 '진국' 같은 인물이 됩니다. 영남 대학 하면 저는 이런 유행가 가사의 한 구절을 떠올립니다. "♬속이 꽉 찬 사람 99.9♬" 전통과 첨단이 함께 하는 대학, 영남대학은 바로 그것입니다. 이제 이렇게 부르기로 합시다. "♪속이 꽉찬 사람 바로 영대인♬". 여러분, 영남대학으로 오십시오. 함께 지성의 역사를 만들어 갑시다.

로 사물과 사태 그것 위에서 연마해 가는 사상마련(事上磨鍊)이 우리의 과제가 된다.

　이러한 늪의 사고로 보면, '주경(晝耕)없는 야독(夜讀)'도 안 되며, '야독(夜讀)없는 주경(晝耕)'도 안 된다. 야독에서 주경으로의 작업은 사유에서 글쓰기로, 글쓰기에서 담론으로, 담론에서 생활하기로의 길이며, 주경에서 야독으로의 작업은 생활하기에서 담론으로, 담론에서 글쓰기로, 글쓰기에서 사유로의 길이다.　이러한 사유 글쓰기 담론 생활하기의 동시적 쌍방적 소통의 도식은 다시 말하면 '앎에서 삶으로, 삶에서 앎으로'라는 수기치인적(修己治人的), 성기성물적(成己成物的)인 인문학함을 의미한다.

　사유는 사고함, 생각함, 독서하고 연구하는 것 전체를 말하며 결국 자신과 세계에 대해 깊고 넓게 이해, 해독하는 작업이다. 글쓰기는 스스로 사유한 것을 표현, 기술, 논술하거나 또는 논평, 비평, 해설하는 작업이다. 여기에는 암호나 기호적인 것으로 굳어서 딱딱해진 개념, 어휘, 단어들을 일반인들이 알아들을 수 있도록 손가락, 발가락 등으로 글을 써서 보여주는 것이다. 그렇다면 사유한 것을 풀어내는 데에는 다양한 형태의 글쓰기가 가능해진다.

3

한편, 늪은 불교식 표현을 빌자면, 삶과 세계의 연기적(緣起的) 현실
을 상징적으로 잘 드러내 보여준다. 그래서 늪의 글쓰기는 연기적 글
쓰기라 정의해도 좋다.

연기적 글쓰기는 궁극적으로는 나의 심신의 활동 모두가 타자 전
체와 관계(關係), 관련(關聯), 침투(浸透), 융합(融合), 소통(疏通), 포괄
(包括), 포섭(包攝)으로 즉면(卽面)해 있다는 자각에서 비롯된다. 이것
은 단일한 사안, 사물에 진리를 인정하고 그것에만 집착하는 이른바
실체적(實體的) 글쓰기를 벗어나 모든 사고·행위의 타자와의 복잡한
관계망 속에서 글을 쓰는 '관계적(關係的) 글쓰기, 사적(事的) 글쓰기'
이다. 고정화된, 정형화된, 그래서 본질의, 불변적 정의(定義)를 지닌
이른바 실체적 글쓰기 — 이것을 나는 사적(事的) 글쓰기에 대해서
'물적(物的) 글쓰기'라 표현하고 싶다 — 가 아니란 말이다.

관계적(關係的) ＝ 사적(事的) 글쓰기는 진(眞)과 잡(雜), 성(聖)과 속
(俗), 여러 장르와 장르, 여러 영역과 경계를 넘나드는 글쓰기이다. 이
렇게 되면 삶의 전 경과(經過)·이력(履歷)·과정(過程)은 걸러짐 없
이(無濾過) 걸림 없이(無碍) 글 속에 실현·발현된다. 그러므로 나의

글쓰기는 ‘과정적(過程的) 글쓰기’이자 ‘잡된 것들과 화해 공존하는 글쓰기’이다.

포괄적으로 ‘늪의 글쓰기’라 규정된 나의 글쓰기는 모든 잡(雜)된 것들과 화해하고 공존하고자 한다. 이 ‘늪의 글쓰기’는 내 삶의 연마(磨行)·단련(鍛鍊)의 과정이기에 ‘수행적(修行的)’이고, 또한 내 삶에서 막히고 얽힌 부분을 하나하나 정리하여 해방시키고 걸림 없이 풀어낸다는 의미에서 ‘치유적(治癒的)’이다. 그래서 스스로의 삶을 있는 그대로 ‘털어놓는’, 우울·절망을 ‘푸는’ 것이며, 복잡하고 오만가지 잡된 것들과 얽혀있는 삶의 과정을 있는 그대로 정직하게 하나하나 표현해나가는 글쓰기이다. 이러한 수행적 글쓰기이자 치유적 글쓰기는 ‘늪의 글쓰기’의 단면을 보여주는 것이다.

나의 모든 동작 하나하나, 말 한 마디 한 마디, 한 생각 한 생각이 일체(一切), 타자(他者)와 관련된다면 ‘지금’ ‘여기’의 내 심신(心身)의 활동은 ‘시작(初發)이 곧 끝(窮極)’인 셈이다. 단초는 항상 끝, 종결로 연결되어 간다. 초발심시변성정각(初發心時便成正覺)(《華嚴經》)이라는 말이 핵심을 짚어준다. 글쓰기를 시작한다는 것은 일체(一切), 타자(他者)와 직접 관련되는 순간이며, 그 연기적(緣起的) 실상을 바로 깨닫는(自覺하는) 장(場)인 것이다.

늪의 글쓰기에서는 다음의 이론적인 전제가 있다.

첫째, 지극히 작은 것이 지극히 큰 것이며, 하나가 전체이다.

둘째, 세상의 모든 존재는 나와 관계하고 있으며, 나의 심신(心身)의 미동(微動)이라는 일점(一點)이 커다랗게 원(圓)을 그리는 형태로 구체적 의미를 드러내 간다.

셋째, 나를 위한 것이 곧 타자를 위한 것이며, 나에게서 일어나는 일들은 늘 '모든 생명과 함께'라는 틀 속에 들어있다.

이것은 화엄사상(華嚴思想)의 '사사무애(事事無碍)'의 글쓰기에 다름 아니다.

4

그러면 늪의 글쓰기를 왜 화엄적(華嚴的) 글쓰기라고 하는가? 화엄적 글쓰기란 한마디로 상즉상입(相卽相入)의 원융무애(圓融無碍)의 글쓰기이다.

각 장르들이 하나의 글 가운데에 포섭이 되면서도(總相), 글 가운데에 포섭된 각 장르들은 실제 각양각색(各樣各色)으로 별개의 것이다

(別相). 또한 이 글이 이루어져 있을 때 하나의 기본 주제를 중심으로 생각하면 모든 장르는 같은 것이 되지만(同相), 각 장르는 그 나름의 다른 짜임새와 내용을 갖는다(異相). 다르게 말하면, 각기 다른 짜임새와 내용의 장르들이 하나의 글을 이루면서(成相), 실제 각 장르들은 그것대로의 자성(自性)에 머물러 이동함이 없다(壞相). 여기서 '글'을 '늪'으로 대비해 보고, 그 늪에 담겨 있는 각 개물(個物)들을 하나의 장르로 대비해 보면 된다. 늪에 있는 각 개물들은 독존(獨存)하면서 상호 화합하고, 원만·원융하면서 개별적·차별적이다. 거기엔 우리들 삶의 현실처럼 대립과 투쟁, 생성과 소멸, 화합과 연대가 동시적으로 이루어지고 있다. 작은 것은 작은 것대로 큰 것은 큰 것대로, 새는 새대로 개구리는 개구리대로, 잡초는 잡초대로 갈대는 갈대대로, 흙은 흙대로 물은 물대로 각기 본연의 성(性), 즉 각기 지닌 특색, 개성을 가꾸어 가며 늪에 포섭되어 있다. 개개의 사물·사태는 독립자존이지만 동시에 그것은 전체의 일원이다. 세계의 이러한 진실(實相)을 사사무애법계(事事無碍法界. 일마다 걸림 없는 존재의 세계)라 한다. 이 사사무애의 '법계'가 상의상존(相依相存), 상즉상입(相卽相入), 상즉원융(相卽圓融)의 '연기'적 실상을 여실하게 드러내 보여준다. 이것은 바로 깨달은 자의 눈에 드러난 존재의 세계가 갖는 진실한 모습으로

서 '법계연기(法界緣起)'라고 한다.

법계연기는 우리의 삶의 세계의 실상이다. 이러한 삶의 세계, 삶의 현실을 떠나서 우리에게 별도 차원의 진리란 없다. '삶의 현실', '사태 그 자체'에 즉해서 진리가 있는 것이다. 그래서 즉사이진(卽事而眞)이라고 한다. 현실과 사태의 배후에 독립적으로 존재하는 어떤 진실도 없다. 바로 이점은 글쓰기에서도 그대로 적용된다. 삶의 세계, 바로 그것을 떠나서 글쓰기란 없다. 글을 쓴다는 것은 생각-행위-담론과 직접 연결되어 있고 상호 침투되고 반영된다.

이렇게 '나와 모든 생명이 함께 하는 글쓰기', 즉 내가 세상의 모든 생명과 함께 하는 마음을 갖는, '나'와 '글'이라는 어떤 실체(實體)에 집착하는 것이 아닌 나를 철저하게 '관계적(關係的)인 것'으로 바라보는 연기적(緣起的) 관점의 '연기적 글쓰기'는 내가 주장하는 '늪의 글쓰기'의 본질적인 면이다.

이러한 나의 늪의 글쓰기, 연기적 글쓰기는 결코 어렵거나 딱딱하지 않다.

이것은 다음의 내 시 쓰기에도 잘 드러나 있다.

걸었던 길들에게 미안하다

꽃피지 못하는 저 풀들의

뿌리에게 미안하다

언 돌과 굳은 흙 위로 무심히 내딛던 내 발길,

네 영혼을 너무 아프게 했구나

그래서 미안하다

가만히 홀로 있어도, 난

너의 곁에 너무나 가까이 닿아 있었구나

— 최재목, 〈봄날〉 전문

이 시에서 "가만히 홀로 있어도, 난/너의 곁에 너무나 가까이 닿아 있었구나"라는 생각은 결국 나의 심신이 있는 존재하는 한 타자들의 "영혼을 너무 아프게" 하고 있다는 성찰에서 비롯된다. "그래서 미안하다"는 자비심(慈悲心)의 발현, 이런 '미안(未安)한 글쓰기'는 결국 시적 글쓰기, 생태적 글쓰기, 모성적인 글쓰기, 자비적 글쓰기와 같은 이른바 따뜻한 글쓰기로 향해 간다. 그래서 결코 딱딱하거나 차갑지 않게 된다.

이처럼 인문학, 철학이 계몽이라는 오만한 허구의식에서 벗어나 오만 잡것과의 섞임과 화해, 자비의 길을 새롭게 열 수 있다. 화광동진(和光同塵)의 어우러짐을 지향하는 바로 '늪의 글쓰기'를 통해서 말이다.

5

　미숙하지만 겁 없이 세상에 나의 고민을 선보이고 싶은 것은 이제부터 본격적으로 나의 생각을 정리하려는 각오이기도 하다.
　그런데, 나는 책명을 정하는데 많은 고민을 했다. 결국 '크로스오버 인문학'이라고 정하고 말았다. 그것은 '크로스오버 인문학'이라는 말이 나의 '늪의 글쓰기'를 보다 선명히 표현해줄 수 있다고 생각했기 때문이다.
　'크로스오버(crossover)'란 다른 장르가 교차한다는 뜻의 음악용어이다. 이것은 원래 클래식 주자들이 민요나 팝 음악을 노래하거나 연주하는 현상을 표현하는 용어였는데, 본격적으로 쓰이기 시작한 것은 80년대 들어서서부터이다. 이후 이 용어는 재즈를 포함한 대중 음악 연주자·가수가 클래식을 변주하거나 이와 반대로 클래식 연주자·오케스트라가 팝을 연주하는 것, 나아가서는 같은 대중 음악 장르간의 교차까지도 포괄하는 매우 폭넓은 개념으로 사용되고 있다. 장르를 초월하고 학문의 경계를 넘어서고자 하는 나의 인문학의 방향과 글쓰기는 바로 이 '크로스오버'라는 용어를 통해서만이 잘 정의될 수 있다고 생각한다. 이 책은 나의 '크로스오버 인문학'의 한 실천이자 결실이다. 나의 작업에 관심 있는 분들의 많은 비판과 조언을 바란다.

끝으로, 상업적으로 별 도움도 되지 않을 이 책의 출판을 흔쾌히 허락해 주신 도서출판 장승의 김병무 사장님, 또한 귀한 사진을 제공해 주고 편집을 도와주신 이태우 박사와 황구하 님, 책의 제목을 정하는 데 조언을 해주신 이양호 박사에게도 깊은 감사의 말씀을 드리고 싶다.

2003년 10월
경산의 막상재(莫上齋)에서
최재목(崔在穆) 쓰다

차례

늪

온갖 잡것들과 함께 지낸다, 슬픔에서도 물러나 기쁨에서도 물러나, 늪은 노래한다, 이 기막히고도 알 수 없는 일들이 물밑에서 아니 물위에서, 자라다 쓰러지고 쓰러지다 일어서서 노래하는 그 곳, 일렁거리다, 인간도, 벌레도, 미래도, 희망도 저 속에 잠들 것이다, 상처투성이 푸른 땅의 자궁, 개구리들의 母性이 보이고, 벌레들의 정액, 풀들의 교미가 보이고, 뼈와 흙과, 돌과 풀과, 사람과 함께 늪은 고뇌한다, 도시가 흘러 들어오고, 기술의 나사 튕겨 나오고 과학의 잔재들, 폐차들 쌓여 썩는다, 理性의 고름과 눈물, 퇴적한 인간들의 명패, 물은 온갖 쇠붙이에 달라붙어 살을 뜯어먹는다, 지극히 합리적인 그대들의 시간들, 우둔하고 흐리게 잊혀진다. 온갖 잡것들, 진보한다 그리고 퇴보한다, 아니다 그런 것은 없다, 이것도 저것도, 저것도 이것도 아니다, 아닌 것도 아니다, 또 아니다, 아닐까, 그럴까 하면서, 드디어 늪은 맑은 노래 흘러 보낸다, 우 우 우, 갈 숲의 건반을 두드리며 새들이 몰려올 때 낮아지거나 높아지거나 혹은 숨으면서 노래하는 늪, 풀들은 기억하고 있다 그 악보를, 자생하는 풀숲과 진흙의 발을 서로 딛고 오르내리는 물의 음계, 늪의 知性, 온몸을 부비며, 아름다운 和音으로 연대한 공생과 자치의 터

—최재목, 〈늪〉 전문

잃어버린 '소'를 찾아서

1

천년이 지나도 인간은 인간이다

　나는 요즈음 세상에 대해 말문을 닫고 내가 하는 일에만 충실하고 있다. 이것은 인문학을 하는 나로서는 하나의 전략인 셈이다. 말하자면 말이라는 것은 참으로 부질없고, 내가 없어도 세상은 참 잘 돌아간다는 자각, 즉 말보다는 나 스스로 인문학을 '실천'해 나가고 또한 남들이 하는 것을 '견학'하며 그들의 목소리를 '경청'하자는 자성에서 비롯된 것이다.

　그간 인문학의 위기에 대해 수많은 논(論)과 쟁(爭)이 있어 왔다. 그리고 위기의 원인에 대해서는 내적(인문학자 측)이니 외적(사회환경변화 측)이니 하는 진단들이 있었다. 인문학의 위기는 인문학자의 위기이지 인문학 자체의 위기는 아니라는 것이 나의 생각이다. 사실 인문학은 항상 위기의 시대를 견뎌왔고, 안빈낙도(安貧樂道)의 길에서 늘 새로운 모색을 해온 것이다. 문제는 현대 우리 사회의 인문학자들이 변화하는 환경에 발빠르게 변신하지 못했다는 데 있다. 다시 말해서 인문학자들이 강단(골방)만 고집하고 대중(거리)을 폄하해 왔다는 점이다. 그 동안 대중들은 많이 성장했고, 바깥 거리의 풍경 또한 바뀌었다. 그런데 인문학자들의 강단은 고요했고, 변신은 느리고 더디었다. 바깥에서 무엇을 하는지 어떤 요구가 있는지 무감각했고, 그런 독법(讀法)에 게을리 했다. 아무런 성찰 없이 바깥은 바깥이고 안쪽은 안쪽이라는 이분법적인 태도로만 일관했다. 물론 실제적인 응용학문에 비해서 인문학은 느리고, 더디고, 고요한 편에 속한다. 이제 인문학은 바깥과 안쪽이 만나는 내외합일(內外合一)의 이상을 추구해야 한다. 바깥의 새로운 장르를 배우고 그들과 친하며 어울려야 한다. 바깥에 동참하는 겸손함에서 '배우고 익힘의 기쁨(學說)'과 '벗들과 서로 어울림의 즐거움(朋樂)'을 찾아야 한다.

  인문학의 위기에 대해서 나는 이런저런 기회에 글을 쓴 적이 있다. 하지만 그것은 늘 말과 글뿐이었다. 남은 것은 공허함과 서글픔의 기억뿐이다. 사람이 진리를 넓히는 것이지(人能弘道) 진리가 사람을 넓히는 것이 아니다(非道弘人). 이제 인문학자는 스스로 인문학을 표현하고 실천해 나가야 한다. 스스로 덕(德)을 쌓는 일이다. 덕이 있으면 소외되어 고독하지 않으며(德不孤) 반드시 더불어 줄 이웃이 있다(必有隣). 인문학은 사람의 무늬(文)로써 벗(友)을 모으는(以文會友) 학문이다. 남을 가르치려는 계몽적 오만함에서, 함께 있는 세상에서 겸허하게 배우며 그들의 목소리를 경청해야 한다.

  삶에 있어 '밥'은 위대하다. '생존' 앞에서는 '생활'과 '문화', '인간다움'은 사치일 때가 많다. 물론 먹고사는 것을 넘어선 영원한 진리도 있다. 하지만 밥그릇 앞에 서면 늘 인문학은 작고 초라해진다. 그렇다 해도 인문학은 천년 전에 한 이야기를 오늘에 하고 또 천년 뒤의 내일에까지 할 수밖에 없다. 산은 산이고 물은 물이며(山是山, 水是水), 꽃은 예쁘고 버들잎은 푸르다(花紅柳靑). 이처럼 인문학은 '인간은 인간이다(人是人)'라는 소박한 진리를 끊임없이 확인해낼 수밖에 없다. 그래서 응용학문들이 간과해 버릴 수 있는 '사람의 기억(과거)'과 '사람의 희망(미래)' 사이의 간극에 가교를 놓아 갈 것이다. 인간의 영혼에 감기가 들면 사람임·사람됨·사람다움이 허물어진다. 인문

학은 인간이고자 하는 쪽에 서서 늘 사람의 무늬(人文)를 지켜갈 면역
력을 길러주고 있는 것이다. 그렇다면, 분명 인문학의 붕괴는 우리
인간과 사회의 붕괴이자 비극인 것이다.

▌잃어버린 '소'를 찾아 나서자

신입생들을 위한 교양철학 강의시간이었다. 마침 〈십우도(十牛圖)〉를 통하여 불교의 선(禪)에 대해서 이야기를 할 차례였다. 〈십우도〉란 선 수행의 입문과정에서 자기본성에 대한 깨달음에 이르는 것을 소와 관련시켜 열 단계로 나누어 비유 설명한 것이다. 수행의 단계를 소를 찾는 것에 비유했기에 '찾을 심(尋)' '소 우(牛)' 자를 따서 〈심우도〉라고도 한다. 사람이 태어나서 공부를 하는 것은 참된 자기를 발견해 가는 과정이 아닐까? 〈십우도〉는 신입들에게 이런 이야기를 들려주기에 족하다.

석가모니는 성불하기 전 태자 시절의 성(姓)이 '고타마(Gotama 또는 Gautama)'였다. 고타마의 고(Go) 또는 가우(Gau)는 소를 의미하는 말이고, 타마(tama)는 최상급 형용사이다. 그래서 고타마는 '가장 훌륭한 소' 또는 '소를 가장 중히 여기는 자'를 뜻한다. 현재까지도 인도에서는 소를 존숭하는 사고가 존속한다. "하루 일하지 않으면 하루 먹지 않는다(一日不作, 一日不食)."는 당나라의 고승 백장 선사(百丈禪師)의 말에서도 알 수 있듯이 자급자족을 지향하는 선종에서 일(노동)과 관련 있는 소를 등장시켜 선 수행의 단계에 비유하여 마음 수련의 단계를 10가지 그림으로 묘사한 것은 매우 그럴듯하다.

나는 〈십우도〉의 설명에 앞서 학생들에게 소에 대해 어떤 추억이 있는지를 물었다. 순간 침묵이 흘렀고, 아무 대답이 없었다. 다만, 몇 몇이 '불고기 버거' '숯불갈비'라는 말을 중얼거리며 빙그레 웃고 있었다. 순간 나는 당혹스러웠다. 나는 소를 생각하면서 유년을 추억하고 있는데, 학생들은 '먹는 고기'를 생각하고 있다는 것에서 서로에게는 분명 무언가 다른 사고방식이 자리하고 있었다. 그런데 내가 정말 구닥다리가 된 걸까? 아니면?

소는 인도나 중국 등지의 고대 이래로 농경생활을 영위하는데 필수적인 동물로 사람과 매우 친하게 지내온 존재다. 억센 힘은 수레끌기, 논밭갈이에, 배설물은 거름에, 살과 젖, 뼈와 가죽은 우리 몸에 이로움을 준다. 이처럼 소는 인간에게 참으로 많은 것을 아낌없이 바쳐온 온 동물이다. 그러나 인간은 어떤가?《논어》에 보면, 공자의 마구간에 불이 났는데 그는 조정에서 돌아와 사람이 상했는지를 묻고 말(馬)에 대해서는 묻지 않았다(〈향당편〉)고 한다. 그렇다. 인간은 너무나도 자기중심적이며 이기적 동물인 것이다.

나는 누구보다도 소를 사랑한다. 내가 '소띠'라는 그런 의미에서만은 아니다. 어린 시절부터 소와 맺어온 깊은 인연 때문이다. 생각해 보면 나의 초등학교 시절 농촌에서는 소와의 생활이 거의 필수 교양 과목이었던 셈이다. 나는 유년시절을 거의 소와 친구로 지냈다. 소에게 산천의 싱싱한 풀을 뜯기려 산과 들로 다니다가 가끔은 남의 보리나 벼를 잘못 뜯기다가 주인에게 혼나기도 하고, 등의 쇠파리를 쫓는 소꼬리에 얼굴을 얻어맞기도 하고, 소의 등에 타려다 미끄러져 그 뒷발에 발이 밟히기도 하고, 오줌누는 소의 그것을 막대기로 건드려보기도 하면서…… 또한 소에게 풀을 뜯기러 산에 갔다가 친구와 노는 사이 그만 소를 잃어버려 펑펑 울면서 귀가했는데 이미 소가 스스로 집을 찾아와 있기에 기뻐 그를 껴안고 울었던 적도 있다. 늘 함께 지내던 소가 멀리 다른 곳으로 팔려 떠날 때면 말없이 끔벅이는 소의 순하고 처량한 눈망울과 눈짓으로 말을 주고받으며 좁은 황톳길 끝까지 따라가다 소의 뒷모습을 바라보며 훌쩍거린 적도 있었다. 당시엔 질병으로 소가 죽으면 병을 방제하기 위해 사체에다 농약을 뿌리고 땅에 파묻었다. 고기가 없던 시절이라 사람들이 야음을 틈타서 몰래 그 고기를 파먹는 것을 목격한 적이 있다. 그러나 적어도 그 시절에는 소가 우리들에게 식용의 대상으로만 좁혀져 있진 않았다.

동양의 고대에도, 《장자》의 〈양생주편〉에 포정(庖丁)이 문혜군(文惠君)을 위하여 훌륭한 소 해부 장면을 보여주듯, 결국 소는 거의 식용으로 쓰였을 것이다. 그렇다고 요즘처럼 소를 단순히 돈 되는 것, 식용의 고기 덩어리로만 간주하진 않았다. 《맹자》〈양혜왕편〉에 보면, 새로 만든 종(鐘)에 소의 피를 바르는 의식 때문에 희생당하러 도살장에 끌려가며 벌벌 떠는 소의 모습을 차마 볼 수 없어 살려주라고 한 제나라 선왕(齊宣王)의 어진 마음(仁心)이 있고, 그것의 확대야말로 천하통일을 이룰 수 있는 진정한 왕도임을 역설한 맹자의 마음이 있다.

과거의 농촌사회에선 소를 통해서 인간됨을 성찰했고, 적잖게 인문학적 예술적 상상력을 얻어내곤 했다. 말하자면 우리의 일상 속에 저 〈십우도〉 한 폭씩이 있었던 것이다. 자본의 힘이 소를 빼앗아 가자 '얼룩무늬 황소'가 노니는 고향의 정겨운 언덕도 함께 사라졌다. 나의 애창곡 중에 "돌아오는 석양 길에 노을 빛만 타는데…… 황소 타고 넘는 고개 황토 십리길"이라는 가사의 '황토 십리길'이 있다. 요절한 가수 배호가 불렀던 것이다. 나는 이 노랠 부르며 요즘도 말짱 황이 된 '소가 있던 풍경'을 그린다. 자본주의는 소를 자본(돈)의 사슬에 감금하였다. 생활 속에서 사람과 하나였던 소는 고기와 젖을

제공하는 식용만으로 그 대상이 축소되었다. 소의 추억이 멸절한 풍경의 공백엔 소의 대량사육과 도살, 그리고 그 지구적 규모의 유통망이 자리했다. 미국 등지에서 대량 사육되는 소들의 방귀가 지구 환경파괴의 한 원인으로 거론될 정도이니 한심스런 일이다.

농촌사회의 시간과 공간의 상실은 사실 우리들 마음속의 자연풍경과 자연친화적인 심성·상상력 모두를 박탈했다는 점에서 참혹하다. 농촌적 감성과 상상력, 그것이 살아 숨쉬는 시간과 공간의 회복은 우리 삶의 질, 인간성의 회복과도 연관된다. 우리에게 무상으로 인문학적·예술적 심성, 상상력을 제공해 왔던 소가 그립다. 자, 지금 천재화가 이중섭의 그림 속에 나오는 열정의 소 고삐를 부여잡고 길을 나서는, 그 돈 안 드는 상상이라도 해보면 어떨까? 소가 있는 언덕을 찾아 나설 수 있는 사람은 누구나 훌륭한 '시인'이다.

죽음도 고귀해야 한다

올해 봄에 성주(星州)에 가서 한 명문가의 종손 노인을 만나 이런저런 이야기를 나눌 기회가 있었다. 70세를 넘었음에도 정정한 그분은 요즘 세태를 얘기하는 가운데 참으로 의미 있는 말을 하였다. 우리 사회에 깨끗하고 아름답고 고귀한 '죽음의 교육'이 절실히 필요하다는 내용이었다. 그가 보기에 요즘의 죽음에 대한 이미지는, 영화나 교통 사고에서 접하듯이, 처참한 광경을 통해서 얻어진 부정적인 것밖에 없다는 것이다.

'죽음(死)'은 태어남(生), 늙어감(老), 병듦(病)과 더불어 인간 누구나가 필연적으로 겪게 되는 자연현상의 하나이다. 오늘날 우리는 자연을 자연 그대로 받아들이는 일에 부자연스러울 때가 많다. 자연적인 것을 안간힘을 다해 거부하기 일쑤다. 태어날 수 있는 인간을 낙태의 형태로 무수히 죽이고 있다. 젊음을 유지하려고 많은 돈을 투자하여 주름을 펴기도 한다. 병들지 않으려고 갖은 애를 다 쓴다. 죽지 않으려고 발버둥을 친다. 늙고 병들고 죽고 싶어하지 않는 것은 자연에 반하는 행위이다. 우리에게 잘 알려진 《명심보감(明心寶鑑)》의 "하늘의 이법에 순종하는 자는 살고, 거기에 거스르는 자는 죽는다(順天者存, 逆天者亡)."는 말은 현대인에게 보내는 충고처럼 들린다. 생로병사를 거스르는 역천(逆天) 행위가 일상화되고 있다. 병상에서 주사기를 꽂고 누워 있으면서도 "내가 왜 죽어. 죽음은 나의 일이 아닌데"라며 병과 죽음을 정면에서 거부하고 부정하는 사람이 적지 않다.

생각해 보면, 전통 시대를 살던 사람들이 현대인보다도 오히려 죽음을 받아들이는 태도가 자연스러웠던 것 같다. 어릴 때 나는 할머니가 미리 준비해둔 당신의 관을 어루만지거나 관 뚜껑을 열어 수의를 쳐다보며 스스로의 죽음을 생각하고 준비하던 모습이 참 이해하기 어려웠던 적이 있다. 하지만 돌이켜보면 지난날 어른들이 차근히 자신의 죽음을 받아들이면서 스스로의 주변과 재산을 하나하나 정리해가는 모습은 그대로 하나의 중요한 교육이었다. 생로병사를 하나로 묶어서 큰 삶의 과정으로 인식하던, 아니 관혼(冠婚)이라는 산 자의 예식과 상제(喪祭)라는 죽은 자의 예식을 하나의 연속선상에서 인식하던 전통시대의 사고방식은 실제 우리에게 시사하는 바가 많다. 죽음과 그 이후의 자신에 대한 그림 하나씩을 가지고, 그 그림 앞에서 경건하고 겸허하게 깨달음을 갖고 살던 사람들이 지금 어쩐지 위대해 보이고 부럽기까지 하다.

길을 걸으며 자동차의 경보음에 가끔 뒤를 돌아보며 보행에 신경을 쓰듯 죽음은 늘 우리 주변에서 서성거린다. 삶이 있으므로 늙어감도 병듦도 죽음도 있다. 나의 삶이 없었다면 모두 없었던 일들이다. 그래서 삶만 축복할 일이 아니고, 삶이 있으므로 자연스레 도래한 늙어감·병듦·죽음도 축복할 일로 보이며, 무작정 혐오하고 거부할 일들만은 아닌 듯하다. 미리 준비해둔 자신의 관을 어루만지듯 생로병사를 있는 그대로 바라보며 자신의 마지막을 준비하는 그런 마음으로 살 수 있는 사람은 그 자체로 성공한 삶이라고 할 수 있겠다. 그래서 그 사람에게 생로병사는 암흑·절망이라는 어두운 부정적 이미

지만이 아니라, 삶의 자연이 만든 하나의 예술품으로서 즐겁게 받아들여질 것이 아닐까? 요즘의 젊은이들에게 이런 생각들을 가르치는 일이 필요하다. 임종한 가족의 시신을 바라보면서 함께 살아 있었음의 의미, 그리고 삶과 죽음이란 무엇인가를 자연스럽게 되짚어볼 수 있을 때 우리의 삶은 그 자체로 대단히 철학적이며 종교적인 깨달음의 한 과정에 있다. 산 자들은 추억과 추모, 회고를 통해서 우리는 자신이나 죽은 자들의 죽음을 만난다. 죽음은 우리 삶의 공동체를 더욱 분명히 드러내고 또한 긴장되게 하며, 우리에게 주어진 한정된 시간을 더욱 효율적이며 값지게 쓸 수 있도록 한다. 죽음은 주어진 삶을 착실하게 살도록 경고하며 닦달해 댄다. 어떻게 잘 살 것인지는 어떻게 잘 죽을 것인지 쪽에서 생각해 가도 좋다. 하지만 어떻게 죽는 것이 잘 죽는 일인가의 대답이 그리 쉽지 않다.

사람은 의미를 먹고사는 동물이다. 사람은 무의미한 일을 할 때, 또는 스스로의 삶이 무의미해질 때 절망하고 좌절한다. 자신에게 가장 중요한 의미로 있었던 것들이 한 순간에 허물어지거나 또는 빛이 바래 버렸을 때 사람들은 가끔 자살의 길을 택한다. 최근 어느 기업의 회장이 투신 자살을 했다. 이 일을 두고 세간에서는 말이 많았다. 최근 우리 사회에 자살 인구가 부쩍 증가하고 있다. 동물은 자살을 할 수 없지만 인간은 언제든지 마음만 먹으면 스스로의 목숨을 끊을 수 있다. 그런데 우리 인간에게 과연 스스로 죽을 권리와 자유가 있는가? 모든 사람이 죽고 싶다고 다 죽어버리면 사회는 어떻게 지탱될 것인가? 우리의 몸은 나 혼자만의 것이 아니다. 태어난 순간 나는 수많은 은혜의 연관 속에 내버려진다. 살아간다는 것은 무언가를 끊임없이 죽이는 일이기도 하다. 부모, 형제, 사회와 자연의 모든 타자들과 서로 관계하면서 그들의 보이지 않는 희생을 바탕으로 이루어진 것이다. 그래서 태어난다는 것은 세상에 많은 빚을 지는 일이며, 미안하고 감사한 마음으로 사는 마음이 중요하다. 나는 어쩌면 세상에 대한 많은 빚을 갚기 위해 살고 있는지도 모른다. '홀로이다. 그래서 마음대로 해도 된다는 생각을 삼간다'는 '신독(愼獨)'이란 말을 되새겨 볼 만하다. 지극히 사적인 것처럼 보이는 행위가 언제 어디서나 공적 보편적 행위로 연결되어 있고 또 그래야 함을 경고하는 말이다.

죽음은 삶의 의미 없음을 증명하는 것이 아니다. 오히려 죽음은 삶의 의미 있음을 입증한다. 누군가가 해안의 벼랑에 신발을 벗어두고 바다에 투신을 했다 치자. 그 순간 그가 "지금 나의 삶은 아무 의미가 없어!"라고 되뇌었다고 치자. 그런 그의 행위의 근저에는 아마도 "삶은 당연히 의미 있어야 한다. 그럼에도 불구하고 지금 나에게는 삶이

아무 의미가 없다."라는 생각이 놓여 있을 것이다. 그렇다. 우리가 살아가는 희망의 좌표는 '그 무엇무엇 때문에'라는 '의미'이다. 죽음이라는 것을 통해서 오히려 우리들 삶의 의미는 끊임없이 재확인된다. 죽을 각오로, 늘 죽는 기분으로 살아간다면 삶이 활기에 찰 것이다. 삶이 고귀해지기 위해서는 어떻게 고귀하게 죽을 것인지를 생각하는 것이 좋다.

깊은 어둠 속을 걸어가 본 사람들은 빛과 밝음의 의미를 안다. 참된 죽음을 배우는 것은 진정한 삶을 위한 것이다. 죽음도 삶처럼 아름답고 깨끗하고 고귀해야 한다. 늙어감도 병듦도 그렇다. 귀하고 옳게 죽자는 생각이 투철할 때 귀하고 옳게 살자는 깨달음도 생겨난다. 우리 사회에 올바른 '죽음의 교육'이 요청되는 이유도 바로 여기에 있다.

여자의 몸

어깨너머로 배운 '여자', '여자의 몸'

사실 나는 여자의 몸에 대해서 별로 아는 것이 없다. 여자의 몸에 대해서 이러쿵저러쿵 이야기를 해댈 만한 해박한 그리고 전문적인 지식을 갖고 있지 않다. 또 그렇게 현학적으로 지껄여대며 양파 껍질을 벗기듯이 여자의 몸을 나누고 쪼개고 파헤쳐 본들 내가 '느낀' 것 이상의 무엇을 건져내지도 못할 것이다. 분석과 검증으로 진실은 유리조각처럼 다 깨어져, 산산이 흩어져서, 죽어버릴지도 모른다.

내가 처음 알고 느낀 여자의 몸은 어릴 적 숨을 가쁘게 쉬며 얼굴을 파묻고 꼭지를 빨아대던 지금 고향에 계신 늙은 내 어머니의 젖가슴일 것이다. 가끔 빨다가 물어뜯다가 한 기억은 다 떠나고 없지만, 어머니의 축 처지고 줄어든 가슴을 바라볼 때마다 나는 참 일찍부터 여자의 몸을 축내기 시작했구나 하는 생각을 해본다. 그리고 지금 여기서 내가 여자의 몸에 대해 고백을 하듯 이야기를 하는 것은, 남들이 별 흥미를 가지지 않을 수도 있겠지만, 나로서는 나의 사생활을 공개하는 듯한, 아니 나의 숨은 공간을 벗기는 듯한 참으로 용기 있는 행위가 아닐 수 없다. 돌이켜보면 지금까지 내가 경험한 여자의 몸은 나의 어머니의 젖꼭지 이후, 어릴 적부터 지금까지 내가 만나고 겪어

보았던, 때론 깊은 호기심을 갖고 생각해 보았던, 이성(異性)으로서 머리를 길게 늘어뜨린 향기 나는 고등동물의, 아니 많은 법망(法網)으로 둘러쳐진 그 함부로 손댈 수 없는 값진 살덩이였던 친구 계집아이들, 가시나들, 여자들, 애인들, 여인들의 몸. 그리고 지금 결혼하여 나와 함께 살고 있으며 수시로 살을 맞대는 한 중년 여자—하지만 죽어도 중·고등학생처럼 젊어 보인다는 말을 듣고 싶어하고 또 그럴 때마다 어쩔 줄을 몰라하는—의 몸뚱아리. 이것이 전부이다. 물론 나를 잘 모르는 사람들은 또 숨겨 놓은 여자의 몸에 대한 이야기가 내 마음의 한쪽 깊은 곳, 마음속 호주머니에 꼬깃꼬깃하게 접혀 있을 것이라고 상상도 하겠지만, 그런 사람에겐 정말 이게 전부라고 말해도 믿지 않을 것이다. 상상은 무료이고 자유이니까…….

어쨌든 나의 여자의 몸에 대한 생각들은 내 주변에 있는 여자들, 내가 몸담은 사회의 '어깨너머'로 배운 것이며, 누가 저렇게 말했고 또 누가 이렇게 말했고 하는 식으로 동서양을 통틀어 숱하게 쏟아진 남의 지식을 끌어와 진열해두고 인용부호를 붙여가며 앵무새처럼 읊어대는 것은 아니다. 그럴수록 나는 지금 '어깨너머'라는 말에 많은 의미를 두고 싶다. 무언가 멀찍이 여유를 둔 상태에서 나 자신의 경험과 체험이라는 필터를 통해서 내 속으로 들어와 가슴과 뇌 세포에 피멍처럼 달라붙어 '오래', 그것도 뒷북치듯이, 세미나가 끝난 뒤 '재미나'(뒤풀이)하듯이 '늦게'서야 "아!" 하고 또렷이 기억에 씹히고 눈에 밟히는 살아서 팔딱팔딱 뛰는, 그야말로 아름다울 정도로 따뜻한 내 삶의 피가 도는 지식, 그것이 바로 어깨너머로 배운 앎이다. 어깨너머의 앎에는 '거리'와 '애정'이 적절히 균형을 잡고 있는 것이다. "서당개 삼 년이면 풍월 읊는다." "식당 개구리 삼 년이면 라면 끓인다." "역전 개구리 삼 년이면 기적소리 낸다."는 말을 하지만 모두 어깨너머의 지식에 대한 이야기이다. 물론 반풍수(半風水)나 선무당이 사람 잡을 수도 있다. 지금 여기서 "여자와 같이 살기 3년이면" 이라고 말 뒤에다가 무언가 붙여서 말을 만들려 해도 별 뾰족한 생각이 없는 걸 보면 역시 여자의 몸은 3년으로서는 턱없이 부족한 감이 있긴 하다. 하지만 나는 적어도 3년 이상, 아니 30년 이상 내가 직접 보고 듣고 겪은 것들을 토대로 '글쓰기'와 '말하기'를 시작할 것이다. 그렇다면 나의 '어깨너머'로 배운 여자, 여자의 몸도 거의 부전공이나 복수전 공이라 할 만하니 허풍을 친들 누가 눈치채지 못할 수도 있겠다.

내 어렸던 날의 지층 속 여체(女體)에 대한 기억의 편린들

　지금까지 여자들과 사회의 '어깨너머'로 보고 배워온, 뭐 별로 특 별나지도 신선하지도 않은 내가 느낀 여자의 몸에 대해 이야기하는 것은 좀 따분한 일이지만, 돌이켜보면 내가 어머니 이외의 여자의 몸 에 대해서 호기심을 가졌던 것은 초등학교 2학년 무렵이다. 우리 마 을에서 좀 많이 떨어진 마을에 사는 키가 큰 옆 짝 계집애에게 웬지 마음이 끌려 잠을 뒤척여 본 경험이 있다. 어느 날 나는 그의 아름다 운 모습을 작은 종이에 그려서 "사랑해!"라는 말과 함께 책상 밑에 살짝 넣어두고 두근거리는 가슴을 억누르며 교실을 황급히 빠져 나 왔다. 그때 나의 기억에 유달리 남아있는 것은 그의 몸 중에서 긴 '머 리카락'과 높은 '코' 그리고 큰 '키'였던 것 같다. 왜 하필 머리카락이 고 코와 키였는지는 모르지만, 하여튼 당시로서는 그게 가장 인상적 이었다.

　처음 여자라는 신기한 담장 너머 얼핏 몸을 들여다보다가 세월이 흘러 나는 중학교에 들어갔다. 그때 읍내에 사는 1년 선배 여학생이 남달리 예뻐 보여 짝사랑한 기억이 난다. 그녀가 운동장에 보일 때쯤이면 나는 그 모습을 멀리서 바라다보며 오만가지 상상을 해보기도 하였다. 그때 마침 중학교에서는 한 체육선생이 체육관에서 몰래 여학생들의 '몸'을 만지다가 말썽이 된 사건이 있었는데 행여나 그 선생이 그녀의 몸을 만진 건 아닌지 걱정을 하기도 하였다. 읍내에 사는 그녀는 유달리 '가슴'과 '엉덩이'가 풍만했고 '입술'이 발그스름하게 예뻤고 웃을 때 '이'가 뽀얗게 드러나 보였다. 그리고 '옷(교복)'을 늘 깨끗하고 단정하게 입고 다녔던 것이 기억에 남아 있다. 바로 복장에 관한 것이다. 이때는 초등학교 때와는 달리 여자의 몸이 보다 복잡하고 다양하게 느껴졌다고 생각하지만 그래도 여자들의 어깨너머로 눈여겨보았던 것은 내면보다는 외모에 대한 관심이었음에 틀림없다. 당시 플레이보이 끼가 좀 있던 내 친구 하나는 나이가 한 살 많은 여학생을 사귀고 심지어는 키스도 하고 성관계도 가졌다는 이야기를 전해들은 적이 있어 이상한 눈으로 그 친구를 쳐다보기도 했다. 하지만 나는 그 당시 이미 성인만화에 호기심이 많아 여자의 발가벗은 그림이 많이 나오고 섹스 장면까지 있는 만화책을 읽고 있었고, 또 친구들이 가져오는 서양과 일본에서 흘러 들어온 포르노 잡지를 돌려가면서 온갖 체위의 섹스 장면이 나오는 것에 감동하여 정신이 몽롱해진 적도 있었는데, 만화나 잡지에 나오는 그런 볼륨 좋은 여자들과 섹스가 가능이나 할까 하며 심각하게 상상력을 발휘하기도 한 적이 있었다. 하지만 기껏해야 여자의 몸은 무언가 신비스럽고 순결한 어떤 것, 그것은 그저 손대기보다는 머리 속에서 상상해보는 것만으로 족한 어떤 것이었다. 물론 그때까지만 해도 여자에게 월경(月經)이 있다는 것―그것이 있을 때에 심리상태가 복잡하다는 것, 그리고 아이를 낳을 수 있다는 것 ― 에 대해서 구체적으로 생각해 보진 않았다. 냉, 대하, 월경불순, 피임, 유산 뭐 여성과 관련된 많은 용어들이 무언지 그때는 알지도 못했다. 그것은 어쩌면 당연했을지도 모른다.

유년의 백미러에 비친 '여자다움'이란 족쇄들

돌이켜보면 초등학교와 중학교 정도에서 느꼈던 여자의 몸에 대한 기억도 시골에서 보고 듣고 느낀 토속적인 것은 아니었고, 또래 집단 혹은 선배들의 이런저런 이야기를 주워들으면서 상상되고 과장된 말초적이고도 육감적인 것이었다. 그것은 '알음알이'였다기보다는 당시의 도시풍, 더 나아가서 서양풍 여자들의 몸에 대해 어디선가 흘러흘러 들어와 돌고 돌며, 또 누군가의 손에서 때가 묻으며 양념이 쳐진 이야기였을지도 모른다. 게다가 집안에서 아버지가 어머니에게 대하던 것을 보고 들으면서 배운 '여자다움'의 주입식 지식이었을 것이다.

한마디로, 칼로 딱 자르듯이 정리할 수는 없지만 당시에 내가 느꼈던 '여자의 몸이다'라는 것은 생물학적으로 나와 다른 생식기, 다시 말하면 '고추'에 대해서 '보리'를 갖고 태어난 고등동물의 성(sex)에 대한 것이 아니었을까? 그것이 아니었다면 그때 '여자다운 몸'이라고 상상했던 것은 유교의 틀 속에 있었던 우리 사회와 문화, 주위환경 등에 따라 여자들 자신이 나타내는 '여자답다'고 생각하던 후천적인 성(gender)이었을 것이다. 초등학교나 중학교 때 공부를 잘하고 리더십이 있고 나 못지 않게 체육도 잘하는 여학생이 부러워 보였던 기억도 있는 것을 보면 나도 모르는 사이에 '보리'를 가진 '가시나', '계집애'보다도 나와 대등하게 경쟁하는 한 '인간'을 생각하고 있었던 것 같다. 하지만 그런 '인간'도 결국 한편으로는 '집에서 애 낳고 밥하고 빨래하는' 몸 정도로 해석되는 수준에 머물러 있었다. 왜냐하면 "여자가 함부로 남자 일에 참견을", "하늘 같은 남편을", "어디 남자 말을 안 듣고" 등등 어른들이 하던 말들을 아주 자연스럽게 받아들이고, 또 나 스스로도 그런 말을 대수롭잖게 지껄였던 기억이 있기 때문이다. 어쨌든 '여자의 몸 = 집(집안)의 생식과 노동 기계'라고 막말은 못하지만 적어도 어릴 적 나의 기억 속에는 여자의 몸이 한 가문(집안)의 문턱을 완전하게 넘어서지 못했다는 것, 남존여비(男尊女卑)라는 유교적 편견 속에서 남자 위주로 적당하게 모자이크된 관념 속에 붙박이 장롱처럼 수동적으로 운명적으로 고정되어 있었다는 것, 집

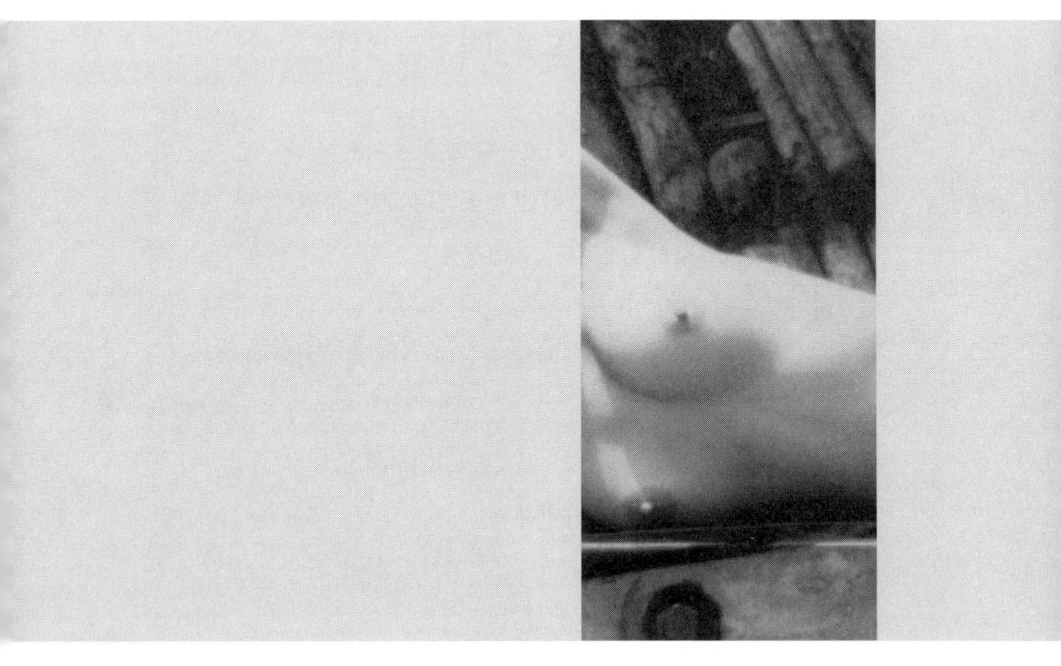

에서 애나 낳고 빨래나 하는 현모양처(賢母良妻)라는 주조된 전통적 관념을 투영시킨 어떤 것이었다는 점을 부정할 수 없다. 그렇다고 그것이 꼭 과거의 것만도 아니고 지금도 내 속에 어느 정도는 존속하는 여자의 몸에 대한 풀이(해석)임에 틀림없다. 그것은 바로 "만물의 척도는 남자"라는 용어로 바꾸어서 생각해도 별 무리가 없던 우리 사회의 자화상이었는지도 모른다.

이처럼 남자 자신에게서 근본적으로 여자, 여자의 몸을 바라보는 '눈'의 변화가 없을 때 여자는 남자들과 같은 '인간'이 아니었다. 내 유년의 백미러에 비친 '인간'이 아니었던 여자의 몸은 '여자다움'을 은장도처럼, 아름답고 슬픈 구속으로, 족쇄처럼 질질 끌고 다녔지만 나는 크게 눈치채지 못했던 것이다.

몸, 희망의 부호처럼 혹은 도살되어 팔려 다니는 끔찍한

시골의 중학교를 마치고 난 고등학교를 도시였던 대구로 나왔다. 주말이면 이곳저곳을 심심풀이로 걸어다녀 보곤 하였다. 난 길을 걸어다니면서 눈치코치로 남자들을 대상으로 돈을 벌기 위해 '몸을 파는' 여자가 무수히 있다는 것을 알았다. "아! 몸은 사고팔 수도 있는 것이구나" 하는 점, 내가 시골에서 들었던 그 찍찍거리는 레코드판에서 흘러나오는 흘러간 노래 "사랑을 팔고 사는 꽃바람 속에~"라는 가사의 〈홍도야 울지 마라!〉가 실재함을 대구의 유명한 자갈마당 앞이나 술집골목 앞에서 목도하였다.

내가 이성(異性)이라는 자각을 갖고 여자의 몸을 처음 만졌던 것은 고등학교 2학년 때였다. 그때 사귀던 여학생과 길을 걷다가 인적이

드문 대구시 수성구의 너른 들판 길에서 남들의 눈치를 이리저리 살피다가 몰래 그녀의 손을 처음으로 잡았던 것은 어쩌면 콜럼버스가 신대륙을 발견하였던 것만큼이나 내게 있어선 하나의 역사적 사건이었던 것 같다. 지금은 주택가 술집으로 가득 찬 도회지, 그 잃어버린 시간의 풀밭 위에서 한 남자의 몸과 한 여자의 몸의 만남. 당시 나는 대단한 기대와 조바심으로 진땀을 흘려가며 억지로 여자의 몸의 일부에 육박하여 접촉을 하였던 것이지만, 아니 손을 잡으면 뭐 기적이라도 일어날 것 같았지만, 아무 일도 일어나지 않았던 것은 참으로 신기했다. 좀 보드라우면서도 떨리는 그 따사로웠던 손, 작지만 꼼지락거림이 솜털처럼 느낌을 전해주던 그 유달리 청순했던 손. 내가 그때 청소년기에 찾아내었던 여자의 몸은—기억 속에서 그 파일들을 다 복원해낼 수는 없지만 가끔씩 어디선가 희망의 부호처럼 떠내려오는—결혼을 하여 여자의 몸을 합법적으로 만질 수 있게 된 지금도 가끔은 여자의 몸을 신비롭게 생각할 때가 있지만, 어린 시절, 청소년 시절의 상상이나 환상만큼 가슴 두근거림은 없다.

이렇게 여자의 몸은 일단 '나'의 속에서, 한 남자의 근저에서, 샘물 솟듯 생성되어 나오던 생각(관념)이었다. 그러나 이런 순박한 생각들이 지금 통용되지는 않는다 하더라도 나는 여자의 몸이 적어도 내가 처음 잡았던 한 여자의 손의 떨림처럼, 내가 어릴 적 빨고 만져댔던 내 어머니의 따사롭고 탄력성 있는 젖꼭지처럼 '내 눈으로 확인되는' 그런 '가시권 내'에서, 그것도 '자연지대 내'에서 남아 있기를 희망한다. 가시권에서 멀어져간 소외된 여자의 몸은 유령이다. 나로부터 멀어져서 생기를 잃어버리고 죽어서 망령처럼, 부호처럼 떠도는 몸은 싫다.

지금 '사회' 속에서 '집단' 속에서 '가상공간'에서 부단히, 그것도 대량 생산, 대량 소비의 형태로 변형되고 생산되는 여자의 몸, 그것은 어쩌면 도살장에서 끔찍하게 난도질되어 가격이 매겨져 팔려 다니는 고깃덩어리와 다를 바 없다. 그 고깃덩어리를 먹는 자들의 입을 나는 정말 증오한다. 그들은 누구인가?

그린벨트의 무차별적 해제, 그 참을 수밖에 없는 존재의 뒤틀림

흔히 하는 농담인 "여자는 일단 예쁘고 봐야 한다."는 것은 참으로 깊은 뜻을 가진 것 같다. 여자들 스스로가 자신이 못생겼다는 것을 '나는 얼굴이 무기다'라고 표현하기도 한다. 이 말은 무언가 사회적인 배경을 가지고 있는 듯하다. 언젠가 인신매매단이 설치던 때 여자를 납치해 가던 범인들이 못 생겼다는 이유 때문에 그녀를 길가에 내려놓고 갔다는 이야기와 또 미국 어디선가 어린 여자아이를 납치하였는데 그 애가 너무 예뻐서 죽이기가 아까워 살려주었다는 이야기를 두고 생각해 본다면 하여튼 얼굴의 미추(美醜) 여부가 그 사람의 목숨을 지키는 무기였던 것 같다. 우리 사회에서 전통적으로 통용되던 '미인박명(美人薄命)', '미인박덕(美人薄德)'이란 말은 얼굴의 아름다움이 꼭 행복으로 연결되는 것만은 아니라는 것, 다시 말해서 얼굴이 바로 스스로의 삶을 망치는 무기가 되었음을 보여준다.

여자들이 몸을 가꾸는 것은 본능적인 것일까? 아니면 사회적인 산물일까? 이 점에 대해서는 양쪽을 다 고려해야 할 것이다. 얼마 전 뉴스에서 미국의 미인선발대회에 입상한 여자들의 대부분이 영양실조라는 이야기를 들은 적이 있다. 아마도 몸을 날씬하고 아름답게 보이기 위해서 다이어트를 심하게 하였기 때문일 것이다. 물론 우리 나라에서도 미인선발대회가 있지만 미인 한 사람을 만들어 내는 데에도 적지 않은 노력과 돈의 투자가 필요하다는 것은 이미 잘 알려진 사실이다. 심사 기준에 딱 맞는 한국 표준형 미인이 되기 위해서 우리 사회의 어딘가에 상당수의 여성들이 미인 제조 기술자들의 도움을 받아가며 노력을 기울이고 있을 것이다. 아니, 설령 미인선발대회에는 나가지는 않지만 날마다 쏘다니는 동네 거리와 골목, 먹고 살기 위해 일하는 곳에서 자신의 아름다움을 인정받기 위해서 노력을 아끼지 않는 여성들이 또 얼마나 많을까? 그리고 이렇게 사회적 강요이든 본능적이든 간에 아름다워지고 싶어하는 여성들의 마음을 시장 삼아 돈벌이를 하는 사람과 업체들이 또 얼마나 많은가? 개인적으로, 사회적으로 부추겨지는 그리고 규정되는 이른바 '아름다움'이라는 것의 밑바닥에 깔려 있는 의도와 이념들이 결코 아름다울 수만은 없다. 《노자(老子)》〈제2장〉에서 "천하 사람들이 모두 아름다운 것을 아름답다고 알고 있지만, 이것은 추한 것일 뿐이다(天下皆知美之爲美斯惡已)."라고 말한 것이 새삼스럽기만 하다.

　아내와 같이 외출을 하려고 할 때 양복을 입고 시계를 바라다보며 최소한 30분에서 1시간 동안 얼굴을 찡그리며 기다린 기억이 없는 남자는 거의 없을 것이다. 솔직히 그게 싫다면 짜증나게 아내를 기다리던 남자들이여! 우선 아침에 화장기 없이 부시시 눈을 뜬 맨 얼굴의 여자를 상상해 보자. 여자들은, 아니 여자와 함께 사는 남자들 자신도, 아마도 그런 얼굴을 집 바깥의 다른 사람들에게 보여주고 싶어 할 것인가? "여자는 일단 예쁘고 봐야 한다."는 말을 하는 남자들이 있는 이상, 여성들이 아름다워지고자 하는 그 욕망의 배후를 여성 자신들의 본능적인 것이라고 속 편하게 속단할 근거는 없다. 아름다움을 요구하고 있는 남성들의 본능적 집착, 그것이 큰 문제이다. 마치 조미료를 가미하지 않은 음식을 상상할 수 없듯이, 여자의 얼굴과 몸은 한마디로 '남성(남근)적인 너무나 남성(남근)적인' 지침 때문에 개발과 왜곡 변형으로 가득 차 있다. 이것은 현대에 무수히 짓밟힌 우리의 자연환경과 너무나 닮아 있다. 아니 먹음직스럽게 하기 위해서 온갖 양념과 손질을 가한 통닭이 그렇고, 버려져 있던 촌스런 땅을 세련되게 바꿔 놓은 신도시가 그렇다. 그린벨트가 해제된 고향의 동산에 온갖 건물이 들어서고 번쩍이는 간판이 춤추고 유흥가가 판을 치듯, 그린벨트가 해제된 여자들의 얼굴에서, 몸에서 남은 것은 무엇인가?

진짜가 가짜이고 가짜가 진짜이고 뭐가 뭔지 모를 정도로 복잡하게 얽혀 있는 것이 여자의 몸인 것 같다. 보통의 여자라면 누구나 화장은 물론 점 빼기, 귀 뚫기, 쌍꺼풀 수술, 몸/피부/머리관리, 그리고 살빼기/체중감량/날씬해지기를 위한 노력을 예사롭게 한다. 그만큼 여성의 몸은 투자, 관리, 변형, 학대의 대상이 되고, '몸'의 발전이 곧 '나'의 발전의 근본임을 깨닫도록 만든다.

이러한 산업화된 몸, 시장바닥이 된 몸. 거리엔 여자의 몸에 관한 것이 흘러 넘치고 있다. 피부관리, 화장, 선텐, 각종 성형시술, 몸매교정, 차밍스쿨, 다이어트, 슬리밍, 미용기술, 건강의학, 체형관리를 위한 레저, 헬스, 몸을 돋보이게 하는 패션, 악세사리 등의 간판을 보지 않고는 거리를 다닐 수 없다. 통속적으로 제시되는, 여자이기 때문에 가져야 할 '여자다움', '여성다움'의 아름다움과 곡선미, 인상, 웃음과 피부색, 맵시, 에티켓이라는 것이 여자의 자연 그대로의 몸을 폭력적으로 변형하고 억압하며 본질을 뒤틀어 노예적인 것으로 만들어 가는 것은 참으로 참을 수 없다. 하지만 여성들은 그것을 새로운 자신을 창출하는 용기 있고 도전해 볼 만한 프로젝트로 여기는 듯하다.

그런데 그 그린벨트 해제의 프로젝트를 입안하도록 조종하고 충동질하는 것은 과연 누구인가. 여자들의 몸에서 젊음을! 젊음을! 하고 외쳐대는 '영계' 산업의 장본인은 누구인가? 또 그런 것을 '묻지마' 문화로 만든 것은 누구인가?

남자들만의 세상, 그 상상조차 하기 싫은

이처럼 이런 물음을 계속 물어 들어가면 분명 해답은 있을 것이다. 또 우리가 살아가는 시대의 문화 속에 남자의 제물이 되어 가는 여자의 몸이 분명 우리 사회의 단면을 읽어내는 척도이거나 기호 혹은 코드가 될 수 있다는 생각도 한다.

"너(남자)도 나(여자)를 모르는데 난들 너를 알겠느냐"는 노래를 구슬피 부르며 안착하지 못하고 허공에 유령처럼 떠돌고 있는 여자의 몸. 하지만, 그 유령이 된 몸의 정당한 복권을 위해 초혼제(招魂祭)를 지낼 사람은 꼭 여성 자신만도 아니고 그렇다고 남성들의 몫만도 아니다. 남자·여자 할 것 없이 똑같이 하나씩의 몸을 갖고 태어나 길 위에서 서로 부대끼며 살다 제각기 또 어디론가 길을 떠나는, 서로서로 삶의 동반자가 되어 있는, 우리 '인간 전부'의 몫일 것이다. 어떤 여성으로부터 땀이 펑펑 쏟아지는 뜨거운 한여름에 방안에 누워 월경을 하고 있으면, 아파서 주저앉을 정도로 고통을 겪을 때는, 자신의 몸이 꼭 "저주받은 수인(囚人)처럼 느껴진다."는 말을 들은 적이 있다. 하지만 그 월경을 남자들은 할 수 없다. 여자들만이 할 수 있다. 양다리 사이에서 펑펑 쏟아지는 피는 여자라는 절규일까, 희망의 증거일까, 절망일까, 아니면 새로운 생성을 위한 교향곡일까? 남성인

나는 그 심정을 속속들이 잘 모른다. 그래서 늘 안쓰럽다. 아니 대신해줄 수도 없는 그 행사가 어떨 적에는 좀 부럽기도 하다. 남자도 아이를 낳을 수 있고, 아니 내가 여자로 태어났다면 그런 부럽다는 따위의 상상은 하지 않았을까? 나 스스로 한 여성을 사랑할 때 태워대던 그 능금나무 장작 같은 불꽃 사랑을 나도 여성이 되어 한번 받아봤으면 하는, 아름답고도 좀 느끼하리만큼 섬세한 망상을 해보지만, 지금 나는 어쩔 수 없이 남자의 몸으로 살다 죽을 수밖에 없을 것 같다.

나는 가끔 여자로 태어나고 싶다는 말을 자연스레 한다. 하지만 그것은 어디까지나 말뿐이다. 여자이기 때문에, 사회적으로 또 남성으로부터 고통을 받아본 사람이 있다면 "쓸데없이, 행복에 겨운 그런 소리는 하지도 말라."고 충고할 것이다. 여자들에게 보태준 것도 없으면서, 쓸데없이 말장난을 했다면 나는 그런 말을 들어도 싸다. 남자라는 그 하나 때문에 여자에게 큰 부담을 주었다면, 모든 남자들을 대표할 수는 없지만 나 개인의 자격으로라도 머리 숙여 속죄를 하고 싶어진다. 여자 앞에서 '원죄'처럼 남자라는 사실을 느껴야 하리라.

그런데 어쩔래야 어쩔 수 없이 나는 이미 남자로 태어나서 남자로 살고 있다. 앞으로도 그럴 수밖에 없다. "돌아누우면 남"이란 말처럼 나의 곁에서 '여자의 일생'은 또 나의 일생처럼 그대로 엄연히 '남'으로서 있다. 하지만 내가 믿는 것은 이 세상이 그래도 살만한 것은, '남'인 여자들의 몸과 몸짓이 살아 있기 때문이다. 여자들이 없는 세상, 아니 솔직히 말하면 남자들의 몸만이 있는 그 우악스럽고 끔찍한 세상을 나는 상상조차 하기 싫다.

철학이 있는 시 2

열 자로 읽는 세상

파도였던가 기껏 바다는

몇 년 만에 처음 바다엘 갔다. 여름은 끝났다. 바다가 기껏 내게 보여주었던 건 파도뿐이었다. 그렇다. 바다는 파도였다. 바람 속에서 일렁거리며 날 기다려준 저 푸른 마음.

자꾸만 풀이 자라는 저 길

시골엔 노인들만 산다. 나이든 농부들 몸은 자꾸 야위어 간다. 집

으로 가는 농로는 멀다. 굽은 길이 노인들의 등 같다. 풀은 저리도 일

어서는데 땅 밟는 힘이 점점 줄어든다.

꼭지에 맨다 네 뜨거운 몸

며칠 여름날처럼 뜨겁다. 가을, 벌레들이 먼저 와서 울어준다. 꼭
지마다 목을 매단 과일. 훌훌 옷 벗고 더운 몸을 씻는다. 하늘 밑, 과
육(果肉)을 받쳐든 들판이 꼭 접시 같다.

넘쳐도 내 손이 닦을 눈물

생각해 보면 눈물짓던 날도 있었다. 흘려 봤자 아무도 닦아주질 않는 눈물. 넘친 적도 모자란 적도 없다. 눈동자 곁을 맴돌 때 세상에 별 보탬도 없이 스스로 닦으며 사는 것이다.

밑도 끝도 없다 물어 봐도

태어나는 것은 세상에 끝없이 물음을 던지는 일. 그래도 답답하다. 답답해서 묻는다. 물을수록 더 답답해질 뿐. 그냥 끝없이 묻다가 가는 것이다. 그래도 삶은 물을수록 아름답다.

벼 한 알에도 해 뜨고 지다

들판이 하나의 깨달음이다. 어린것들도 늙어서는 고개를 숙일 줄 안다. 벼이삭은 안다. 하늘과 땅과 사람과 태양이 몸 섞던 추억을. 노을을 이불처럼 평등하게 덮던 그들의 청춘을.

종일 벌겋다 그래 괜찮다

모든 것은 하루살이다. 하루살이처럼 모두들 지금 뜨겁게 살고 있
다. 누구에게나 저런 순간이 있었다. 하루밖에 없어서 더욱 벌겋게
타오르는, 단풍. 그래 그래도 괜찮다, 괜찮다.

나를 만든 건 저 어린 시절

누구나 어린 시절이 있다. 유치찬란해도 내 청춘의 본적지는 바로

그곳. 코 한두 줄기씩 흘려두고 왔을 거다. 지금 내가 그 시절을 보는

것이 아니다. 그 시절이 나를 규정한다.

나의 생가(生家)에서

내가 없는 시절을

꽃들이 저렇게 허물어진 내 生家의 담을 타고 넘나들며

밝혀주었다면,

나 없는 동안

전기는 죽고 우물은 망했다 해도

폐가 속에서

살아있는 것들 가닥가닥 이어져 푸른 바닥 찾아 닿고,

無心 찬란하게 자라왔구나

—최재목, 〈無心 찬란 — 나의 生家에서〉 전문

경상북도 상주군 모동면 상판 2리 646번지의 기와집. 이제 나의 생가는 내가 보관하고 있는 흑백사진 속에만 살아 있다. 빛 바랜 대문 앞에 가족들이 함께 모여 찍은 유일한 그 흑백사진. 거기에는 고인이 된 할머니와 아버지의 젊은 날도 당당히 버티고 서 있다. 그 속에서 나는 아직 코흘리개로 유치 우울하게 끼여 있다.

내 생가는 폐가가 된 지 꽤 오래되었다. 그래도 고향에 갈 때면 난 나의 생가를 찾는다. 현재의 주택은 생가에서 걸어서 10분 거리. 나의 아버지가 오랜 나날 초등학교 교사로 객지생활을 하시다가 정년퇴직을 하고서 고향 땅에 정착하고자 새로 지은 집이다. 그런데 지금의 내가 이 주택보다는 옛날의 생가에 더 정이 가는 이유는 무엇일까?

홀로 터벅터벅 과수원 사이 길을 걸어올라 생가에 이르면, 구멍이 뚫린 창문과 깨진 기와 틈으로 쑥부쟁이가 자라고 토담을 타고 넘나드는 가느다란 꽃줄기들. 생가의 마루 밑에는 유년시절 내가 그렇게 아끼며 숨겨 두었던 장난감과 굴렁쇠 바퀴와 나사못, 그리고 동화책들이 묻혀 있다. 그것들은 오랜 동안 부드러운 흙이 되어가면서 내 영혼의 골조를 껴안고 나와의 만남을 기다려왔을지도 모른다.

쓰러진 대문 옆에는 옛날 아버지가 손수 머리부분을 잘라버려 옆

으로 몸이 벌어진 플라타너스가 아직 늙지 않고 자라고 있다. 전기는 죽어 불을 켤 수 없지만 나 없는 동안 그것은 다른 마을의 집 전등을 우리 집을 대신하여 밝혀 왔을 것이다. 우물은 망하여 물을 마실 수 없지만 나 없는 동안 그것은 생가와 그 주변의 풀과 나무의 뿌리에 닿아 푸른 나뭇잎과 붉은 꽃잎을 피워 왔을 것이다.

그래, 무심만이 찬란하게 자라왔구나.

그래도 나의 생가는 내 생애의 초고(草稿)이고, 유년의 낱말 사전이며, 추억의 필름이며, 고향 기억 나이테의 출발지이다. 내 인생의 첫 만남은 모두 거기서 시작되었다.

빈 들판이 아름답다

더디고, 느리고, 게으른

저곳으로 한없이 많은 것들이 떠나갔네

떠난 순서대로 차근히 다시, 내 곁에 오기에

손 흔들일 없었네

텅 빈 저곳이, 텅 빈 이곳으로

한없이 보내 줄 수도 없는데

무언가 금방 들이닥칠 것 같은 숨찬 들판

그래도 내겐, 텅 빈 저 첫 기억만큼

가파르게 아름다운 것도 없네

꽉 찬 것이 있다면

겨울에도 쉼 없이 흐르는 것일 뿐, 쉼 없이

떠나는 일일 뿐, 내 맥박을 짚어보면

나의 어디선가에도 많은 것들이

떠나가고 또, 다시 오고 있네

가고 오는 그 틈에서

아름다운 것은 비어 있어도 따뜻하네

—최재목, 〈빈 들판이 아름답다〉 전문

나이가 들수록 차츰, 저 차갑고 빈 들판을 사랑하게 되었다. 시간이 만든 낡고 삐걱거리는 내 마음의 자전거를 타고 홀로 유유히 돌아다녀야 할 시절을 이제부터 겪어야만 한다. 들판을 가득 메웠던 것들, 한때 사랑했고 또 한때 미워했던 자들의 신발이 곱게 썩어 들어간, 무성하고 화려한 것들이 퇴장한 그 썰렁하고 황량한 빈 들판을 무척 싫어한 적도 있지만. 돌이켜보면 내 곁에도 많은 사람들이 저 들판을 건너서 떠나갔다. 나의 할아버지가 그렇고 할머니가 그렇고 또 아버지가 그랬다. 내 어머니가 그럴 것이고, 나도, 나의 뒤로 자라나는 내

아들딸들이 그럴 것이다. 그것은 꽃 한 송이처럼 아름다운 광경으로 장식된다. 그래서 더욱 따뜻하다. 그 쉼 없이 오고가는, 알고 보면 오고가는 것도 없는 빈 공간, 그 차갑고도 따스한 움직임 앞에 나는 그냥 침묵할 뿐이다. 그러나 나는 안다. 직관으로 진맥해 보면 들리는 저 텅 빈 들판의 맥박 소리를, 내 속에서 나를 실어 나르는 영혼의 바퀴 축 회전 소리를. 수많은 것들의 신체발부(身體髮膚)는 저곳에서 왔다 다시 저곳으로 간다. 그 길은, 차갑고 빈 들판에 서면 참 잘 보인다. 바로 그 길을 따라, 다시 한없이 많은 것들이 숨가쁘게 내 곁으로 올 것이다. 기다리자. 봄은 멀지 않다, 이제.

나는 지금 무엇으로 행복해질 수 있는가

― 나옹 선사(懶翁禪師)의 시를 읽고

청산은 나를 보고 말없이 살라 하고,	靑山兮要我以無語
창공은 나를 보고 티없이 살라 하네.	蒼空兮要我以無垢
사랑도 벗어 놓고 미움도 벗어 놓고,	聊無愛而無惜兮
물같이 바람같이 살다가 가라 하네.	如水如風而終我

이것은 고려 말 공민왕 때의 명승 나옹 선사(懶翁禪師) 혜근(慧勤, 1320~1376)이 쓴 한시(漢詩)를 한글로 번역한 것이다. 한국 사람이면 한두 번씩 듣거나 본 기억이 있는 이 시는 현대의 우리들에게 시사해 주는 바가 많아서인지, 일반 가정이나 식당, 사찰 및 유원지 입구의 매점에 들리면 액자나 족자로 붙어 있는 것을 흔히 볼 수 있다.

그런데, 나는 이 시를 읽고 있으면 탐욕(貪慾: 貪)과 증오(憎惡: 瞋)와 미망(迷妄: 痴)의 세 가지 번뇌의 마음(三毒心)으로 가득 찬 나를 다짜고짜 채찍질하는 듯하여 솔직히 당황스럽고 불편해질 때가 많다. 그것은 초탈과 초연의 세계로 재빨리 진입하지 못하고, 청산과 창공을 힐끗 힐끗 쳐다보며 고(苦)의 현실에 집착하며 안주하는 자신의 처지를 어떻게 이해해야 할지를 모르기 때문이다. 아마도 그것은 순수를 지향하고 동심으로 회귀하거나 스스로를 참회하는 것이 어려워진 나 자신을 당장 부정·청산해 버리기에는 아직도 많은 시간이 필요하

고, 또한 애착이 가는 점이 적지 않기 때문일 것이다. 그래서 나는 차라리 '번뇌즉보리(煩惱卽菩提)'라는 말로 위안을 삼는다. 번뇌마저 없으면 보리라는 말도 없게 될 것이니, 번뇌는 보리와 일족(一族)이 되는 셈이다.

사실 현대의 실상은 인간의 삶만이 고(苦)가 아니다. 동물도 식물도 무생물마저도 모두 고해(苦海) 속에 있다. 이제 산 좋고 물 좋고 인심 좋은 곳은, 사실 《장자(莊子)》에 나오는 "무하유지향(無何有之鄕)", 즉 "어디에도(何) 있지(有) 아니한(無) 곳(鄕)"이 되었다. 지구촌의 청산과 창공은 한없이 오염되어, 그야말로 고 속에 있다. 맑고 푸른 것은 차츰 상상과 기억, 추억 속으로 멀어져 가고 있다. '좋은(eu-)' 그러면서도 '없는(ou-)' '장소(toppos)'라는 뜻의 유토피아(utopia)라는 말은 이런 것일까?

지금 우리들이 살며 기대고 있는 것은 영혼 · 정신이 아니라 대체로 기계와 기술, 과학과 지식, 화폐와 재산과 같은 물질적 조건들이다. 신용카드, 휴대폰, 자동차, 은행, 시장, 주택, 모텔과 유흥가, 식당과 같은 것이 없는 현실이란 상상이나 할 수 있을 것인가? 우리를 구원할 수 있는 것은 무엇인가? 우리는 무엇으로 행복해질 수 있는가? 우리들의 사랑이란 무엇인가? 그리고 나는 누구인가?

집 근처의 물가나 시외의 강가에 나서면 나는 늘 그 상류에 닿고 싶어질 때가 있다. 중류나 하류보다는 상류에 그 무언가 청정한 풍경과 순간이 나를 맞아줄 것 같아서이다. 하지만 원두(源頭), 원류(源流)는 있기나 한 것일까?

길을 걸을 때도 마찬가지이지만, 나는 항상 그 길이 시작된 맨 처음으로 가고 싶어진다. 길의 최초에는 복잡함보다는 단순함이, 수식과 치장보다는 소박과 순박이, 깃발처럼 펄럭일 것 같다. 나의 영혼으로 하여금 저 청정한 상류를 희구하도록 하는 것은 무엇인가?

이런 물음들처럼, 분명 나옹 선사의 시에는 나를 나신(裸身)으로, 원점(原點)으로 돌아가게 하는 어떤 큰 힘이 있는 것 같다.

'무심(無心)'의 두 얼굴

걸었던 길들에게 미안하다

꽃피지 못하는 저 풀들의

뿌리에게 미안하다

언 돌과 굳은 흙 위로 무심히 내딛던 내 발길,

네 영혼을 너무 아프게 했구나

그래서 미안하다

가만히 홀로 있어도, 난

너의 곁에 너무나 가까이 닿아 있었구나

―최재목, 〈봄날〉 전문

요즘 무심(無心)이란 말이 자꾸 떠오른다. 무심이란 무엇일까? 세상에 대해 내가 무심해야 되는 건가? 아니 무심해선 안 되는 건가?

머리맡에 있는 《우리말 국어사전》(어문각)을 펴서 '무심'이란 항목을 찾아본다. 거기에는 "① 생각하는 마음이 없음, ② 물욕에 팔리는 마음이 없고, 또 옳고 그른 것이나 좋고 나쁜 것에 간섭이 떨어진 경계"라고 적혀 있다. 전자는 일반적 의미이고, 후자는 불교적 의미이다. 하지만 사전의 내용만으로도 도무지 그 의미가 내 몸에 딱 와 닿지를 않는다. "생각하는 마음이 없다."는 것은 무엇인가? "물욕에 팔리는 마음이 없고, 또 옳고 그른 것이나 좋고 나쁜 것에 간섭이 떨어진 경계"란 무엇인가?

나는 앞의 《우리말 국어사전》에서 눈길이 향하는 대로 '무심' 밑에 있는 '무심결'이란 단어의 뜻풀이를 읽어 보았다. "마음을 쓰지 않고, 스스로 깨닫지 못하는 가운데"로 되어 있다. 무언가에 대해 '아무 생각 없이' 하는 행위를 말한다. '아무 생각이 없다'는 말은 '무언가에 대해 자각적으로 사려하고 배려하는 마음이 없다'는 것이다. 위의 시 가운데 "언 돌과 굳은 흙 위로 무심히 내딛던 내 발길"의 '무심히'는 '무심결에'와 같은 뜻이다. 무심히, 무심결의 '무심'은 분명 불교적 의미의 무심, 즉 일부러 무언가를 하려는 마음(意圖心)을 없앤, 무(無)의 경지에 도달해 있는 종교적 차원의 마음과는 좀 다른 경지를 말한다.

나는 주위 사람들에게 참 무심했다. 일에 파묻혀 나 자신에게 몰두하다 보면 마음의 여유, 시간의 여유가 없어서 그럴 수밖에 없었다. 그래서 스스로 '그 동안 참 무심했어'라고 자책도 해본다. 어린 시절엔 무심결에 던진 돌이 개구리를 죽인 적도 있고, 무심결에 도랑에 버린 유리병이 깨져 친구의 발을 찢어 놓은 적도 있다. 무심히 내가 딛고 다닌 발 밑에선 무수히 많은 벌레들이 죽어가고, 꽃을 준비하던 풀들의 줄기가 부러져 1년을 망친 경우도 있을 것이다. 나의 무심이 저지른 업보(業報). 또 내 주위의 사람들에게는 어떠했을까? 나의 말 한마디 한 마디, 행동 하나 하나가 남들에게 얼마나 많은 부담을 주었으며 상처를 입혔을까? 아니 설령 내가 말하지 않고 행동하지 않고 "가만히 홀로 있어도, 난/너의 곁에 너무나 가까이 닿아 있"기 때문에 '나의 있음(존재)' 그 자체만으로도 남들의 "영혼을 너무 아프게 했"다는 생각에 이르게 되면, "그래서 미안"해진다.

생각해 보면 내가 살아 있다는 것은 참으로 많은 것들을 죽이고 또 아프게 한다는 사실과 연결되어 있다. 실제로 먹고 살기 위한 나의 몸부림은 채소 한 잎, 쌀 한 톨, 고기 한 마리, 짐승 한 마리 등등에 이르기까지 세상 속 무언가의 죽임·상처 입힘에 다름 아니다. 그럴수록 나의 무심한 언행들이 조심스러워진다. 이런 조심스러움이 깊어지면 숨쉬고 물 마시는 일, 공중에서 손바닥을 치는 일 등 몸을 움직이는 모든 일을 조심해야 한다. 가끔 홀로 가만히 집에 쳐 박혀 있는 일도 세상의 생명체에겐 도움이 될 일이다. 그래서 매사에 무심해선 안 될 일이다. 이렇게 나의 무심한 순간들을 성찰할 때면, 내가 세상을 향해 디뎠던 발자국, 세상 아무 데나 박아대었던 못자국 하나 하나가 더욱 또렷이 밝아온다. 내 삶의 저변에 끈적끈적하고도 덕지덕지 남아 있는 업보를 지우고, 내가 아프게 한 세상의 안쓰러운 영혼들을 위로·치유하는 쪽으로 내 삶의 방식을 바꾸어 가는 공부론(工夫論)이 지금 나에게 심각한 화두로 떠올라 있다.

그런데 다른 한편으로 난 요즘 세상에 대해 점점 더 무심해지고 싶은 충동을 느낀다. 위의 국어사전의 "물욕에 팔리는 마음이 없고, 또 옳고 그른 것이나 좋고 나쁜 것에 간섭이 떨어진 경계" 처럼 말이다. 다시 말해서 '내 방식대로 세상을 바라보고 싶지 않다' 는 뜻이다. '내가 관여하지 않아도 나 하나 없어도 세상은 잘 돌아간다' 는 자각에서이다. 내가 세상/남(他者)들에게 기껏 해줄 수 있는 일이란 그냥 그들이 그렇게 잘 돌아가는 대로 물끄러미 지켜봐 주는 일밖에 없지 않을까? 이렇게 그냥 있는 그대로를 '바라만 보고 있는' 데에 점점 빠져들며, 즐거움도 기쁨도 끊긴 덤덤한 마음, 즉 무(無)의 마음으로 세상과 함께 할 수 있는 길이란 무엇일까?

3

'골방'에서
'거리'로

*지난 몇년간 신문 등에 발표한 칼럼임.

지금 우리에게 '서울'은 희망인가

"종이 울리네. 꽃이 피네.…… 아름다운 서울에서 서울에서 살으렵니다." 이것은 기차를 타고 종착역인 서울역에 닿을 즈음 경쾌히 흘러나오는 〈서울의 찬가〉 일부이다. 과거 우리 기억 속의 서울은 늘 장밋빛이었다. 그 빛깔 속엔 가시도 하나 없었다.

지난날 시골을 버리고 서울로 간다는 내용의 가요를 부르던 심정은 "서울의 거리는 태양의 거리. 태양의 거리에는 희망이 솟네"의 〈럭키 서울〉 바로 그것이었다.

볼일이 있을 때마다 우리는 귀하고 높은 서울로 상행선을 타고 '올라가서' 천하고 낮은 지방으로 하행선을 타고 '내려온다'. 서울 표준말에 사투리는 주눅들던 때도 있었다. 정도(定都) 600년을 넘긴 지금, 정치와 경제, 교육과 문화 거의 모든 것은 서울 왕국의 손아귀에 들어 있다.

시골(鄕)은 망해도 권세 있고 잘난 분들이 득실거리는 서울(京)은 영원할 것 같은 착각이 든다. 억울한 사람은 출세하기 위해, 가난한 사람은 먹고 살기 위해 서울로 갔다. "마소의 새끼는 시골로, 사람의 새끼는 서울로"라는 속담이 그저 생겨 난 것이 아니다.

이처럼 화려했던 서울이 이제 한마디로 난장판이 된 듯하다. 지금 우리가 경험하고 있는 법과 도덕의 해이, 그리고 총체적 위기 관리 능력 부재는 IMF의 어두운 터널을 완전히 통과하지 못하고 허둥대는 국민들에게 설상가상으로 불안감을 고조시키고 있다.

특히 지금의 위기는 이래저래 가뜩이나 어려운 지방을 더욱 황폐화시키고 있다. 어떤 사람은 지금의 위기는 서울 탓이 아니라고 딱 잘라 말할지 모른다. 그러나 말은 바로 하자. 분명 이 위기의 진원지는 서울이다.

우리 현대사에서 중앙정부의 중앙집중 정책이 서울을 비대화하였고, 그 결과 서울은 왕이고 지방은 머슴이 되어 왔던 것이다. 서울은 늘 아득히 앞서 달렸고, 지방은 뒤에 처지고 낙오하며 홀대받았다.

도산 지경에 빠진 지방은 더 이상 몰락할 것 없을 정도로 참담하다. 지방의 붕괴에 중앙정부도 지방정부도 모두 속수무책이다. 종래 구조적으로 지방을 황폐화시키는 형태로 공룡처럼 성장해온 서울은, 대학과 입시가 그렇듯이, 이후로도 빈사상태에 이른 지방을 흡수, 편입해 갈 것이다.

지방엔 돈도 힘도, 인재도 권력도, 학문도 문화예술도 자생하기 어렵게 되어 있다. 서울은 당근과 채찍, 지원과 통제 모두를 쥐고 있다. 그런 권좌의 서울이 한술 더 떠 정치 판의 헤게모니 장악을 위해 수시로 지방에다 이런저런 색깔(色)을 칠해대고 그것을 실체화·고징화시켜 정략적으로 이용해 왔다.

지방은 서울의 들러리로 권력폭행을 당하지만 정작 자신 있게 그것을 고발하고 대변할 사람은 없다. 그럴 위치에 있는 사람들의 대부분은 친 서울주의자거나 서울에 직·간접적으로 예속된 자들이기 때문이다.

이제 분명한 것은 서울로부터 보다 자유로워지는 형태로 지역의 활로를 찾아야 한다는 점이다. 건강한 지방이 있을 때 서울의 미래도 있다. 양자는 어차피 공생적 동반자 관계다. 하지만 주변부인 지방은 중심인 서울을 통하지 않고 자립할 길을 찾아야 한다.

지방이 곧바로 세계로, 국제로 소통하고, 또 지방끼리는 화해하며 연대할 수 있어야 한다. 그때 서울 왕국의 낯선 자–타자였던 지방이 바로 중심이 된다. 중앙정부도 이를 적극 도와야 한다.

지방은 보편적 원리를 존중하면서 진정한 자신의 '고향'과 '향토'를 키우고 사랑하고 지켜 가야 한다. 그러나 자신의 색깔이 쉽게 서울의 정치판에 이용당하지 않도록 하는 등 자기관리를 철저히 해야 한다. 지방은 어쨌거나 약자이다.

강자인 서울에 대해 자신의 권리와 이익을 대변해줄 시민단체나 범 지방연대의 발족도 필요하다. 지금 국가 주도하의 중앙중심 정책이 부당할 때 불복종하거나 이를 견제하고 비판하며 대안들을 제시해주는 건강한 지방이 있는가? 과연 우리에게 서울은 희망인가? 자기 본질을 꿰뚫어 보며 고행으로 업을 떨쳐낼 때 지방은 성불(成佛)할 수 있다. 서울만이 진리로 가는 길이 아니다.

눈물 밑이 어두워선 안 된다

50년 만의 남북 이산가족 상봉 장면은 그 어떤 드라마보다도 감동적이었다. 그 구구절절 애절하고 한스럽던 상봉자들의 대화 앞에 우리는 가장 인간답게 그리고 각본 없이 눈물을 쏟았다.

그것은 조절되지 않는 홍수처럼 숱한 사람들의 가슴에 범람해대며 민족의 동질성을 '정서적'으로 묶는 새 지평을 열었다고 평가된다. 그러나 예컨대 눈물이 앞을 가리던 며칠 동안 '의료대란'에서 흘렸던 국민들의 또 다른 고통의 눈물가닥은 정말 아무 일도 없었던 듯이 밀려나 잊혀졌다. 우리는 이 점을 기억해 둘 필요가 있다. 그만큼 그 눈물은 '현실'의 발 밑을 어둡고 흐리게 만드는 연막탄 역할도 했던 것이다. 남북 이산가족의 상봉 드라마는 막을 내리지 않고 계속될 전망이지만, 맑은 눈과 서늘한 머리 대신 다시 눈물이 현실의 발 밑을 가릴지 걱정이 앞서기만 한다.

상봉의 이벤트는 외상도 공짜도 아니었다. 엄연히 현금 결제로써 있게 됐고 또 앞으로도 그럴 것이다. 그러니 그런 이벤트들이 진정 통일을 향한 작은 발걸음이라면 이제부터는 감정에 호소할 성질의 것이 아니다. 사태를 감정(鑑定)하고 꼼꼼히 계산하는 눈을 기르면서 차근히 풀어가야 한다.

지난 20일 박준영 청와대 대변인은 8·15 이산가족 상봉이 드러낸

문제점에 대해서, 남북이 '합의' 하여 성급하지 않게 '차분히' 그리고 상호 '감내할 수 있는 범위 내' 에서 문제 해결에 최선을 다해야 한다는 고려사항을 밝혔다. 이것은 이산가족 상봉의 해법이 남북의 체제 차이 등으로 신중해야 할 사안임을 언급한 것이다. 그렇다면 정부는 이제부터 여론몰이에 급급하거나 일의 선후, 본말 그리고 경중을 가리는 데 둔감해선 안 된다. 무엇보다도 주요 현안 타결을 위한 저비용의 합리적이고 효율적인 안정된 시스템을 구축하는 데 지혜를 모아야 한다. 냄비처럼 끓어올라 야단법석을 떨다가 순식간에 식어버리는 과거 정권이 써먹던 고전적이고도 유치한 수법이 통할 리 없다. 민족적·동포적 운운하며 사랑(愛)이란 여린 감정과 심정을 소정의 목적을 위해 금광처럼 마구 파대다가 어느 날 폐광을 만들고, 잊을 만하면 다시 그것을 굴착하는 식이어선 안 된다는 말이다.

분명 남북 이산가족의 상봉 이벤트는 그 무엇(?)을 위해 시급히 추진되는 깜짝 쇼가 아닐 것이다. 그렇다면 향후 지속될 남북 이산가족 상봉도 통일 예행연습이라는 총합적 안목 속에서 지속적으로 추진된다는 큰 믿음의 한 증거여야 한다. 그래야 그것이 수시로 범람하는 눈물의 홍수를 조절하는 댐 역할을 해낼 것이다. 잠시 눈물이 마른 우리들의 머리 속에 남북한의 실상이 어떻고 우리의 소원인 통일이 어떤 방식이며, 또한 그것을 위해 우리는 무엇을 차근차근 준비해야 하며, 되고 안 되는 일이 무엇인지를 하나 하나 구체적으로 제시하면서 국민적 합의를 쌓아가야 한다. 예컨대 나이든 세대들이 펑펑 눈물을 쏟을 때 별 감동을 느끼지 못하고 무관심했던 젊은 세대들에게 어떻게 피부에 와 닿도록 통일교육을 해갈까? 상봉 당시 TV에서 여과 없이 쏟아지며 국가보안법을 무력하게 만들던 언설들이 과연 우리 주변 도로 곳곳에 버티고 선 반공포스터들과 무모순적이라는 것을 어린이들에게 어떻게 설명할까? 비전향 장기수와 국군포로 송환문제 등이 호혜평등의 원칙에서 진행되고나 있는가? 이처럼 남북한 간에는 아직 눈물띠로선 다 묶어내지 못한 상이한 '관(觀)'과 '염(念)'들이 엄정한 사실로서 존재하고 있다.

분단의 음지에서 기생한 체제유지용 이념적 잔재들을 정리하지 못한 채 6·15선언 이후 우리 사회가 맞고 있는 정치적·상업적 북한 특수와 신드롬. 하지만 지금 냉면집을 찾거나 노래 몇 소절을 듣는 낱지식으론 북한의 실상에 접할 수 없다. 이제부터 우리는 '화쟁(和諍)'과 '일심(一心)'의 철학으로, 체계적이고 대승적 차원의 통일교육·통일 예행연습을 고려할 때다. 감상과 애수로 내몰릴 민족적 정서는 합리적 절차와 합의라는 틀 속에서 이성과 면역력을 되찾아야 한다. 눈물만이 능사가 아니다.

밥그릇 싸움이라 매도하지 말라

최근 언론에서 수시로 '밥그릇 싸움'이란 말이 오르내렸다. 아직도 그 말의 불씨들은 사회 전반에 잠복해 있다. 이제 우리는 장기간 이런 말과 사귈 각오를 해야 한다. 밥그릇과 싸움이란 단어의 결합엔 먹어야 산다는 우리 사람의 진실이 들어 있다. 특히 '~권의 소유'나 '~분업', '~통폐합' 문제는 결국 밥그릇의 크기 여부로 연결되기에 민감해진다. 이러한 갈등상황을 여론의 도마 위에 올려 성급하게 추한 밥그릇 싸움으로 일반화하여 매도해 가선 안 된다. 자신의 경제적인 이해관계를 문제삼는 것은, 그 이의제기가 정당하다면, 이기심 자체를 나쁘다고 할 수 없다.

사실 따지고 보면 인간에게 밥그릇만큼 소중한 것은 없다. 흔히 '밥그릇 싸움' 하면 더럽다, 점잖지 못하다고 손가락질해대지만 그렇게 함부로 욕해도 될까? 밥그릇에도 진짜와 가짜가 있다. 찾아 먹어야 할 진짜 내 밥그릇을 누가 강탈해간다면 싸워야 하지 않는가! 누가 그것을 욕되다고 하는가! 특히 우리 국가 사회의 밥그릇을 위협하는 국제 간의 무역마찰, 강대국의 횡포를 바라볼 때 우리는 내 밥그릇을 챙기는 데 실로 용맹정진해 가야 함을 절감하는 터다.

"벼룩의 간을 빼먹는다."는 우리 속담이 있다. 이처럼 배부르고 여유 있는 자들이 과욕으로 배고픈 자의 것을 빼앗거나 한치 양보도 없이 제 몫을 챙기는 경우 더러운 밥그릇 싸움이라 매도해도 마땅하다. 너무나 동물적이기 때문이다. 그러나 약자들이 강자의 약탈에 대해 목숨을 걸고 제몫을 지키는 것은 싸움이 아니다. 그것은 정당방위의 투쟁이다. 이를 비난해서는 안 된다. 싸울 것은 싸우고, 또 그것은 제3자에 의해 잘 조정되어야 한다. 그래서 이해 당사자에게 무엇이 공익이고 또 그것이 왜 중요한지를 설득해 가야 한다. 밥그릇을 챙겨 먹는 밥상 위의 질서와 도덕성에 큰 결함이 있다면 그것이 과감하고도 냉정하게 고쳐져야 진정한 화해도 뒤따른다. 다만 그에 관한 질서 재편, 규범개정 과정에서 당사자 간의 이해득실에 대한 민감한 계산 차이로 합의도출이 쉽지 않다. 으레 정부가 중재자로 개입하게 마련이다. 그렇다면 밥그릇을 나누고 합해 가면서, 또한 질서를 바로잡는 정부측의 공정성 여부는 참으로 중요하다. 칼자루를 쥔 자의 철학과 도덕성에 하자가 없어야 한다. 과연 정부는 공정한가? 우리 사회의 밥그릇 싸움에서는 대체로 권세 있고, 권력을 등에 업은 기득권자들, 이른바 목소리 큰 사람들이 이긴다는 관행이 큰 문제다. 그러니 모든 것을 수단과 담보로 우는 소리, 큰 목소리를 낸다. 그렇지 않으면 눈 뜨고 당한다는 패배감에 사로잡힌다. 우리가 늘 아쉬워하는 것은 이런 갈등상황에 개입하여 중재할 만한 '공정한 제3자' 를 찾기 힘들다는 점이다. 밥그릇을 공정하게 나누고, 게다가 밥을 먹고 사는 인간으로서의 큰 길을 가르쳐줄 수 있는 신뢰할 '어른' 이 없다. 갈등의 대부분은 엄청난 정치적 파워 게임으로 돌변한다. 그때 정부가 힘있고 큰 목소리에 떠밀려 슬쩍 그 팔을 들어주는 식이라면 공익의 실현 의지는 사라지고 사익(집단이익)의 애매한 중재에 그칠 뿐이다.

　가진 자, 힘있는 자의 밥 한 그릇은 따분한 일상일지 모른다. 그러나 힘없는 자의 그것은 바로 생명 줄이다. 만일 정당한 이유와 방법

의 싸움이라면 매도하지 말자. 밥그릇은 여전히 성스러운 것이다. 특
히 밥그릇을 나누기 위해 칼자루를 쥔 정부는 나누기도 하고 동시에
자신이나 누군가를 위한 몫을 챙겨선 안 된다는 원칙을 지켜야 한다.
언제 어디서나 약자를 누르고 강자, 기득권를 편드는 공권력이라면
그것은 이미 흉기나 폭력에 지나지 않는다.

박수칠 때 떠나라

　지난주 노르웨이 노벨 평화위원회가 우리 나라의 김대중 대통령을 올해의 노벨 평화상 수상자로 발표했다. 그것을 지켜보던 수많은 사람들이 뜨거운 환호와 박수를 보냈다. 한 주가 다 지났지만 아직도 그 열기는 각 기업체가 여러 신문에 싣는 전면광고로 남아 있다. 수많은 수난을 겪으면서도 잃지 않은 민주화와 인권에 대한 집념, 북한과의 평화와 화해를 통해 한반도 냉전 종식의 계기를 마련한 '햇볕정책'이 국제사회로부터 인정받은 것이다.

　하여튼 노벨상은 우리 나라 사람으로서는 처음 받는 훌륭한 상이고 보면 민족의 경사라 할 만하다. 그래서 "노벨상의 권위가 땅에 떨어졌다."느니, "노벨상도 별 것 아니네."라든가 "북한에 그렇게 돈을 퍼주고 받은 상인데 북한이 없었으면 어쨌을까?" 등등의 낮추거나 비꼬는 말은 이제 그만두자. 세간에서 마구 쏟아대는 상과는 질적으로 다른 노벨 평화상 수상을 우리 모두 치하하고 환영하는 데 인색하지 말아야 한다. 박수를 칠 때는 '그런데' '하지만'과 같은 꼬리표를 달 필요가 없다. 사실 우리의 박수는 꼭 김 대통령만을 위한 것도 아니다. 김 대통령을 만들어 낸 우리들 스스로가 걸어 왔던 고난·역경의 비극적인 역사를 향한 큰 희망적 성찰의 표현이고, 더욱이 이 다음의 예비 노벨상 수상자들을 위한 보이지 않는 심정적 격려의 기금 조성인 셈이다.

노벨상 수상 이후 국내에서는 다양한 반응이 있었다. 소기의 목적이 달성됐으니 '할일 다 했다고 아무 일도 않겠지' 가 아니면 '이제부터 다른 신경 안 쓰니 나라가 좀 나아지겠지' 라는 식의 상반된 세간의 말투가 그렇다. 정서에 따라서도 '후끈' 아니면 '썰렁' 일색이었다. 서울 모 대학의 학생 운동권의 경우 '민족민주(NL)' 계열은 긍정적 평가를, '민중민주(PD)' 계열은 부정적 평가를 내렸다. 국내 여론은 대체로 "평화와 민주주의가 정착하지 않은 한반도 지역의 상징적 인물인 김 대통령에게 평화상을 주어 그것을 더욱 격려, 조장하고자 했다. 그것은 바로 불행했던 우리 역사의 상징이다. 그만큼 개인적인 지난 업적 칭송에만 머물 수 없고 암울한 지경의(그래서 평화가 아닌) 우리 경제와 민생을 챙기는 내치(內治)에 더욱 신경을 써야 한다."는 것이었다. '상' 을 넘어서서 '존경받는 성공한 대통령' 으로 남으라는 말이었다.

정말이지 노벨상의 뒤에는 그 대표성에 가려진 많은 고통받던 국민의 시대와 역사가 있었다. 이를 알기에 김 대통령도 "이 영광을 국민들에게 돌리고 싶다."고 했을 것이다. 그러니 공원 조성이니 뭐니 하며 노벨상 수상을 개인적 차원의 것으로 상징화 · 신격화하는 작업은 고려돼야 한다. 이번 상은 단체수상이라는 대승적 차원의 의미를 지니기 때문이다. 김 대통령이나 노벨상 프로젝트를 추진해온 분들도 국민들이 열심히 박수를 칠 때 그 우쭐대며 머물고 싶은 영광의 단상을 겸허하게 떠나야 한다. '공을 이루었으면 몸을 뒤로 물리는 것(功遂身退)' 이 하늘의 도리이다. 진정으로 국민들에게 돌릴 영광이라면 더더욱 그렇다. 특히 한반도의 평화와 화해를 위한 상이었다면 발밑과 주위를 냉정히 둘러보아야 한다. 북한의 언론 매체가 수상 소식에 대해 일체의 논평을 하지 않고 침묵으로 일관하고 있는 것, 그리고 북한이 최근 우리측과 합의한 여러 사항을 연기하거나 위반하고 있다는 것은 무엇을 의미하는가. 숙고해 볼 일이다.

청정한 마음일 때 존경받는 대통령의 길도 있다. 지역과 계층, 세대를 넘어서서 '먹고 사는' 문제에 불안해 하지 않는 민초들의 마음속 깊은 '믿음(信)'에서 우러나온 상찬이야말로 무형의 노벨상이다. 믿음이 없으면 정치는 끝이다. 내치의 표준은 사람이 사람답게 살아갈 수 있는 바탕인 '밥'과 그 밥을 마음놓고 먹을 수 있는 '안전 조건'들의 보장 여부이다. 그리고 이런 내치가 곧 외치(外治)로서 확대·연결되어 '햇볕정책'이 성실히 완성돼 가야 한다. 영광의 단상을 박수칠 때 내려서라는 뜻도 여기에 있다. 노벨 '평화상' 속에는 '평화'가 없다.

무엇이 정답을 강요하는가

　본격적인 대학입시 철을 알리는 2001학년도 대학 수학능력시험이 닷새 뒤로 다가왔다. 좋든 싫든 간에 입시는 한번의 선택으로 학생 자신의 미래를 거의 영속적으로 판가름 짓는 우리 사회의 공적인 장치이다. 그것은 출신과 학벌 제조기로 정평이 나 있다. 그 한번 찍힌 바-코드는 업(業)처럼 죽은 후에도 소멸되지 않고 유전된다. 해마다 온 국민이 긴장과 수면부족의 스트레스에서 헤어나지 못하는 것도 이런 까닭에서이다.

　지금 입시는 성인 통과의례가 아니다. 스스로 문제를 제기하고 풀어 가는 능력과 자격을 갖춰 주기보다는 모범답안의 암기기계로 만들고 있다. 이제 입시는 진정한 성인 통과의례를 담당해야 한다. 꿈 많은 젊은이들에게 국가와 기성세대들이 기대에 찬 통큰 물음을 던지는 자리여야 한다. 더디고 힘든 과정을 통해서라도 도전적 · 창의적인 발상과 기발한 아이디어가 발굴 · 평가되어야 한다. 한두 번의 오답일지라도 실패한 과정으로 무시 · 배제돼선 안 된다. 모범답안의 집단 히스테리를 벗어날 때 경쟁력 있고 창의적인 아름다운 나사못 하나, 개성 있는 그림 한 폭도 만들어진다. 인문적 상상력과 지성의 싹은 여기서 돋는다.

　누구나 정답이 있으면 외우게 된다. 사지 혹은 오지선다이건 간에 정답이 있기에 학생들은 비판 없이 관련 교과목의 암기력을 바탕으로 빨리 착오 없이 '찍고 고르는' 기술자가 되어 간다. 이 기술자들이 깨친 지식은 기성의 교육전문가 집단이 국가의 이데올로기를 교과서화 한 것이며, 교사는 교실에서 그것을 무슨 임상실험이나 하듯 획일적으로 주입시킨다. 입시는 이처럼 국가 주도하에 급속도로 대량 주입된 지식을 단시간에 일제고사로 평가하는 일이다. 또한 정답이 키운 지식의 대부분은 현재 유용한, 실용적인, 현금가치로 환원될 수 있도록 강요된 것이다. 그러기에 정답을 찍고 골라내는 전문업 종사자도 권력을 쥔다. 모범답안을 만드는 산업과 족집게 과외에 돈이 몰리는 것도 그 때문이다.

정답을 더 많이 빨리 외우기 위해서 학생들은 서로 대화하고 스스로 사고하지 않는다. 무엇이, 왜, 어째서 그런가라고 묻지 않는다. 아닌 것을 "아니오."라고 말하지 못한다. 흔한 풍경이지만 학생들의 대부분은 골방이나 교실, 독서실, 그리고 유명강사가 콕콕 찔러 가르치는 대로 외우는 학원에 틀어박혀 있다. 줄을 쫙 그어가며 '잔소리 말고 외워' 라는 교육방식에 익숙하다. 함께 모여서 서로의 의견을 주고받으며 토론하는 원탁형이나 서로 얼굴을 마주할 수 있는 사각형의 테이블이 있는 교실은 드물다. 단상에 교사가 서 있고 학생들은 일제히 흑판을 쳐다보는 일군만민(一君萬民)식의 비민주적 교육에서 "나는 누구인가?"라는 정답 없는 물음이 나올 리 없다. 철학적 사고의 훈련은커녕, 습관화되어야 할 윤리·도덕마저 교과서 속에 박제화되어, 몸과 마음에 대한 진지한 성찰은 사라졌다. 그래서 인정·사정·물정에 대해 "왜?"라고 묻고 논리적으로 토론하며 이해·체득하려 들지 않는다. 도덕불감증·윤리IMF라는 조어가 오늘에만 그칠까. 현행의 논술시험제도는 오지선다형의 교육과 시험이 지니는 약점을 보완하기 위해서 도입된 것이다. 그러나 입시의 한 형식인 논술마저 기성의 입시틀 속에서 하나의 과목으로 왜곡·변질되었다. 토론문화는 거세되고 모범답안, 예상답안만을 만들어 외우게 하는 논술과외산업만이 우후죽순 양산되었다.

정답이 있는 곳에 암기가 있고, 암기가 있는 곳에 자율적 사고의 인간은 없다. 자신의 생명과 삶, 그리고 역사에 대해 끊임없이 성찰하며 "아니오."라고 말할 인간이 사라진 사회는 희망이 없다. 누가, 무엇이 정답을 강요하는가? 교육만이 죄인인가? 지금 우리 교육의 틀을 구겨온 국가와 사회, 그리고 기성세대가 바로 죄인이다. 인재는 결코 사적 소유가 아니다. 우리 모두의 여망이어야 한다. 이제 입시의 틀도 아주 확 바뀔 때다. 인재를 사유화하지 않고 공공적 자원으로서 공유하는 교육 시스템의 혁명이 필요하다. 그 환골탈태에 온 국민의 '사적'인 돈이 모여 '공적'으로 쓰여져야 할 것이다.

‘젊음’이 표류해서는 안 된다

“세상은 좁고 할 일은 없다.” 지금 대학생들의 사회에 대한 소감은 이럴 것이다. 졸업한들 마땅히 취직할 곳이 없고, 일자리를 구한다 해도 우선 위기를 피신하는 곳이거나 아르바이트가 대부분이다. 빨리 학교를 떠나는 것이 미덕인 때도 있었지만, 요즘 대학생들은 졸업하기가 겁난다고들 한다. 졸업하자마자 무직자가 되는 그 처량한 길을 걷기보다는 차라리 학생 신분으로서 좀더 나은 세월이 올 때를 기다리고 싶은 심정이다. 지방대학일수록 상황은 더욱 심각하다.

국내의 경제적 사정이 악화됨에 따라 전국의 대학에서 휴학생 또한 급증하고 있다. 학생들이 줄어든, 더욱이 ‘미래’에 기죽어 썰렁한 강의실 풍경은 교수들의 강의 의욕을 떨어뜨리게 하는 주된 요인이 되고 있다. 그 착잡한 분위기를 구원하는 것은 대학생들이 사회에 나가서 적어도 자신이 원하는 무언가를 할 수 있다는 ‘확신’을 주는 것이겠지만, 사회도 대학도 교수도 당장 그것을 속 시원히 눈앞에 내밀 수가 없다. 참으로 안타깝기만 하다. 물론 취업난이 대학의 학부생에게만 국한된 것은 아니다. 대학원생들의 경우도 마찬가지다. 대학원생들도 암담한 채로 학문에 임하고 있다. 먹고 살 걱정은 뒤로 하고 “공부나 열심히 해라.” 하며 그들을 종용하는 데도 한계가 있다. 경제적 위기상황 속에서 학문보다 우선 ‘취업’이라는 가치를 선택하는 것이 어쩌면 자연스런 현상인 것이다. 서울의 어느 명문 대학원의 정원미달 사태는 그 좋은 예일 것이다.

그뿐이 아니다. 대학 내부에 좀더 눈을 돌리면 사정은 한층 심각하다. 지금 서울이든 지방이든 박사학위를 취득한 엄청난 고급인력들이 갈 곳이 없다. 각 대학의 학과마다 최소한 10여 명의 국내외 박사학위 취득자인 시간강사들이 있다. 이들이 '마음놓고' 활동할 곳은 아니더라도 최소한의 '인간적인 생활'과 '학자적 자존심'을 지켜줄 어떤 제도적 장치마련이라도 있었으면 좋겠다. 공동연구이든 대규모 번역사업이든 지혜를 짜내면 방법은 얼마든지 있을 것이다. 그러나 사실 지금까지 대학은 물론 정부에서는 국가의 장래를 생각하는 차원에서 고급두뇌들을 활용할 수 있는 획기적인 조치를 심각하게 고려하지 못했다. 이런 말을 하면 당국자들은 당장에 '그럴 돈이 어디 있느냐?'고 하겠지만 실제 그 고급인력들의 처우 개선에 천문학적인 돈이 드는 것도 아니다. 어쨌든 박사학위를 받아도 별 뾰족한 수 없이 평생 시간강사로만 살아가야 한다는 불안감은 학문 후속세대, 그리고 학문 그 자체의 존립에 균열을 가져오고 결국 대학의 붕괴를 부추길 것이다. 어느 특정 시기에 적어도 어떤 한 분야나 영역에 대해 체계적이며 집중적으로 배우도록 한 곳이 우리 나라 대학의 '학과'였다. 이른바 '학부제'라는 것이 지금 이런 매력 있던 학과를 다 먹어치우고는 있지만, 실제 학과의 이념조차 우리 사회에서 옳게 실현되었는지는 의문스럽다. 대학 교육의 방황, 대학강단의 매력 상실은 지금까지 우리 사회가 그나마 어렵게 축적해온 지적인 재산을 외세에 잠식되도록 방조하는 격이다. 아직도 우리 나라의 대학은 할 일이 많다. 강단은 성(聖)과 속(俗)이 둘이 아니라는 목소리를 탄력 있게 껴안으면서 열심히 제 길을 걸어가야 한다. 거기엔 밤낮 연구실의 불을 밝히는 ‘젊음’이 있어야만 한다.

　돌이켜보면 지금까지 우리 대학들은 주로 그 ‘입구’에만 신경을 쏟았지 ‘출구’에 대해서는 무감각해 왔다. 입시에는 대단한 신경을 쓰면서도 졸업 후에 대한 관심과 배려는 비교적 결여돼 왔다는 말이다. 그리고 학생들은 자신이 ‘무엇을 해야 하고’, ‘무엇을 할 수 있는지’에 대해 진지한 관심이 없었다. 그럴수록 대학은 학생 스스로 자신의 개성·재능을 찾아내도록 도와주고, 동시에 사회에 나가서 그것을 충분히 발휘할 수 있도록 안내하며, 각종 자격을 충분히 구비하도록 하는 등의 제도적 후원을 해가야 한다. ‘한번 고객은 영원한 고객’이라는 발상의 전환과 종합적인 대책이 필요하다. 젊음이 표류하도록 방치하는 것은 그야말로 대학과 사회의 직무유기이다.

물 한 방울을 아끼는 의미
— 공생(共生)의 대지(大地)를 향하여

"돈을 물 쓰듯 한다."는 말이 있다. 귀한 돈을, 세상 어디에나 있는 흔하디 흔한 물처럼 아무렇게나 써버리는 것을 일컫는 말이다. 요즈음 내가 살고 있는 대구, 경북 일대에는 오랫동안 비다운 비나 눈다운 눈이 거의 내리지 않았다. 겨울 가뭄이 심하다. 우리가 마시고 씻고 빨래를 하며 초목들이 봄맞이를 할 물이 부족하다. 이처럼 물은 돈과 같이 귀한 존재가 되어 버렸다. 그야말로 물을 '물 쓰듯' 하던 시대는 이미 지나 버린 것이다. TV에서도 전국적인 겨울 가뭄에 대한 광고로서 "아직도 물을 물 쓰듯 하십니까?"라는 말까지 만들어내어 물을 아껴야만 하는 지금의 절박한 상황을 국민들에게 충격요법을 써서 호소하고 있는 것이다. 현대를 살아가는 우리들이, 지하수도 지표수도 하늘에 떠도는 수분도 더 이상 무한한 존재가 아니고 유한한 것임을 깨달은 것은 참으로 다행스런 일이다. 적어도 여기서 우리는, 자연이 결코 정복의 대상이 아니고 함께 더불어 살아가고 또 항상 아껴야 = 사랑해야 할 것임을 알 수 있게 되었기 때문이다. 우리가 한 방울의 물도 아껴 써야 한다고 생각할 때, 비로소 거기에는 한 방울의 물이 단순한 이용물로서만이 아니고 인간 삶 속에서 의미(가치)있는 존재로서 자리잡아 상호교감을 하고 있는 것이 아닐까? 생물체, 특히 인간의 살아 있음의 밑바닥에는 필연적으로 다른 존재(타자)를 죽임,

없앰, 이용함의 가혹하고도 냉정한 현실적 논리를 껴안고 있다. 그러나 진정으로 무엇인가를 죽이고 없애고 이용하는 것만으로 우리들의 생명은 값질 수 있을 것인가? 인간의 살아 있다는 활동을 계속 살려가기 위해서는 무수한 순간 순간의 생명의 수레바퀴를 굴리는, 삶에 연속적인 생명의 징검다리를 놓아주는 보이지 않는 무엇인가(他者)의 ─ 희생의 형태이든 공존의 형태로든 간에 ─ 총체적인 협조를 필요로 하고 있는 것이다. 그래서 우리 인간을 둘러싼 삶의 모든 협조자들, 자연에 대한 우리의 기본적인 보답은, 예컨대 한 방울의 물이라도 아껴주는 것이다. 삶과 사랑은 별개의 것이 아니다. 만물을 아끼는 인간의 작은 마음들이 사라짐에 따라 공생의 대지는 언젠가 그 협조자들의 증오의 누적으로 인하여 서서히 공멸의 대지로 탈바꿈해 갈 것이다. 살아 있다는 것이 곧 무엇인가(타자)를 아끼는(사랑하는) 것이어야 함의 평범한 진리는 항상 공생의 대지를 향한 디딤돌이 될 것이다.

아파트와 공동체 문화
— '얼굴' 이 있는 아파트 문화를

사람이 사는 마을로 가리라/모르는 길 물으리/풀들 꽃피는 길바닥 푸르러/가리키는/손가락 닮은 아름다운 길 하나

봄이 되니 옛날에 내가 써 두었던 〈아름다운 길〉이란 시가 생각난다. 아파트 생활을 오래 하다 보니 마음이 따뜻한 사람들이 사는 마을이 그리울 때가 있다. 사실 시골로 따지자면 우리가 사는 아파트의 한 통로만 해도 하나의 마을인 셈이다. 그러니 무슨무슨 '마을' '타운' 이라는 식의 아파트 단지라면 여러 마을을 합친 대단히 큰 규모의 마을이 된다. 그러나 아파트에는 옛 마을의 정취는 찾아볼 수 없다. 우리의 전통적인 마을에서는 보통 작은 개울과 그늘 많은 나무 한 그루쯤 있고, 방문이 빤히 쳐다보이는 낮은 담장이 있고, 개와 닭의 울음소리도 들린다. 누구누구 집에 무슨 일이 일어났고 또 그 집의 형편은 어떻고, 내일 누구누구 집에 제사가 있고, 또 어떤 손님이 왔고 이런저런 일로 부부간에 싸움을 하였고, 자식이 공부를 잘하고, 누구의 성격은 어떻고, 누구와 누가 사랑을 하고 또 어느 부부는 임신 몇 개월째이며 언제 아이를 낳을 것이고, 누구의 텃밭에 무슨 꽃이 피었고 무슨 채소가 자라고 언제 누가 병들었고 또 죽을 것이고 등등의 온갖 소식을 공유한다. 얼굴 속에서 태어나서 서로의 얼굴을 보면서 살

다가 얼굴 속에서 죽어 가는 것이 전통적인 마을의 '얼굴 문화' '얼굴 공동체'이다. '나'보다 '우리'라는 말이 성립하며 모든 정보와 생활방식은 서로 열려 있다. 이웃의 어린 남자아이가 지나가면 마을 사람들이 둘러앉아 있다가 "고추 하나 따줄래?"라고 하면 그 어린아이는 그 사람에게 따주는 시늉을 하기도 한다. 이처럼 성(性)과 사랑마저도 얼굴 공동체 속에서는 비밀스러이 사유화되지 않고 연대 책임으로 공유되는 넉넉함이 있었다. 무엇보다도 마을에는 어른이 있었다. 그 어른은 마을의 일을 책임 있게 처리하고 조정하고 바로잡아 준다. 어린아이들은 저절로 이런 습속, 얼굴 공동체의 살아 있는 문화의 터널 속을 유년기, 청소년기를 긴 연기 내뿜으며 달리는 완행열차처럼 천천히 철이 들어가면서 통과해 갔던 것이다. 이렇게 사람의 향기가 있고 인정 있는 풍광을 벗어 던진 우리가 사는 현대식 아파트에는 몇 동, 몇 호라는 숫자가 바로 얼굴이다. 숫자는 서로의 얼굴을 감춰주어 사생활의 비밀 공간을 충분히 보장해 준다. 아무개라는 이름보다는 몇 동 몇 호 아저씨 혹은 아줌마라고 부른다. 문을 닫아버리면 누가 무엇을 하며 어떻게 살아가는지, 병들었는지 죽었는지를 모르기 십상이다. 가끔 노인이 혼자 사는 집에는 음식을 올려놓고 잠이 들어 온방에 연기가 꽉 차고 이웃이 불이 난 줄 알고 신고를 하면 소방차나 달려오는 정도로 무심하다. 앞집, 위 아래층에 누가 살고 있는지 10년 이상을 살아도 잘 모를 지경이며 수위 아저씨 이외에는 아무도 그런 것에 관심을 갖지 않는다. 사람들끼리 별로 만날 일도 없고 또 애써 노크할 일도 없다. 이것은 바로 '묻지마' 사생활 고립체가 아니고 무엇일까? 폐쇄되고 밀폐된 주거공간이긴 하지만 자기방식대로 살 수 있는 아파트. 익명성이 보장된 현대인들의 간편하고 개체화된 생활 공간. 더욱이 인터넷의 바다에 풍덩 빠지고 있는 우리들

로서는 '이웃사촌'이란 관념도 없다. 이웃들은 점점 '멀어져 가는 당신'이 되어 이미 수십 촌(寸)을 넘어선 느낌이다. 옛날부터 흔히 자기 고장이나, 고향마을이 사람이 살 만한 좋은 곳이라는 점을 남들에게 자랑할 때 '산 좋고 물 좋고 인심 좋은 곳'이라고 한다. 공자(孔子)와 그 제자들의 언행을 주로 기록한 《논어》에서는 "사는 곳에는 인덕이 있어야 한다. 일부러 사는 곳을 고르되 인덕이 없는 곳에 거주한다면 어찌 지혜로운 사람이라 하겠는가?(子曰, 里仁爲美, 擇不處仁, 焉得知)" 라고 하였다. 주거환경으로 산 좋고 물 좋은 것까지 감히 욕심을 못 내는 요즘 적어도 인심이라도 좋은 곳에 살면 얼마나 좋을까? 이제 우리 아파트에서 바람직한 공동체 문화를 만드는 일은 무엇보다도 숫자에 묻힌 우리 각자의 얼굴을 찾아내는 노력일 것이다. 반상회나 통로회 같은 것을 잘 운영하여서라도 가끔씩 서로 만나고 또 그 횟수를 거듭하여 '이웃사촌'이 되는 일부터 시작해야 한다. 사실 공동체 문화는 다른 사람들이나 바깥의 무엇이 급작스레, 억지로 만들어 주는 것이 아니다. 그것은 서로의 작은 인정과 마음씀, 관심에서 출발한다. 말 한마디, 상냥한 인사와 같은 작은 손길, 베풂과 보살핌에서 출발한다. 아파트의 공동체 문화에서도 역시 '작은 것이 아름답다'.

'연구비'에 비친 지식인의 초상, '추문'을 자성록(自省錄) 삼아야

　지난달 말일쯤 모 일간지 신문에서 "서울대 아무개 교수가 타 대학의 동료 교수의 이름을 도용해 연구비를 부풀려 타냈다가 적발돼 처벌을 받게 됐"고, 문제가 된 아무개 교수는 "검찰의 조사를 받은 직후인 지난해 12월 말 미국으로 출국해 아직 귀국하지 않고 있다."는 기사를 접한 적이 있다. 그리고 나서, 나는 '과거의 관행 중의 하나가 밝혀지는구나. 늘 그랬듯이 좀 있다가 잠잠해지겠지, 뭐.' 하고 지나쳐 버리긴 했다. 하지만 언론에 보도된 내용만으로도 그런 종류의 사건은 충분히 예상되어 왔던 것임을 짐작하기란 어렵지 않았다. 왜냐하면 이런 저런 이야기를 이미 주위로부터 많이 들어왔던 터였기 때문이다.

　지난해에 나는 이와 좀 유사한 사례를 어떤 공동연구에 참가했던 모 대학의 아무개 교수로부터 전해 듣고서 좀 흥분한 적이 있었다. 이미 수년 전에 공동명의로 받은 교육부 연구비에 얽힌 얘기였다. 서울 쪽의 어떤 분이 책임을 맡고, 자신은 아는 사람의 부탁을 받아 지방대 교수 다른 사람과 함께 연구에 참가했는데, 결과보고를 하고 나서 한참 뒤에 안 사실이지만, 연구비 배분이 납득이 가지 않는다는 것이다. 글쎄 1년에 몇 천만 원의 연구비로 몇 년간 연구를 한 것임에도 불구하고 자신에겐 100만 원 정도를, 다른 한 분의 교수에게는 100만

원도 안 되는 돈을 지급했다는 것이다. 그것도 둘 다 지방대 교수에게만. 뒤늦게 알고서도 남에게 얘기하기가 부끄럽고, 한편으론 모욕당한 것 같기도 하고, 혼자 이런저런 분노를 삭였다는 것이다. 따지고 보면 학계에서 다 아는 사이이고 또 학자가 돈 때문에 이러쿵저러쿵하는 것이 주위로부터 곱지 않은 시선을 받을까봐 대체로 작은 일에는 참고 지내는 게 교수사회의 인지상정이다. 그렇지만 언제까지나 우리의 전래적인 미풍양속(?)대로 '좋은 게 좋은 거' 라는 성선설의 원리만 칭송해대야 할까?

단언할 수는 없지만 유사한 일들이 우리 주위에 또 얼마나 있을지는 짐작이 가고도 남는다. 지나간 일들은 지나갔다고 치자. 이제 이러한 추문을 망각해서는 안 되고, 우리의 자성록(自省錄)으로 삼아야 한다. 그리고 '죄 없는 자가 먼저 돌로 치라' 는 식으로 무조건 쉬! 쉬! 하는 것을 상책으로 여겨서도 안 된다. 이 같은 피장파장 논법의 업보를 계속 반복하지 않기 위해서도 우리들 자신의 폐부를 향해 과감하게 손가락질할 것은 손가락질하며 깊이 자성해 가야 한다.

주위 사람 몇몇을 들러리로 세우거나 이름을 도용하면서까지 연구비를 독식하던 관행. 사람을 부려먹으며 그 대가를 지불하지 않고 착취하는 방식으로 돈은 챙기던 관행. 돈에 눈이 멀고 재물에 정신이 팔린 몇몇 부도덕한 지식인의 초상에 측은함과 씁쓸함을 지울 수 없다. 과거의 이런저런 행태는 학계의 음지나 습지에서 남이 애써서 연구한 논문이나 저서, 역서에 손 하나 대지 않고도 이리저리 숱하게 이름만 올려놓고 자기의 업적을 높여 점수를 챙기던 이기적인 치졸한 관행과도 인·친척 관계를 맺어 핏줄을 유지해온 점을 부정할 수 없다.

지금 연구비가 밀·암거래되는 지하시장은 존재하지 않으리라 믿는다. 투명한 연구비 시장을 만드는 일은 연구만큼이나 중요하므로, 개인의 도덕성이나 양심에 맡길 수 없을 정도로 문제를 지닌 사람이나 제도가 있으면 학자 스스로가 감시 충고하고 또 직언을 하면서 정의로운 공생의 방정식을 찾아야 한다. 무조건 '좋은 게 좋은 것'이 아니다. '옳은 것이 좋다'는 생각을 가질 때다. 예컨대 공동연구의 경우, 연구비가 공동연구원에게 원래 배당된 대로 옳게 전달이 되었는지 어떤지 사후 입금계좌 확인을 하는 등의 착실한 제도적 장치의 보완도 탄력성 있게 뒤따라야 한다. 다만, 그렇다고 연구비의 투명하고도 합리적인 절차를 만든다는 명분으로, 쓸데없이 연구 그 자체보다도 부수적인 서류처리에 안간힘을 쏟도록 하는 번잡한 족쇄들을 다다익선으로 연구자들에게 덧씌우라는 말은 아니다. 학자의 연구를 위해 제도적 장치가 있는 것이지 제도 자체를 위해 연구자가 존재하는 것은 아니다. 사람이 사는 세상에 더러 잡음을 일으키는 사람도 있을 것이다. 하지만 그 다른 편에서 묵묵하게 현실을 직시하며 자기가 할 일을 하루도 쉼 없이 해나가는 더 많은 엄정한 선비들이 우리 사회 도처에 있기에 학계가 이 정도라도 자정능력을 갖고 자율적으로 움직여 가고 있다는 점을 잊어선 안 된다.

　연구비의 투명성 여부는 학자·지식인 사회의 자화상이다. 학연·지연·혈연 등의 부당한 동기와 방법으로 연구비가 배분되어온 관행이 존재한다면, 더욱이 연구비를 독점해온 소수 기득권 층을 편들고 밀어주며 응원하던 관행이 진정으로 치유되지 않고 있다면 그것을 키워온 기관도 함께 책임을 지고 자성해야 한다. 지난날 눈먼 돈 '먼저 챙긴 놈이 임자'라는 식의 부패한 정치적 관행이 학계로 밀 썰물처럼 오고갔고 그 혼혈 유전자가 해탈하지 못한 채 조금이라도 대학사회에 망령처럼 떠돌고 있다면, 우리는 스스로 학자적 자존심을 위

해서라도 자정의 노력을 기울여야 한다. 그래서 정말로 정당하게, 그
리고 필수적으로 연구비를 받아야 할 사람들이 제대로 그 수혈을 받
으며 연구에 몰두할 수 있도록 해주어야 한다.

기형적 과외열풍과 공룡화한 '국내용 공부선수촌' 풍경에 대한 유감

지난(2002년) 1월 22일 국무회의에서 한완상 교육부총리는 국무회의의 보고석상에서 "대학의 서열화와 과열 과외, 사교육비 문제의 뿌리에는 학벌주의 문화가 자리잡고 있다."며 "올해를 학벌타파의 원년으로 삼겠다."고 말했다. 특히 기업들의 채용서류에서 학력란을 없애는 내용이 포함된 교육부의 '학벌타파 대책'을 놓고 국무회의에서 장관들이 적지 않게 논란을 벌였던 것 같다. 학벌주의는 우리 사회의 정치, 경제, 사회, 문화의 제 분야에 뿌리가 깊다. 우리 사회를 이끌어 가는 소위 일류대학 학벌은 철밥통처럼 난공불락의 위력을 지닌 것이다. 그래서 능력·창의력을 발휘하여 새롭게 무언가를 만들어 가기보다는, 주어진 안전하고도 안정된 틀과 계보에 다투어 줄을 섬으로써, 쉽게 기득권층의 회원권을 획득하여 평생을 보장받겠다는 얄팍하고도 기회주의적인 본능과 심리는 강화되어 왔다.

현재 서울시의 강남구에서 벌어지고 있는 기형적 과외열풍은 이러한 '교육문제의 축소판' 혹은 '교육문제 모음집 혹은 교과서'인 셈이다. 거시적 시야에서 본다면, 우리 나라가 서울(중앙)을 공룡화하면서 지역을 빈곤화해온 역사의 단면을 드러내 보인다. 서울의 강남 학원가는 '국내용 공부선수촌'으로서 참으로 측은한 풍경을 드러내 보이고 있다.

　서울시의 강남구는 국내 최상류층의 힘세고 부유한, 그야말로 대한민국 1등 주민들이 모여 사는 곳이다. 현역 국회의원의 15%, 변호사의 21%, 개원 의사의 11%가 집중되어 있을 정도로 구민들의 학력이 대단히 높은 곳이 이곳이다. 그래서 자녀의 교육열도 전국 으뜸이다. 과거 '8학군 열풍'으로 대변되는 강남구의 교육열은 요즘도 과외 열풍, 유학 붐으로 이어지고 있다. 강남구청은 주민들의 외국 유학 붐에 도움을 주려고, 그 구민에 한해 입학자격을 주는, 미국 캘리포니아 주립 리버사이드 대학(UCR)과 공동으로 강남구립국제교육원을 개설할 정도라고 한다. 이 지역에는 서울시내에서 가장 많은 학원들이 들어서 있고, 학원들은 학생들의 모든 요구에 대응할 만한 각종의 다양한 맞춤식 교육까지 이뤄지고 있다. 이 지역 주민들은 보통 자녀 1인당 100만~200만 원의 높은 과외비 지출을 당연한 것으로 받아들여 그렇지 못한 사람들의 위화감을 조성한다.

　특히, 한국인이 강남구민이 되고 싶은 매력 중의 하나는 그곳이 서울시내 25개 구청 가운데서, 아니 전국적으로 서울대 진학률 최다지역이라는 점이다. 한국판 맹모삼천지교(孟母三遷之敎)의 실천은 한국 사회에서 교육은 여전히 계층 상승으로 기득권층에 줄서는 고유한 수단이기 때문이다. 한번의 일류대는 영원한 일류대이며, 그들이 평생 누리는 권리와 혜택은 엄청나다. 그래서 일류대학으로 가기 위해 개인과 가정, 가문, 그리고 집단, 지역은 재산과 명예, 심지어는 목숨을 건 치열한 경쟁을 한다. 지방에서 서울로, 서울의 강북에서는 강남으로 학교를 옮기는 것에서 그 지역의 땅값은 치솟고, 초등학교부터 학교는 만원이다. 분명 강남은 무언가 집단적으로 기형화된 교육지대이다. 그러나 그 지역에서는 나무만 볼 뿐 숲은 보지 못한다. 국가적 차원의 균형감과 분배, 분산, 분권이 절실하다.

어느 나라이든 대체로 수도가 그 나라의 중심이다. 중심은 주변부에 대해서 모든 것을 장악하게 된다. 그래서 수도에는 돈(경제), 머리(엘리트·지식인), 힘(권력)이 집중하게 마련이다. 우리 나라의 경우 서울과 시골, 중심과 주변, 중앙과 지역/지방의 두 항 사이에는 심한 불균형 구도가 형성되어 있고, 그것은 나날이 심각해지고 있다. 모든 것이 서울(중앙)로 집중되는 구조와 현상은 장기적 안목에서 볼 때 지역은 물론, 우리 나라 전체를 위기에 처하게 할 수 있다. 이러한 현실을 제대로 인식하고 대처하기 위해서는 범국민적 공감이 필요하다는 판단 아래, 사회 일각에서는 일부 지역끼리 연대하여 지방분권운동을 추진하고 있다. 지역분권운동은 국제화와 세계화를 고려하더라도, 지역과 수도를 동시에 살리는 '상생(相生)', 그리고 이질적인 것이 함께 살아가는 공생(共生)의 운동이다. 지역분권운동 가운데서도 우리가 우선적으로 추진해야 할 것이 아마도 교육분권운동이 아닌가 싶다. 그래서 돈·머리·힘이 지역에 바람직하게 분배, 할당되어야 할 것이다. 그것도 사교육이 아닌, 공교육의 지역적인 특화와 다양화, 고급화와 차별화, 지역화와 국제화를 통해서 말이다. 이럴 때 공룡화한 중앙의 '국내용 공부선수촌' 풍경은 차츰 '세계적·전인류적 차원의 지성인촌'으로 야망과 목표를 바꾸게 되고, 서울의 강남구는 전국적으로 분산되어 그 기형적 현상을 해소해 줄 수 있을 것이다.

교육은 결코 사적인 소유물이 아니다. 공동체와 인류를 위해 기여할 공공적 인재를 서울과 시골, 중심과 주변, 중앙과 지역/지방이 함께 만들어 가야 하는 것이다.

지방의 대학들, '평가 우수'만이 살길인가

우리가 고민하고 토론하는 "대학의 현실—평가 우수만이 살길인가?"라는 좀 도전적이기도 한 주제는 ① 그렇다, ② 그렇지 않다, ③ 잘 모르겠다와 같이 어떤 입장에서건 논의가 가능할 것이다. 아무튼 '교육부를 비롯한 여러 평가기관' 과 '대학' 들이 모쪼록 백년해로하라는 주례사 식으로 끝나지 않기 위해서는, 어느 쪽이건 대학에 몸담고 있는 사람으로서는 자신의 분명한 입장 정리가 필요할 것이다.

우리의 대학들, 평가의 빛과 그늘

겉으로는 자율, 속으로는 통제·단속이라는 두 얼굴로 대학을 다양화하기보다는 서열화하고, 중앙(나아가서는 세계화, 즉 미국화)의 질서 속에 편입시키는 데 공헌해온 것이 한국 대학사회의 평가 제도이다. 국내용 각종 교육제도 장치를 생산해 내는 교육부 관료와 친교육부 학자·지식인 그룹의 연구합작 특허품인 '평가' 이데올로기는 중앙에 대한 지방사립대학의 자생력, 자립의 비전, 독립을 보장해주기보다는 오히려 중앙에 대한 지방의 장기적 예속(종속)을 고착화하는 데 큰 기여를 해왔다. 우리 대학도 그 보이지 않는 큰손에 붙들려 정력을 다해, 때론 즉흥적으로 대학의 모든 업무에 우선적으로, 여타의 업무를 소홀히 해 가면서도 국내 대학 서열화 합류 작업에 충심이었던 것이 사실이다. 학부제를 도입하는 등 교육부의 지시에 순응하며, 우리 대학의 1년 예산 대비 100분의 1도 안 되는 국고보조금을 챙기느라 힘껏 노력해 오고 있다. 물론 이런저런 특성화 사업과 평가 덕분에 일부 학과나 특정 학문 분야는 외부 자금의 유입과 그에 대한 대학 측의 대응자금 투입으로 크게 발전하고, 또한 대외적으로도 많이 홍보되어, 결과적으로는 우리 대학의 위상제고에 큰 기여를 한 것이 사실이다. 그래서 평가의 겉은 '올가미' 이지만, 내용적으로는 그 논리를 잘 인식·체득하면 자기성찰의 '채찍' 이라는 식의 얼핏 보면 대단히 포용적인, 그래서 속 편한 논조로 평가의 일반적 낙관론 편에 줄을 설 수도 있다. 그러나 나는 지금 그 줄에 끼고 싶지 않다.

이득 없는, 강요된 평가를 받지 않고 우리 대학 '자립의 길' 모색

이제 우리는 종래 우리 대학이 대처해 온 '평가' 의 득실·손익을 거울삼아 앞으로의 평가 문제에 대해 보다 냉철히 성찰을 해가야 한다. 그래서 나는 '획일적인, 강요된 평가를 받지 않고도 우리 대학이 자립할 수 있는 길은 있다' 라는 쪽에서, 몇 가지 원칙적인 것을 제시하고자 한다.

첫째, 종래의 평가를 토대로 우리 대학 나름의, 믿을 만한 '평가 손익 계산서'를 마련하여, 보다 나은 방향을 선택·결단해가야 한다는 점이다.

이제 평가에 무조건 부화뇌동하지 말고, 평가를 받고 안 받고에 따라 장단기적으로 우리 대학에 얼마나 큰 손익이 있는지, 또 어느 분야, 어느 개혁 프로그램을 자신 있게 평가받을 것인지 등을 차근히 계산해 보는 데 익숙해져야 한다는 점이다. 이러한 것은 ① 우리 대학 전문가들과, ② 외부 평가전문기관에 의뢰해 그 결과(평가의 평가)를 종합하여 판단하면 좋을 것이다. 평가 결과에 따른 대응자금, 인력 등의 투입, 특정 분야의 기반시설의 확장 등이 궁극적으로 학교의 장래에 어떤 큰 걸림돌이 될 것인가, 과연 비전과 승산이 있는가의 손익 계산서 없이 맹목적으로 평가에 목을 매단다는 일은 매우 근시안적이며 소탐대실의 무지로서 위험한 발상이다. 더욱이 교육부나 외부 평가기관이 우리 대학의 장래를 지속적으로 보장해줄 보험기관도 아니기 때문이다.

평가가 지속, 남발되어 그 은총(?)으로 이곳저곳의 대학에 '최우수', '우수'라는 훈장들이 나뒹구는 지경에, 그 훈장을 변별력의 잣대로 삼아 수험생들에게 우리대학을 선택하도록 하는 것이 설득력이 있는지 의문이다. 또한 지방대학이 그런 훈장 몇 개 갖는다고 해서 '서울의 인력 시장화'된 지방에서, 수험생들이 서울행 표를 반납하고 일부러 지방을 선택할지는 의문이다. 다시 말하면 차별화된 특별 메뉴가 없다면, 비록 우수, 최우수 평가·판정을 받았다 하더라도 그것이 바로 우수 학생들을 모으는 힘이 될 수 없음을 우리는 경험하고 있다.

보다 너른 장기적 안목에서 보면 ① 대학 진학자의 감소, ② 사립대학보다 국립대학 선호·지향, ③ 대학 진학자의 대도시 집중 혹은 해외 유출 여파로 지방 사립대학 수험자 수의 절대 감소는 충분히 고려돼야 한다. 대학경영에 대한 이러한 악재들은, 평가라는 잣대로 대학을 순위화하는 데 대한 대처 노력과는 무관하게, 준엄한 논리와 추세로서 지방사립대학을 본질적으로 어렵게 만들 것이다. 그렇다면 평가논리를 지속적으로 수용할 것인가, 아니면 독자적인 생존의 길을 우선적으로 선택할 것인가는 분명해진다. 이에 대해 지방 사립대학들은 어떤 분명한 철학과 전망을 가져야 한다.

다시 말해서 '교육부나 중앙으로부터 서서히 독립선언을 하기 위해서는, 외부 평가에 이끌려 다니지 말고 우리 대학 스스로의 생존방안을 강구하는 차원에서 정기적으로 ① 우리 대학 자체의 전문가 그리고 외부의 신뢰할 만한 전문 기관에 의뢰하는 등의 자발적인 평가를 해나가면서 우리 대학의 현재 상태를 짚어 보는 길, 그런 손익 계산의 토대 위에, ② 자신 있는 어떤 분야나 개혁 프로그램을 주체적으로 개발·육성하여 어떻게 타 대학과 차별화시켜 갈 것인지(물론 이것이 평가와 직접 연결될 수도 있지만)' 가 논의돼야 한다는 것이다.

둘째, 평가 논리에 자유롭기 위해서는, 그 무엇보다도 '돈(재정)' 에 대해 분명한 대책과 자신감이 있어야 할 것이다. 그렇다면 ① 예산의 대부분을 학생의 등록금에 주로 의존하고 있는 지방사립대학으로서는 '학생중심' 의 대학경영에 보다 체계적인 대응과 예견력이 필요하다. 그리고 이러한 '학생' 관리와 더불어, ② 재단전입금의 확대를 위해 각종 수익사업을 늘려 가는 등의 구체적이고 심각한 고민을 해야 한다.

여기서 나는 ①에 대해서만 좀 이야기를 하겠다. '학생중심' 의 튼튼한 대학 경영이 되기 위해서는, 예컨대, "입학(入口) 관리,[1] 재학중

---

1) 유치원·초·중·고와 대학을 연계시키는 프로그램 개발로 일관된 대학 홍보 작업도 필요하며, 홍보방법의 다양화도 요구된다.

(在籍) 관리,[2] 졸업 후(出口) 관리[3]"의 세 가지가 이제부터는 동일 가치선상에서 통합적·유기적으로 이뤄져야 한다. 입학한 학생들이 졸업 후에까지 대학의 온전한 서비스를 받으며, 학교에 대한 애착을 느낄 수 있는 매력적이고도 차별화된 대학 특유의 획기적인 교육 프로그램 개발이 필요하다.[4]

이것은 바로 "local이면서 global"이라는 가치관의 선택이다. '지역에 밀착하여 그 지역에서 지지와 사랑을 받으면서 공공적·보편적 가치를 실현하는 대학'에 눈을 돌리자는 것이다. '적어도 이 대학에 가면 이러이러한 교수, 학문의 특별한 분위기에 접할 수 있고, 또한 양질의 인간적 대우를 받으며 공부하고, 자기 적성을 찾아서 취업할 수 있으며, 졸업 후에도 계속적으로 모교와 실질적이고 구체적인 인적 제도적 관련을 맺을 수 있다'는 점을 부각시켜야 한다는 말이다.

셋째, 우리 대학이 교육부를 비롯한 각종 평가로부터 보다 자유로운 길을 걸어가기 위해서는, 대학 총장의 '신중하고도 장기적 안목의

---

2) ① 입학 초부터 자기 재능·개성·능력이 무엇인지를 우선적으로 파악하도록 해주고(무엇을 왜 해야 하는가?), ② 이를 위해 필수적인 자격증, 어학력 등을 갖추기에 대학은 노력을 집중하고(어떻게 해야 하는가?), 또한 ③ 자신이 자율적으로 자과(또는 타과의) 교수를 선정하여 상담 및 진로 지도를 받으며, ④ 그것이 곧 학점으로 연결되는 프로그램을 개발하여 적어도 재학중에는 교수와 온전하고도 충분한 인간적인 관계를 가져, 애교심이 길러질 수 있도록 해야 한다.

3) 취업 알선은 물론 졸업, 취업 후에도 학과 및 교수와 지속적인 연락이 유지되며, 또한 그 졸업생들과 그 관련 가족들(사회인, 주부, 노인 등), 나아가서는 지역 주민을 재교육시키는 교육 프로그램도 개발돼야 한다. 이는 국내뿐만을 대상으로 하는 것이 아니고 재외(在外)의 졸업생/동문까지도 포함돼야 한다.

4) 이 점은 선도학과 몇 개만을 집중적으로 키워 우리 대학의 위상을 높여 가자는 발상과는 좀 다른 차원의 이야기이다. 물론 선도학과 몇 개가 대학의 이미지를 제고하고 대학을 선도한다는 생각도 물론 중요하다. 하지만, 보다 근본적으로는 '학교 전체의 위상을 제고할 아이디어가 뭐냐?'는 것을 보다 더 집중적으로 고민해야 한다는 말이다.

판단과 결단력' 과 아울러 대학의 이익과 전망을 확보하는 '대내외적 교섭 · 협상력' , '위기관리능력' 이 큰 몫을 할 것이다.

또한 재단 및 총장의 독단과 전횡을 막기 위한 교수회의 올바른 역할 수행은 말할 것도 없다.

현대의 환경·생태 위기에 대해 과연 '동양철학적 접근'은 가능한가

　　현대 인류사회가 공통적으로 당면한 골칫거리인 자연생태계와 환경의 위기는 사실 우리의 전통사회와 전통철학에서 유래한 것이 아니다. 서구 근대의 과학·기술과 산업자본주의가 태동한 후 현대문명의 비약적인 발달로 인한 부산물인 것이다. 그렇다면 이 문제는 서구가 서구 자신에게, 그리고 서구가 자신의 모양을 닮아온(서구화·근대화를 겪은) 동양 사회에 가져다 준 선물이자 곧 불행이라 볼 수 있다.

　　우리는 흔히 결자해지(結者解之)라는 말을 한다. 이처럼 서구가 저지른 것은 서구 자신의 지혜로 해결할 일이지 왜 아무런 상관도 없는 남(동양)의 지혜로써 해결하니 어쩌니 하는 말을 들먹거리느냐는 불평을 듣기 쉽다. 그러나 문제는 지금 그렇게 속 편한 소리를 할 수 있는 한가한 때가 아니라는 데 있다. 과학 기술, 자본주의는 지구촌 전체의 과제가 된 지 오래고 또 그에 따른 환경과 생태의 위기도 전 지구적 규모로 직면해 있기 때문이다. 그러니 지금 나의 지혜 너의 지혜 가릴 겨를 없이, 발등에 떨어진 불을 끄기 위해, 있는 지혜들을 다 주워 모으는 한이 있더라도 그것을 해결할 실마리만 찾는다면 다행한 일이라는 인식을 하는 것이다. 지금 이곳 '지구'에서, 그것도 살아 있는 우리뿐만이 아니고 후손들의 삶에 대한 총체적 조건을 숙고하면서 공생을 이야기한다면 우리는 이 점에 동의를 하지 않을 명분이 없다. 그래서 이래저래 위기를 해결하는 방안, 처방전을 마련하고자 하는 것이다. 동양은 지금 서양과 너무 깊은 관계에 빠져 있다. 별거와 이혼 정도로는 풀리지 않을 정도로 서양의 골칫거리는 동시에 우리의 골칫거리고 우리의 골칫거리는 곧 서양 그들의 골칫거리이다. 그래서 오랜 시간 너른 지역을 전염하여 함께 대책 없이 앓고 있는 지병—지구의 환경과 생태의 위기를 해결할 방법은 없는 것인가?

온갖 이론과 처방들, 이미 약장(藥欌)의 빈칸들을 가득 채워 필요할 때마다 얼마든지 꺼내서 치료약을 제조할 만큼 '고상하고' '현란한', 그래서 '풍성한' 눈앞의 담론들. 그 담론들은 이자가 붙고, 자산을 증식하여 복잡해지고 세련되어 가고 있다. 그런데도 세상은 이런 목소리에 아랑곳없이 먹고 살기에 바쁘고, 목구멍에 풀칠하기 급급하다 보니 생태계와 환경의 위기는 뒷전이라서, 고기 잡다가 큰물에 제 몸이 떠내려가는 줄도 모르는 격이다. 진리와 지혜가 없어서 세상이 거꾸로 가는 것은 아니다. 그럼 무엇이 문제인가? 학문적 깊이와 무게가 모자라서인가? 사람들의 의식과 생각이 모자라서인가? 사회와 국가권력의 시스템 차원에 문제가 있는가? 전지구적 차원의 고리로 연결된 문제를 한 개인, 한 사회의 영웅적 노력으로는 풀 수 없을까? 등등의 많은 문제들이 머리에 떠오른다.

이제 이런 점들을 염두에 두면서 동양철학이 지구의 환경과 생태의 위기에 대해 어떤 기여를 할 것인지를 생각해 보아야 한다. 그리고 구체적인 문제에 들어가기 전에 아래와 같이 문제를 적절히 해결하기 위한 근거를 마련하는 데 적지 않은 고뇌를 해야 할 것이다.

첫째, 동양철학의 이론들이 어떻게 우리의 구체적 현실에 실현될 것인지를 말해줄 수 있어야 한다. 그렇다면 우리가 동양철학에서 환경과 생태에 시사를 줄 만한 자연관, 인간관, 감성과 같은 것을 찾아내어 그것이 궁극적으로 환경과 생태 위기를 해소할 하나의 대안이 되는 주요 논거를 마련하고 있다고 하더라도 이러한 논거들이 근본생태학 식의 영성주의, 신비주의에 머무르지 않고[1] 구체적 사회적 실천의 체제, 제도로 연결해 갈 수 있을 것인가 하는 점을 함께 고려해 보아야 할 문제가 남는다. 다시 말하면 위기를 선언적 언설이 아닌 사회적 차원의 구체적 실천과 행동으로 연결하여 극복해 갈 수 있는 어떤 예(혹은 단서)를 전통철학 가운데서 찾아낼 수 있을 것인지가 큰 관건이 된다. 이론이 머리 속의 이론이 아니라 구체적 현실의 문제를 푸는 데 손과 발, 온몸이 동원되어 드러나야 한다. 그래서 물과 공기, 시내와 강과 산, 인간의 주거공간, 환경 생태를 '위기'에서 '살 만한' 공간으로 바꿔 가야 한다. 그러면 그것을 '어떻게?'라는 생각을 우리는 쉽고 분명하게 제시해 줄 수 있어야 한다. 그렇지 않다면 적당하게 거짓말을 하거나 고급사기를 치는 것과 별반 다를 게 없다.

둘째, 환경과 생태에 대한 좀더 포괄적인 개념 인식이 필요하다는 점이다. 어느 학술대회의 〈생태학적 위기와 전통철학〉이라는 논문에서 "불인지심(不忍之心)의 회복 없이는 생태학적 위기는 쉽게 극복될 수 없기 때문이다. 이런 의미에서 재마법화가 필요한 것은 이성이 아니라 생태적 감성이고, 자연이다. 자연은 나와 하나이며, 자연은 생명의 존재라는 마법이 다시 걸릴 때, 그래서 특수훈련을 받지 않고서는 도저히 실험실의 개구리를 해부할 수 없을 때 인간과 자연이 함께 하는 생태지구가 지속될 수 있을 것이다."라는 내용이 발표된 적이 있었다.[2] 그때 나는 논평을 하면서 생태계, 환경의 위기는 개구리 한

---

1) 이에 대해서는 머레이 북친, 문순홍 옮김, 《사회 생태론의 철학》(솔, 1997), 140쪽 참조.
2) 김용헌, 〈생태학적 위기와 전통철학〉, 《제4회 한국학 국제 학술대회 발표논문집─인간과 자연이 함께 하는 국학─》(안동대학교 국학부, 1999년 10월 30일), 149쪽.

마리에 대한 것처럼 미세한 부분에 미치는 생태적 감성도 중요하지만, 다음과 같은 큰 문제들이 우리의 눈앞에 닥친 생태계, 환경, 생명과 관련한 주요 사태임을 명심해야 한다고 한 적이 있다. 즉 산업화 공업화에 따른 공기와 물(지하수)의 오염과 막대한 산업 공업 쓰레기 및 폐기물 발생, 핵발전소의 핵 누출과 핵폐기물의 문제, 공룡화되어 가는 거대도시, 유전자조작, 생명복제, 자동차 사고로 인한 엄청난 인간의 사망(전쟁의 살상보다 많은 수가 매년 죽어가지 않는가?), 낙태로 인한 태아 사망, 자살, 전쟁과 분쟁, 부실 공사로 당하는 재해와 자연재해, '심성'이 병들고 있는 청소년들의 입시위주의 교육(생태적 감성의 고갈로 환경, 생태교육 자체가 먹혀 들지 않고 있다)이 그것이다. 그렇다면 환경과 생명, 생태의 윤리를 거론한다면 사실 이와 같은 것들이 우리들의 시야에서 종합적이고도 근본적으로 다루어져야 할 것이다. 그렇다면 전통철학의 '생태적 감성'은 어느 틈에서, 어떻게, 어느 만큼 지금의 지구적 차원에서 제기된 생태계, 생명, 환경의 위기를 보완해 줄 장치가 될 것인지를 고려해 보아야 한다고 생각하기 때문이다.

셋째, 마지막으로 빠뜨려서는 안 될 것은, 환경과 생태 문제로 중병을 앓고 있는 서구사회를 위해 동양적 전통 사상과 철학이 하나의 특효약이 될 만한 대안적 세계관을 예비하고 있다는 식의 거대한 착각 혹은 동양만능주의의 오만을 벗어나야 한다는 점이다. 이런 생각들은 현실을 있는 그대로 바라보는 것을 왜곡시키거나 과대 포장하게 만드는 최면제거나 환각제라고 할 만하다.

유토피아는 있는가

최근 우리 나라에서 일고 있는 '해외이민' 붐은 국내언론에서 뿐만 아니라 해외언론에서도 적지 않은 관심거리였다. 해외이민의 희망자 60%가 20~30대라고 한다. 한창 나이에 한국을 버리고 캐나다, 미국, 호주 등지로 떠나려는 사람들, 더욱이 그 동안 우리 사회에서 암암리에 진행되어 오던 '해외원정출산' 문제마저 들춰지니 한때 그렇게 떠들어대던 '세계화'의 결실이 결국 이것인가라는 의구심마저 든다. 이제 "무궁화 삼천리 화려 강산 대한사람 대한으로 길이 보전하세."라는 애국가의 가사도 바꿀 때가 된 모양이다.

언론 보도를 통해 잘 알려진 대로 사람들이 한국을 떠나려는 주된 이유 중의 하나는 자녀교육 문제이다. 척박한 사회, 경제, 환경, 사교육비의 증가 등으로 점점 더 살기 힘들어질 '이 어두운 나라'를 버리고 '밝고 희망찬 저 나라'로 가고 싶다는 것, 좋은 환경에서 내 자식을 남의 자식보다도 더 나은 엘리트로 키우자는 것, 불안한 미래를 자식에게 물려주고 싶지 않다는 것, 이런 것들이 왜 그렇게 불순한가? 과연 우리 사회는 이에 대한 충분한 대답의 논거는 갖고 있는가? '중요한 것이 나인가 남인가? 민족인가 세계인가?'라고 묻는 사람에게 대한민국은 어떤 속시원한 말을 할 텐가? 그렇다. 우리는 궁색하고 낡은 강의안을 버리고 교육과 경제의 원점에 돌아가서 미래를 향한 교안을 다시 짜야 한다. 태풍 매미에 무너지고 쓸려나간 재해 현장을 수습하듯 말이다. 그래서 국가는 우리 사회가 왜 이 모양 이 꼴이 되었고, 이제 무엇을 어떻게 할 것인지를 차근차근 해명해 가야 한다.

일찍이 공자(孔子)는 "가르침 앞에 차별은 없다(有敎無類)."고 했다. 북송의 주렴계(周濂溪)는 "배움에 의해 누구나 이상적인 인간(聖人)이 될 수 있다."는 큰 비전을 제시했다. 과거 우리에겐 배우지 않고서는 제대로 사람 구실을 할 수 없었던 때가 있었다. 실제로 역사상에서 교육만큼 확실한 신분 이동, 장미빛 미래를 보장해주는 것도 없었다. 교육을 통해서 남들보다 더 확실한 무언가를 챙기겠다는 사람이 있는 한 맹모삼천지교(孟母三遷之敎)의 전통은 계속될 것이다. 교육의 열병 뒤에는 '못 배운 게 죄'라는 교육폭력의 우울한 유통망이 자리해 있다. 유식에 의한 무식의 차별, 무학(無學)의 열등감과 죄의식의 역사 속에서, 무식자들은 유식자들로부터 얻은 고통과 상처의 경험을 대물림하지 않기 위해서 당연 자녀들의 교육에 일생을 바친다. 그런데 문제는 단순치 않다. 우리의 교육은 진리와 자아의 탐구 이전에 돈과 힘을 보장하는 확실한 도구로 이미 변질해 있다. 교육에는 '돈'이 든다. 또 투자된 시간과 돈에 비례해서 미래도 보장된다. 교육에의 투자는 곧 미래에의 투자이다. 그래서 교육은 차츰 '돈 놓고 돈 먹기' 식으로 속되게 상품되고 말았다. 돈이 되는 곳엔 투기꾼이 생기게 마련이다. 그들은 돈이 되는 곳이면 국내건 해외건 상관없이 투자하러 떠난다. 교육을 위한 이민이니 원정출산이니 하는 뉴스가 이상할 게 하나도 없다. 교육은 '피의 네트워크(血緣)'만큼 끈끈한 '먹물(지식)의 네트워크(學緣)'를 형성한다. '한 번 ○병은 영원한 ○병'이라는 말처럼, 명문 먹물의 원산지 표시는 혜택·대우의 확실한 차별화, 서열화를 가져오며 또한 역사에 문신(文身)처럼 새겨져 보전된다.

이런데 왜 누가 교육에 목숨을 걸지 않겠는가?

그런데 문제가 생겼다. 현재 한국에선 명문이건 비명문이건 대학을 졸업해도 취업이 잘 되지 않는다. 대학은 이미 실업자 양성소처럼 변했다. 대학원을 졸업하고 박사학위를 받아도 설자리가 없다. 아는 것이 힘이 아니라 짐이며 고통이고 부끄러움이 되고 있다. 이처럼 '먹물의 네트워크'에 비상이 걸렸다. 출세라는 면으로 본다면 교육이라는 구명정에는 탑승인원이 늘 제한되어 있다. 누구는 살고 누구는 죽게 마련이다. 그래서 분명 교육은 행복한 삶을 위한 '하나의 방법'이며, 모든 행복을 보장하는 만병통치약은 아니다.

'먹고 사는' 문제가 해결되지 않는다면, 살아 있는 자들은 당연 먹고 살 곳으로 떠난다. 먹고 살게 해주는 곳이 극락이고 정토이며, 밥도 못 먹고 사는 곳은 지옥이고 예토이기 때문이다. 과거 먹고 살기 위해서 고향을 버리고 떠나던 우리 사회의 기억은 흘러간 유행가로 남아 있다. 먹고 살 수 없다면 인간다움도, 인격도 보장되지 않는다. 그 비애의 악보를 가슴에 새기고 유토피아를 향해 떠나는 자들에게 돌을 던지며 무차별 마녀사냥을 해댈 자격이 있는 자는 누구인가? 솔직히 말하면 한국을 뜨는 전례는 남긴 것은 우리 사회의 힘있고 가진 자들이다. 나만 잘 살면 된다던 자들이다. "홀로 쓸쓸히 병들어 죽어가도록 그대들 날 내버려 두지 마라."는 아쉬운 말보다도 "무소의 뿔처럼 혼자서 가라."는 자만적 말에 더 친숙한 자들이다.

그러나 막무가내 고향을 떠나는 자들의 단견에 난 한두 마디 이런 말을 던지고 싶다. 유토피아(utopia)는 '좋은(eu-)' 그러면서도 '없는(ou-)' '장소(toppos)'라고, 《장자》의 "무하유지향(無何有之鄕)"이란 이상향은 어디에도 있지 아니한 곳'이라고.

내 곁의 4
시인들과의 대화

삶의 고독과 그 극복
— 김종윤의 시집 《되감기는 고요처럼》을 읽고

그것은

허전한 銀錢

그 나름의 고독

홀로 서성이다

西域쯤 가는 바람

한자락

이승의 꿈을

꽃씨처럼 물고 가는……

위의 시는 우연히 접하게 된 김종윤(金種潤) 시인의 시집《되감기는 고요처럼》(1991, 흐름사)에 실린 〈낮달〉(37쪽)이란 시의 전문(全文)이다. 그가 일부러 택한 시집의 제목은 한마디로 '고요'라는 말로 요약해도 좋을 것 같다. '고요'는 위의 시 속의 "그 나름의 고독"과 일맥상통하며 "홀로 서성이고" 있는, 이 세상을 살아가는 인간의 모습을 상징적으로 표현해 내고 있다.

인간은 만물 속의 하나로 존재하다가 주어진 시간이 지나면 여기

(이승)를 떠난다. 여기는 모든 존재자들의 존재장소이다. 살아 있는 것들이 부단히 모이고 흩어지는 이른바 생성소멸의 장이다.

시간이 가고 계절이 바뀌며 해가 지고 달이 뜨듯 만물은 생성소멸하며 부단히 변화하는 현실 속에 처해 있다. 어쨌든 삶에 있어서 변화한다는 것 그 자체는 하나의 속일 수 없는 진리(道)이다. 그럼에도 불구하고 인간은 '나'라고 하는 실체도 없는 것을 집착, 고집하다가 마치 밤이라는 제 본연의 존재장소를 잃어버린 '낮달'과 같이 "한자락/이승의 꿈을//꽃씨처럼 물고 가"고 싶어하는 말하자면 애욕(愛欲)과 욕망(欲望)을 지닌 존재이다. 이것은 부정할 수 없는 삶의 현실이자 그 본연의 모습이라고 해야 할 것이다. 이와 같은 삶에의 애착, 집착은 인간이 원래부터 가지고 있는 그 내적 자연으로서 오래도록 "한낱…… 길들여진"(51쪽) 것이며 인간이라는 물리적 지평에서 흐르는 "내면의 강"(72쪽)으로 이해하는 편이 옳을 것이다.

김종윤 시인은 시를 통해서 이러한 점들, 즉 인간의 내면을 진솔하게 그것을 서정적으로 형상화시킴으로써 읽는 이로 하여금 깊은 감동을 안겨다 준다.

한 마디로 말해서 김종윤 시인의 스스로 고뇌하는 삶이 이끌어낸 "다만 지순한 것은 자연(自然)"(〈독자들을 위한 말〉)이라고 하는 지극히 단순하면서도 중요한 자각에서 비롯되고 있다. 동양적 사상의 전통에서는 자연(自然) 즉 '저절로 그러한 것'은 본래 그러한 것(本然), 반드시 그러한 것(必然)과 연속적으로 인식되어 왔다. 그러므로 자연이라는 것은 피할 수 없는 것으로 생각되었다. 인간에게 있어서 살려고 하는 마음 즉 생명은 인간인 이상 본래부터 가지고 있는 하나의 힘(의지)이다. 그러므로 인간의 잘 살려는 집착은 극히 자연스런 일에 속하며 전통사회의 사람이나 현대인을 막론하고 모두 "온전한 삶"

(《독자들을 위한 말》)을 위하여 노력하고 "고뇌"(43쪽)하는 것은 인간
적 삶의 진실이라고 해야 옳을 것이다. 그러나 온전한 삶이나 잘 사
는 삶은 모든 인간의 소망이지만 결코 쉬운 일이 아니다. 그러므로
자연히 많은 고뇌가 뒤따른다. 여기서 김종윤 시인의 말처럼 "또 무
엇을 고민하며 살아야 하는가? 종당 모를 일이다."(《독자들을 위한
말》)라는 솔직한 고백이 있게 된다. 어쩌면 이러한 삶의 현실은 일부
러 드러내기엔 좀 부끄러운 우리 "스스로 한겹을 가린 세정(世情)"(64
쪽)에 불과하다고 할 것이다.
　우리의 일상적 삶은 김종윤 시인이

　꾸역꾸역 떠밀리며
　배때기도 보여주며

가고 싶어라!
이 헛발질
거품도 게워내며

칼 끝에 잘릴 때까지
살이 빠져 나올 때까지

숲을 가로 질러
급히 이끌러 온 바다

참으로 이상해라
두근대던 우리의 꿈

끝끝내
토막이 난 채
먼 都會서 끓고 있다

— 〈어린 게의 꿈〉 전문

라고 하는 데서 잘 드러나 있듯이 삶은 뒤집히고 전복되는 이른바 좌절과 허탈감 심지어는 끝끝내 꿈이 깨어지는 것으로 인해 무상감(無常感)을 동반하기까지 한다. "떠밀(림)" "배때기" "거품" "헛발질" "잘(림)" "토막"은 이러한 정황을 적절하게 형상화하고 있다. 그런데 문제는 더욱더 인간을 고독하게 하는 "끝끝내/토막이 난 채"로 내버려 두는 비정한 현실이다. 사람과 사람의 사이(間)에 하나의 깊은 골이 생기고 아무런 가교도 없는 상태가 그것이다. 어디까지나 나는 나고 너는 너' 이기 때문이다. 이렇게 하여 끝내 소통도 없이 남과 단절되어 버린 삶은 마치 "매만질/손끝도 없"(32쪽)는 문둥이나 혹은 그럼으로써 비정상적인 것으로 소외되고 또한 그들만이 모여 사는 섬, 즉 〈소록도〉(28쪽)로나 아니면 많은 장식을 벗어버린 "가을 나무"(18쪽) 같은 상징물로서 묘사되기도 한다.

　그런데 "고독"(37쪽)은 우리의 삶이 바로 "허공"(59쪽 외), "빈 술잔"(68쪽), "빈방"(53쪽)에 불과하다는 존재 본연의 모습(實相)을 깨닫지 못한 데서 연유한다. 만일 우리가 "스스로 비우고 있는 저 가을 나무 같은 (것)"(18쪽)임을 깨닫게 되면 나뿐만 아니라 모든 사물은 "비워도 좋을 자리"(39쪽)로 바뀌게 될 것이다. 이렇게 되면 삶은 "허전한 ……/가지 끝"(20쪽)이나 "먼 들녘"(24쪽) 정도의 의미 없고 주변적이며 소외된 것으로 인식되지 않을 것이다. 따라서 "둘레"(27쪽), "변두리"·"뒤뜰"(62쪽), "뒤안길"(12쪽), "한 구석"(21쪽), "닫힌 뒤울안"(45쪽), "밑바닥"(35쪽)에서 "다만 세상 등져/외따로만 사는 남녘"(28쪽)을 "홀로 서성이"(37쪽)는 존재가 아니다. 그러나 그렇다 해도 어쨌든 삶은 유한하기에 고뇌하는 일도 결국 끝이 난다. 그래서

　　목숨이
　　질기다 해도
　　쑥대 같애 바람 같애.

—〈어떤 봄〉 부분

라고밖에 말할 수 없다. 다시 말하면

　　잃는 건 가슴 속 불씨

눈먼 세월 시름이더니
한 세상 서성이던
쑥부쟁이 매운 연기
이 저승
넘나들다가
둥지 틀고 앉는가

― 〈불꽃〉 전문

와 같이 불꽃 같은 "번뇌"(112쪽)나 "고뇌"(43쪽), 혹은 "욕망이/무성한"(49쪽) 인간은 마치 쑥대나 바람, 연기와도 같은 삶을 부지하려고 "허공"(50쪽)인 이승에다 둥지를 틀고 "거미"(50쪽)가 되어 삶의 "거미줄"(83쪽)을 친다.

인간 세계의 많은 "인연(因緣)"(22쪽 외), "인연(因緣)의 업(業)들"(108쪽)로 인해 존재하는 우리는 이러한 인연을 모두 끊어 버림으로써 모든 인간적 세속적 번뇌로부터 벗어나서 자유로워질 수가 있다. 그러나 한편으로 그것은 같은 인간과 더불어 함께 사는 삶을 외면한 "다만 세상 등져 외따로만 사는 남녘"(28쪽)과 같은 운명에 빠질 수도 있다.

어디까지나 인간은 돌이 "돌짝밭에 돌로 앉"(59쪽)아 있는 것처럼 '세정(世情)' 을 나누며 살아가는 어쩔래야 어쩔 수 없는 인간들의 일상적인 '긴 행렬' 을 제삼자의 입장에서 냉정하게 물끄러미 바라다 "보는" 그런 입장이 아닌, 엄연히 "나 또한 (남과 더불어) 그 속에 끼어가고 있을 뿐이"라는―나의 삶이 남의 삶과 연대 속에서 이루어지고 더욱이 나도 너도 다같이 삶의 공동주체라는데 대한―자각이 있을 때 개인적인 삶의 고독이 마침내 "누구의 탓도 아닌" 제 자신이 만들

어낸 의식 내지 관념에 지나지 않음을 알게 된다. 김종윤 시인은 이
점을 솔직히 시인하고 있는 것이다.

> 살아 한때는 절로 물빛 어려오듯
> 곰곰이 생각타도 히죽히 우습든 것
> 그 왼갓 술렁여 오는 긴 행렬을 보겠네.
>
> 누구의 탓도 아닌 궂은 날 바람소리
> 흡사 제 그림자처럼 더러는 애꿎던 것
> 나 또한 그 속에 끼어 가고 있을 뿐이네.
>
> — 〈살아 한때는〉 전문

　"행렬" 혹은 "열"(82쪽)이 의미하는 것, 즉 삶의 공동체 혹은 연대
성의 자각은 인간 개개인의 고독을 더 이상 고독이게끔 하지 않고
"돌짝밭에 돌로 앉(아)" 있는 것과 같이 더불어 사는 삶 속에서 하나
의 새로운 자각된 삶의 기틀을 마련하는 것으로서 말하자면 "움"(43
쪽 외), "속 눈" 내지 "새순"(35쪽 외)으로 또는 "꿈"(37쪽), "등(燈)"(43
쪽 외), "창"(86쪽 외)이나 "씨앗"(44쪽), "꽃씨"(37쪽), "풀씨"(46쪽)로
될 것이다.

　어쩌면 "삼라(森羅)"(64쪽), "만상(萬象)"(52쪽 외)은 사랑과 미움 즉
"애증(愛憎)"(74쪽)의 논리에 의해 한편으로는 "토막이 나"(15쪽)기도
한다. 또는 타자(他者)의 "유역" "영토"(98쪽)나 "내계(內界)"(41쪽),
"내면"(72쪽)에 "끼"(81쪽)기도 한다. 이렇게 서로가 서로를 미워하기
도 하면서 한편으로는 나는 너에게 너는 나에게 서로가 서로를 포함
하고 포용하고 이해하는 관계에 놓여 있는 것이 현실적인 인간 삶의

모습이라고 할 것이다. 그것은 '저절로 그러한' (自然) 이치일 뿐이다. 우리가 주어진 삶의 길(命)을 잘 알게 되면 고독도 삶의 일부로서 자연한 것이며 "누구의 탓도 아닌" 것이 될 것이다. 김종윤 시인의 말대로 애당초 인간은 "한낱 죄로 길들여진/육신……"을 가져 버렸고 "깊이를 잴 수 없"는 육신의 "늪"에 골똘히 "그 나름의 고독"(37쪽)을 껴안고 있는 까닭에서이다. 즉

어둠 깊숙이 도사린
불빛 혼령을 보아라
한낱 죄로 길들여진
육신의 흐느낌처럼
어뉘 뉘
골똘한 늪인 양
그 깊이를 잴 수 없다.

떨리는 별 빛 오라기
소롯이 걷히는 밤
세상 모두 풀려도
되감기는 고요처럼
목숨이
幻影에 걸려
未明마저 가쁜데….

— 〈되감기는 고요처럼〉 전문

그러므로 김종윤 시인은 "이제/모든 것/가슴에서 지우려므나/창

열면/또 하나의 창/거기쯤 하늘도 있고/밤 되어/모여 앉으면/은하(銀河)로도 흐르겠다."(86~87쪽)고 새롭게 앞을 바라보며 살려고 한다. "창 열면/또 하나의" 밝은 창이 있고 "거기쯤 하늘도 있"기 때문이며 더욱이 비록 "밤"이 되어도 더불어 사는 이들과 "모여 앉으면" 어둠의 길잡이가 되는 "은하(銀河)"를 바라보는 여유가 생겨나기 때문이다.

"매만질/흙 한줌 없"던 절박한 심정이 "그래도 푸른 것"(86쪽)으로 바뀜으로써 고독은 희망으로 극복 승화되고 있다. 이제 고독은 차라리 "한 세상을 여는 소리"(42쪽)로 스스로의 내면에 남아서 생활 속의 새로운 힘이 되고 있는 것이다.

풍요로움의 꿈, 혹은 부드러운 원(圓)의 사유
— 이성수(李星水) 시인의 시세계

시는 '시인 바로 그 사람'이 '생각하고' '바라본' 세계이다. 그런 의미에서 시는 시인의 세계 그 안에 있다. 시는 시인이 열어 놓은 만큼 열려 있다. 여기에 시는 시인 나름의 향기와 색채를 지니게 되는 것이다. 이러한 의미에서 한 시인의 분신인 시를 읽는다는 것은 그 시인이 경험한 삶의 세계를 여행하는 것이다. 그것도 아주 오랜 나날 시인이 애써서 고뇌하고 번민한 삶의 이력을 짧은 시간 안에 경험하는 것이기 때문에 지극히 즐거운 일이 아닐 수 없다.

이성수 시인의 시를 읽으면 "정월(正月) 대보름달"(〈차창 밖에는 5〉)을 바라보는 마음처럼 풍요로움을 느낀다. 다른 말로 표현한다면 부드러운 '원(圓)'의 '사유(思惟)'라고 할 것이다.

원이라는 것은 인간이 생각한 가장 완전한 사물의 형태이자 인간이 염원하는 삶의 궁극적인 모습이다. 그러나 삶의 세계는 애당초 둥근 것만은 아니다. 그보다는 오히려 '모' 난 것들이 절차탁마를 거쳐서 비로소 둥글게 변해 가는 미완성의 모습으로서 존재한다. 아마도 완전한 원은 인간의 관념 속에서만 존재할 것이다. 그렇지만 인간은 보다 나은 것, 원숙한 것을 향해 부단히 고뇌하는 동물이다.

유원지에서

회전목마를 보았다.

분주히 원을 그리는
목마의 회전

그러던 어느 날
원 속의 원을 보았다.

또 그러던 어느 날
원 속의 모를 보았다.

목마는 연방 꽃을 피우고
목마는 연방 낙엽을 뿌리고

원 속의 원이 되는
원 속의 모가 되는

유원지에서
회전목마를 보았다.

— 〈木馬〉 전문

    이와 같이 원을 잘 들여다보면 그 속에 원래 들어 있던 "모"를 볼
수 있는데, 그 '모'는 "원 속의 원"이 되어버린 '모', 즉 "원 속의 모"
인 것이다. 이성수 시인은 '모'를 "진주홍(眞珠紅) 구슬 패옥(佩玉)"
(〈日出 2〉)으로 승화시켜 가고자 한다. 그것은 "먼 데 산사(山寺)/새벽

잠 조으던 범종 소리"(《日出 2》)처럼 모난 형체들의 부딪힘 속에 우러
나오는 풍요로움 혹은 원인 것이다.

　　그러나 이 풍요로움 혹은, 부드러운 원의 사유는 결코 단순히 도출
된 관념이 아니다.

　　빈
　　하늘에
　　파문져 가는
　　물 무늬 같은
　　圓

　　그 속에
　　가을 뙤약 비치는
　　한나절 행랑 가
　　껍질 터지는 석류알의
　　속 앓이

― 〈그리움〉 전문

에서와 같이 "껍질 터지는 석류 알의/속 앓이"를 거친 것이며 "파문"
을 간직한 "원"의 사유인 것이다. 다시 말해서, 원 속에는 "벌구멍 같
은 총구" "펑펑 쏟아지는 눈송이"(《火曜報告》), "찹쌀 떡" "삶은 계란"
(《원 달라 투 달라》), "깡통"(《北回歸線 언덕마루를 달리던 전우여》), "한 개
핵(核)"(《버들개지》), "회전목마"(《木馬》), "태엽" "바람개비" "후조(候
鳥)" "천체(天體)를 굴리는 치차(齒車)의 이치"(《눈(眼)은》)와 같은 무수
한 원 내지 그에 상당하는 일상적 사물이나 형상, 이치 등이 포섭되어

있다. 그러나 그것은 사물과 사물 간에 서로 걸림이 없는 "무애(無碍)
로운 함성"(〈火曜報告〉)이며, 나아가서는 "이순(耳順)의 능선"(〈下山 1〉)
으로 승화된 것이라고 해야 할 것이다. 그만큼 이성수 시인의 눈은 풍
요롭고 부드럽다. 그의 내면 세계의 풍경을 일상언어로 표현한다면
"알감이 한차"(〈立冬周邊 4〉)이거나 "풍어"(〈海邊素描〉)인 것이다.

그런데 이러한 풍요로움의 꿈, 혹은 부드러운 원(圓)의 사유는, 일
단은 이성수 시인이 자연의 이치에 거스름 없이 거기에 '순종'하며
살고자 하는 데서 우러나오고 있음을 알 수 있다.

    隱語처럼 흘러간 계절의

    영하의 체온 안으로

    눈을 뜰 수 없는 현기증은

    너를 위하여 풍요하던

    꿈의 分泌

    언제든 시간을 순종하면서도

    우람한 외침은

    炯炯히 지축을 울리며

    向日한 자세 그대로 굳어

                —〈裸木의 章〉 일부

에서와 같이 "시간"에 "순종"을 기본으로 하면서 "우람한 외침"을
이야기하는 것이다. 그래서 이성수 시인은 "해바라기"·"태양"(〈車
窓 밖에는 1·2〉)을 상념하고 희구하는 것이다.

우주의 반복되는 시간의 굴레 속에서 인간이 터득한 지혜는 역시

자연의 이법 속에 적극적으로 참여하여 그 이치를 터득하는 길이있을 것이다.

　이러한 시간에 대한 순종은 이성수 시인으로 하여금 영겁을 돌고 도는 시간의 반복성을 자각토록 한다. 그러한 순종은 씨앗 잉태와 같이 "윤회(輪廻)"의 모습으로 혹은 "이합(離合)"/"집산(集散)"과 같은 "반복(反復)"의 사유로 나타난다. 그러나 이러한 반복의 사유도 결국은 원의 사유 속에 원래부터 내함된 것이라고 보아야 할 것이다.

먹은 씨앗

파란 잉태로

깃으로 돌아가는

輪廻가 있어

네 任意의 離合은

求心으로 향한 集散의 反復

―〈새·여름〉일부

에서와 같이, 원은 "파란 잉태로/깃으로 돌아가는 윤회(輪廻)"나 "이합(離合)"·"집산(集散)의 반복(反復)"과 연관되어 기술되고 있는 것이다. 또한 원은 반복과 동시에 연속성을 의미한다.

나는

連續性 그림자의 그늘 속으로

내려오고 있었다.

―〈下山 1〉일부

또

그냥 저무는

이 한 해의

연속성 이상 기후여!

―〈北回歸線 언덕마루를 달리던 전우여〉일부

그리고 이러한 반복이나 연속성의 사고는 그냥 홀로 존재하는 것이 아니라 인간의 구체적인 삶과 죽음과 연관되어 사유된다. 삶과 죽음은 시간성과 깊이 연관되어 사색될 수밖에 없다. 이렇게 해서 삶과 죽음의 문제는 하나의 한계상황으로서 이성수 시인의 원의 사유를 보다 근원적인 곳으로, 보다 깊은 곳으로 향하게 한다. 그곳에는 삶과 죽음이 원융한 모습으로 나타나고 시간의 이치도 여유 있게 자각되고 있다.

> 죽음보다 어려운
> 이켠의 삶을 모를려고
> 삶보다 어려운
> 이켠의 죽음을 모를려고
>
> — 〈候鳥 2〉 일부

> 아득히 넘실거리는 海原이
> 바람개비의 손에 감기어
> 후조의 날개를 타고
> 시계의 태엽을 감는
> 가랑잎 잎새의 어깨 너머로
> 天體를 굴리는 齒車의 이치를 싹틔워 놓고
>
> — 〈눈(眼)은〉 일부

그래서 하늘과 땅의 이치를 알고 그 속에 흔쾌히 참여함으로써 유한한 인간으로서 고뇌와 번민은 해소된다.

> 아 끝간 데가 없는 하늘과 땅 끝

땅 끝은 하늘에 묻히고

나는 발자국과 발자국에 묻힌다.

—〈夏至 무렵〉 일부

이것은 자신의 내면과의 치열한 싸움을 통한 초극이라기보다는 차라리 심정적인 '자각'(知命)이라고 보아야 할 것이지만, 다만 그것은 "내 지명(知命)의 땀／여기사 마르네."(〈伽倻山에서〉 일부)에서와 같이, 어디까지나 원의 사유가 가진 그 본래적 "회귀(回歸)"(〈銃이 있는 교실에도〉)를 알고 그것을 깊이 사유하는 영성적인 노력(땀)의 결과라고 해야 할 것이다. 또한 이러한 노력은 빠른 결실이 아니라 역시 "완행"(〈車窓 밖에는 2 - 철쭉꽃〉)과 같은 꾸준한 사유의 결정이다.

원으로 이야기되는 이성수 시인의 시는 둥글고 잔잔하다. 그러나 시의 기저에는 냉철하고 꾸준한 사유가 자리해 있다. '인간은 생각하는 갈대' 이기 때문에 사물을 그냥 바라보는 것이 아니고 자신과 연관시켜 의미지어 간다. 그것은 눈앞에 펼쳐진 세계 즉, "사유(思惟)의 바다"인 것이다.

구름 밖

하늘 끝

내 思惟의 바다가 출렁댄다.

—〈海邊素描〉 일부

이러한 사유는 사물과 그 존재의 근원에 대해 부단히 회의하고 사색하고 반성하게 한다.

한 마리
날아오르는 새를 생각한다.

물결을 일으키는
바람의 습성.

나무 가지 끝에 앉은
새의 思惟가 무엇일까.

새가 가지 끝에 앉은
나무의 사유가 무엇일까.

— 〈思惟〉 일부

  이러한 사물에 대한 많은 물음들은, 아마도 이성수 시인이 시를 쓰
는 동력이 되어 왔고 또한 시를 쓰는 한 지속될 것이다. 그리고 그에
대한 해답들은 계속해서 풍요로움의 꿈, 혹은 부드러운 원의 사유를
살찌울 것이며 "알감이 한차"(〈立冬周邊 4〉)이거나 "풍어(豊魚)"(〈海邊
素描〉)인 미래를 약속해 줄 것이다. 그런데 인간을 둘러싼 세계는 의
식과 사유만으로 끝나는 안온한 세계가 아니다. 의식과 사유와 더불
어 생동감 있는 실천을 필요로 하는 복잡다단한, 살아서 꿈틀대는 역
동적인 세계이다. 이성수 시인의 시가 '……가 무엇일까'의 사유에
서만 머물러 있지 않고, 보다 적극적인 생동감 있는 세계에 눈을 돌려
야 한다는 생각이 드는 것도 이 때문일 것이다. 이것은 결국 이성수
시인이 애당초 염원하던 세계, 즉 사물과 사물 간에 서로 걸림이 없는
"무애(無碍)로운 함성"(〈火曜報告〉)과 복잡다단한 사물의 모든 다양성

이 거스름 없이 내면에 자리하는 "이순(耳順)의 능선"(〈下山 1〉)을 풍요롭게 시로써 드러내기 위해서도 그렇다. 이제부터 아마도 "원 속의 모"(〈木馬〉)를 바라보는, 한층 치열한 문제의식을 원숙함으로 승화시키는 작업이 "출렁대는" "사유(思惟)의 바다"에서 이루어지리라 생각해 본다.

　시는 시인의 삶을 넘어서지 않는다. 시인이 시를 열어 가는 것이다. 이 시대에 다시 이성수 시인만이 가진 풍요로움의 꿈, 혹은 부드러운 원의 사유가 "분주히 원을 그리는/목마의 회전"(〈木馬〉)이 되기를 염원할 뿐이다.

바람, 그 너머를 향한 시선
— 조기섭(曺己燮) 시인의 시세계

　일찍이 파스칼(Pascal)은 인간을 '생각하는 갈대'라고 하였다. 인간은 갈대와 같이 연약한 존재이지만 생각하는 능력, 즉 사유능력을 갖추고 있기 때문에 그 연약함을 극복하고 소우주가 되어 있음을 말해 주고 있다. 이러한 인간의 '생각한다'는 마음(정신)의 능력을 중국철학에서는 '허령명각(虛靈明覺)'이라고 규정한다. 마음의 작용을 구체적으로 파악해 내고자 할 경우에 거기에는 만사만물을 인식, 분별해 내는 신묘한 활동이 있고(靈), 그것으로써 사물에 내재한 이치를 분명히 알고(明), 깨달(覺)을 수 있는 것이다. 다른 말로 이것은 내면에 갖춘 밝은 '능력(明德)' 혹은 '저절로 갖추어진 앎(良知)'이라고도 한다. 이러한 사유능력은 보이는 사물을 그냥 그대로 보는 것이 아니고, 보이는 것의 근지 혹은 그 너머에 있는 깃이란, 물론 형이하직(形而下的)인 세계가 아니고 형이상적(形而上的)인 세계인 것이다. 모든 사물들은 각기 '꼴(形)'을 가지고 있는데 우리의 시선은 이러한 꼴에 대해 '값(의미)'를 매기게 된다. '인간의 시선(사유능력)'은 '꼴이 놓여 있는 곳(세계)'를 '의미' 지어 나가지만, 결국 이 의미는 인간 그 자신의 의미이므로 '인간 자신이 존재하는 방식대로 세계는 존재한다'는 중요한 사실을 일깨워 준다.

　조기섭 시인의 시 세계에는 이러한 사실이 잘 드러나 있다. "① 종

(鐘)이 운다."(〈鐘소리〉 일부), "② 비 갠 아침 문득/대얏물에/잎이 진
다."(〈가을 아침〉 일부)는 것이 그냥 단순한 사물의 현상으로서 끝나버
리는 것이 아니고, ① "종(鐘)이 운다"는 것도

　　鐘이 운다.

　　오랜 沈默의 壁을 깨고
　　宇宙의 새벽문을 열어 주는

　　차가운 이슬에 젖어
　　고개 다소곳이 수그린 풀잎을 달래고

　　오랜 별빛으로만 바래인
　　원한에 사무친 꽃잎을 흔들며
　　鐘이 운다.

— 〈鐘소리〉 일부

에서 알 수 있듯이 "우주(宇宙)의 새벽문을 열어 주"거나 "차가운 이
슬에 젖어/고개 다소곳이 수그린 풀잎을 달래고", "원한에 사무친 꽃
잎을 흔들며" 우는 것이다. 종(鐘)의 울음에도 이러한 많은 의미들이
부여되는 것이다. 그리고 ② "……잎이 진다"는 것에서는,

　　그리운 季節이 갔거니
　　꽃이사
　　爛漫할손.

— 〈가을 아침〉 일부

에서 알 수 있듯이 "그리운 계절(季節)이 갔"다는 의미를 찾게 된다. 다른 식으로 표현하면,

> 바람이 불면
> 바람의 노래
> 별이 흐르면
> 별의 노래

— 〈月下微吟〉 일부

가 있는 것이다. "바람", "별"과 같은 사물은 그냥 있는 것이 아니라 "노래"를 동반한다. 노래는 시인의 "사운대는 심상(心像)"(〈어느 步行〉) 내지 "사념(思念)"(〈하나의 作業抄〉)으로 시인이 사물에 부여하는 의미인 것이다.

보이는 것의 근저에 혹은 그 너머에 있는 어떤 것에 대한 시선이 "오랜 침묵(沈默)의 벽(壁)을 깨고/우주(宇宙)의 새벽문을 열어 주는"(〈鐘소리〉 일부) 것이다. 이와 같이 인간은 사유에 의해 삶의 세계에 새로운 지평을 열어 간다.

조기섭 시인은 특히 많은 사물 중에서도 '바람'에 대해서 남다른 애정을 가지고 있음을 느낄 수 있다. 그에게서 바람은 특별한 의미를 얻는다. 위에서 보듯이 "바람"에서 "노래"를 찾아내고 있는 것이다. 그의 시집이 《바람의 침묵(沈默)》으로 된 것은 우연이 아닐 것이다. 바람의 노래(戀歌)는 바람에 내재한 '의미'로서 "순수(純粹)의 내재율(內在律)"(〈달무리〉)이다.

바람의 속성은 무시로 불어오거나 사라지거나 한다. 그래서 바람은 덧없는 것(無常), 즉 순간(한동안)이지만 시인의 "사운대는 심상(心像)", "사념(思念)"인 그리움은 영원한 시간(萬年) 동안 남는다.

무시로 흔들리는 바람의 無常

에 떨어지는 가지 사이

빈손에는 念珠를 굴리다가

……

묻지 말아라

地上의 바람 한동안

불고간 萬年은

그리움뿐이라고

— 〈不惑의 시〉 일부

그러나 바람은 순간 순간 불고 또 그치고, 그치면 다시 시작된다. 그러므로,

얇은 江바람에도 도는

風車의 아픈 바퀴에는

이미 바람이 孕胎되고 있었다.

— 〈風車〉 일부

고 한다. 그러나 마음을 썰렁하게 하는 바람은 보이지도 붙들 수도 없으면서 사물과 인간을 동요시키고 또 상(傷)하게 한다. 이것을 시

인은 "이국종(異國種) 장돌뱅이", "눈도 코도 썩은 귀신(鬼神)", "잡
놈"이라고 한다.

돌아보아도
매양 썰렁한 바람,
밤마다 내 頭蓋骨에선

                                 — 〈風景抄〉 일부

잿빛 바람이
우리네 傷한 옆구리를
朝夕으로 톱질하고 있다.

                                — 〈가을 詩抄〉 일부

三冬내 뒤치락이는
잡놈의 바람소리는 귀에 흘리며

                                — 〈겨울 戀歌〉 일부

I
바람은 無時로 信賴를 버리고
나의 옆구리를 뚫기도 하고
우리의 갈비를 뜯기도 하고
그렇지, 바람은 無時로
뱃심 좋게 콧구멍을 쑤신다.
……

Ⅱ

바람은 無時로 칼, 칼, 칼

商工會議所 窓유리를 뚫기도 하고

그 屋上의 옆구리의 깃발을 뜯기도 하고,

우리 안마당에 살살 기어 와

수채구멍을 핥아 놓고,

南浦洞 世宗路의 가랑잎을 쓸어

물구나무 선다.

그렇지, 바람은 무시로

異國種 장돌뱅이.

눈도 코도 썩은 鬼神인가

잡놈인가

바람은 무시로

바람은 무시로

— 〈바람의 戀歌〉 일부

실로 바람은 사람을 피곤하게 만든다. 그래서 "피곤한 바람 속의 돛을 내리고/영상(零上)의 개울녘에/한동안은 별을 지고/잠을 잤으면"(〈어느 步行〉 일부) 하는 바람을 가진다.

시인은 "바람이 불면 바람의 노래"(〈月下微吟〉)를 부르고 싶은 것이다. "노래"는 바람소리가 귀에 거슬리지 않고 사물의 다양성으로서 인정, 수용되어 그대로 "귀에 흘"러 버리는(耳順) 것이며 그것은 잡놈 (바람)에 대한 '사랑'이기도 하다.

三冬내 뒤치락이는
잡놈의 바람소리는 귀에 흘리며
사랑하는 이여

나는 예서 너는 게서
외로운 이마에는 불을 붙이고
저무는 魂들을 따숴 주리라.

— 〈겨울 戀歌〉 일부

잡놈(바람)을 사랑함으로 해서 "나"와 "너"가 만날 수 있는 장을 만들 수 있다. 나와 너는 결국 "외로운 이마에는 불을 붙이고/저무는 혼(魂)들을 따숴"줄 수 있는 힘을 갖게 한다. 다시 말하면 "하나의 몸짓"으로 "부신 이슬"이 되는 것이다.

뒤척이는 바람의
意味로 하여
하나의 몸짓이 된다

……

높은 바람 끝에
꽃나무 하나
부신 이슬에 진다.

— 〈位置〉 일부

시인은 무시로 뒤척이는 바람에 시선을 던지고 그 시선 속에서 의미를 찾아내고 있다. 바람의 의미는 하나의 "몸짓"이 되는데, 몸짓은 "높은 바람 끝"에서 일어나 "꽃나무 하나/부신 이슬에 지"는 투명한 사랑의 노래(戀歌)로 형상화된다. 시인은 비로소 바람의 무상에 미혹되지 않을 수 있는 것이다. 바람의 "깊이"를 풀어낼 수 있기 때문이다.

아픈 執念에
빗질을 하며
다시 표표히 하늘 끝에 서라
이제는 매운 바람도 시리지 않다.

— 〈不惑의 詩〉 일부

빈가지 끝에 엉기는
밤바람의 깊이를
나는 좀 풀고 있다.

— 〈바람의 戀歌〉 일부

세상 만물은 각기 나름대로의 의미를 갖고 있다. 이러한 의미의 발견을 통해서 사물과 인간, 인간과 인간은 등지지 않고 각각 등질(等質)의 가치를 가진 존재로서 서로 손잡고 돌아와 걸림 없이 만날 수 있을 것이다.

너희는 아픈 몸속의
가장 깊은 마음 안에 스미는

물같은 마음이 되라,

등을 진 사람들이 손잡고 돌아오는.

아 눈맑은 宮殿

……

— 〈飛翔〉 일부

따라서 인간의 보이지 않는 것에 대한 시선은 '나'와 '너'를 넘어서는 '우리'(人類)를 발견할 수 있고 '이것'과 '저것'을 넘어선 '있음 일반'을 발견할 수 있다.

시인의 시선은 현실에만 만족하지 않고 이러한 보이지 않는 것의 근저 혹은 그 너머에 있는 것, 즉 형이상의 세계를 만들어 간다. 참으로 시인은 "뉘라 눈물을/俗되다 하느뇨"(〈이슬 斷章〉)라고 물을 수 있다. 속된 세계에서 속되지 않음을 마련해 가면서 "눈맑은 궁전(宮殿)"을 세우고자 하는 것이다. 인간의 삶의 가능성, 희망은 어디까지나 인간 스스로 열어 가야 함을 알기 때문이다.

젊음, 그 삶의 유배지에 대한 기록
— 박일문: 15년간의 방황과 고독, 사랑과 광기

　　대구시 수성구 시지동에 첫눈이 내리던 날 저녁 무렵. 소설가 박일
문 씨에게서 전화가 걸려 왔다. 그는 얼마 전까지 서울 근교에 살았
다. 이제 그는 그 생활을 청산하고 경산시 계양동 계양 아파트에 기
거를 막 시작한 터였다.

　　그의 전화는 다름아니라 지금까지 써온 시를 모아 서울에서 출판
하기로 되어 있는데 빠른 시일 내로 발문을 좀 써달라는 것이었다.
사실 나는 남의 창작물에 대해 평가를 내릴 정도의 훌륭한 작가도 아
니거니와 또한 내 나름의 의견을 남에게 제시할 정도로 충분한 지식
도 갖지 않은 처지이기에 솔직히 한마디로 거절을 하고 싶었다. 그렇
지만 그는 다짜고짜 발문을 써달라는 것이었다. 나는 평소에 남의 요
청을 잘 거절하지 못하는 딱한 버릇이 있기도 하지만 이 경우는 그것
과는 좀 차원이 달랐다. 웬지 나는 그의 요청을 떨쳐버릴 수 없어 그
의 말에 곧 구속되고 말았다. 돌이켜보면 그것은 아마도 그와 80년대
의 몇 년간 '함께 보낸 날들'에서 맺어진 끈끈한 추억 아니 따뜻한 연
분(?) 때문일 것이다. 내가 사는 시지동에 내리는 첫눈만큼이나 그의
전화를 받고 떠오른 젊은 날의 추억 혹은 그 언저리의 설레임들, 방황
과 고독…… 그 때, 경산의 압량벌 아니면 대구의 동성로 거리나 반월
당, 혹은 시내 한복판의 어느 거리를 '함께 보낸 날들'의 사람들. 그

들은 이제 뿔뿔이 헤어져 지금은 각자 어디서 어떤 형태로 살아 남아 있을까? 나도 그의 시를 읽으며 살아 남은 자의 이야기를 듣고 싶었기 때문이다.

박일문의 본명은 박인수이다. 소설가 이전의 내가 아는 박인수는 나보다는 두어 살 선배로서 법학도였으나 법학보다는 전공과 관계없이 열심히 시를 쓰며 헤매던 동안(童顔)의 청년이었다. 한 때 그는 나와 《백전(白戰)문학》 동인으로서 함께 작품활동을 한 적도 있다. 그 이후 그는 《살아남은 자의 슬픔》이란 소설로 '제16회 오늘의 작가상'을 수상하여 소설가로 잘 알려졌고 그 나름의 작품세계도 갖게 되었다. 그렇다면 그는 소설을 쓰면서도 옛 버릇을 잊지 않고 그 한켠에서 시(詩)라는 텃밭을 일구어 왔던 것이다. 아니 그것은 정확히 말해서 텃밭도 포장마차도 아닌 그의 본바탕이었는지도 모른다.

박일문이 가져온 시는 1979년부터 1993년에 걸쳐서 쓴 것이었다. 박일문이라는 한 젊은이가 15년간 겪어낸 방황과 고독, 사랑과 광기에 대한 생생한 기록이었다. 그는 자신의 젊은 날을 정리하여 '함께 보낸 날들'이란 책으로 엮고 싶었던 것이다. 그 속에는 격변의 시대인 80년대가 가로놓여 있고, 그것과 부딪히며 방황하고 고독해 하며, 또 그 옷자락을 부여잡고 황량한 사랑도 하며 광기에 흐느적거리며 시인 박일문이 남몰래 그 시절을 살아온 것이다. 80년대의 거리를 아무런 대책 없이 현실 없이 절망적으로 헤매이던 혼돈스런 젊음—그것은 우리들 모두 젊음이라고 하는 한 삶의 유배지인지도 모른다. 바로 박일문의 시는 '젊음, 그 삶의 유배지에 대한 기록'이다. 나는 지금 그의 고통스런 족적이 담긴 기록을 훔쳐보고 있는 것이다.

박일문의 가슴은 맑다. 스스로를 비추는 맑은 물이 흐른다. 그렇듯이 박일문의 시에서는 자기비판, 자기반성의 구절이 자주 발견된다.

그것은 그가 살아오면서 겪었던 내면적인 고통과 그 겸허한 반성일 것이다. 그의 눈에 왜곡된 사회가 그대로 스쳐가 버릴 수만은 없다. 다만, 그는 변혁과 조직, 민주와 해방을 '이야기하는' 입장이었고, 사회적 실천의 과정에서 철저하게 희생되지는 못했다. 그런 의미에서 그는 아무 것도 할 수 없는 자로서 "후배들에게 밟혔고/그들의 안주거리가 되어 씹혀졌"던 것이다. 말하자면 그는 자신의 "소시민적 근성"을 "수치심"으로 직시하고 있는 것이다.

정권이 바뀌고 대통령이 바뀌었다.

(중략)

그러나 무엇이 나를 여기까지
오게 하였는가
물음은 가혹하다
모든 것은 불안한 나의 수치심과 관계한다
그것은 세상탓이 아니다
지금껏 나 역시 어떻게 살아 왔는가
술잔을 더럽히고 책에 손 때를 묻히며
거짓말을 하고 맑은 물을 오염시키며
그렇게 살아 왔다
— 〈문경, 눈물에 젖던〉 일부

친구 결혼하고
혹은 구속되고,

결혼도 구속도 되지 못한 난,

도대체 당신이 할 수 있는 것은 뭐냐고

후배들에게 밝혔고

그들의 안주거리가 되어 씹혀졌고

— 〈학원일지 · 1985〉 일부

나는 C.N.P.논쟁을 제법 즐겼고

변혁과 조직을 제법 떠들었다

민주와 해방을 이야기하면서

당신에게는 늘 봉건적이었다

나는 늘 그랬다

그것은 나의 소시민 근성이었고

나의 한계였다

— 〈팔공산 능선 예비군 교육장에서〉 일부

그는 "불안한 수치심", "소시민 근성"을 그의 한계로 받아들이고 있다. 그러나 그가 한계라고 반성하는 것은 어쩌면 80년대의 총체적 불안이 그렇게 반성하도록 강요하였다고 보는 편이 옳을 것이다. 다시 말해 그것은 그 개인의 한계인 동시에 80년대가 안고 있던 한계였다.

불안한 이데올로기는 개인에게 무엇을 강요했는가? 그리고 한 개인은 어떤 선택을 하게 되는가? 결과적으로 이데올로기란 무엇이었던가? 여기서 박일문은 고뇌한다.

불안의 이데올로기 속에서

잃는 것이 많구나, 나뭇잎 나뭇잎
그러나 어쩌란 말이냐.
이 길이 아닌 다른 길이
어디 있기라도 했었더란 말이냐

나는 어둠 속으로 달아났다.

— 〈1987 · 점촌에서〉 일부

우리는 거제까지 내려와
각자의 캔맥주를 마시며
유리창 너머 바다를 바라봅니다.
— 우리는 언제 이렇게 멀리 바다까지 내려왔나

(중략)

불안으로 가득찬 우리의 미래,
불안했으므로 우리는
서로의 지느러미를 절망적으로 흔들며

(중략)

앞날없는 청춘의 불안이 우리를
벌거벗은 연체동물로
가슴 아프게 하였습니다.

— 〈1988 · 거제에서〉 일부

나는 당신을 안고 눕습니다

나는 당신의 배를 찌르며 말합니다

지상의 가장 아름다운 것이 뭐냐고

그러면 당신은 입술을 깨물고

단지, 더 아프게 찔러 달라고 말합니다

우리가 한줌의 겸손한 흙이었던 때,

우리는 서로의 구분이 없던 날로 돌아가

흰 시트의 침대 위에서 점토덩어리처럼 엉깁니다

소멸에 대한 반항

우리는 연체동물처럼 온몸을 흔듭니다

침대는 흙으로 붉게 물들었습니다

— 〈첫날 밤〉 일부

불안의 이데올로기—미래에 대한 불안, 앞날 없는 청춘의 불안, 절망, 방황—이것은 박일문 시의 모태이기도 하다. 어쩔 수 없이 맹목적인 사랑으로 자신을 달래보는 "벌거벗은 연체동물"이 될 수밖에 없었던 것이다. 그것은 "우리가 한줌의 겸손한 흙이었던 때" = "우리는 서로의 구분이 없던 날"로 돌아가고픈 여망이었다. 그것으로 "지상의 가장 아름다운 것"을 성취하고 싶었던 것이다. 내가 껴안고 싶은 너, 하나가 되고 싶은 너, "점토덩어리"처럼 엉기고 싶은 사랑은 분별과 대립, 투쟁을 벗어나는 일이었다. 바로 "갖은 잡탕의 진실"이었다. 그리고 이러한 박일문의 사랑은 개인을 벗어나 "시대와 치명적인 연애"이며, 그냥 "온몸을 흔드는" 곳에서 빚어진 "모든 것의 끝장"이었다.

내가 그대에게 준 것은
뼈 시린 가난 뿐이었다
미친 사랑 뿐이었다
그대가 나에게 준 것은
화려한 육체가 아니라
눈부신 이념이 아니라
피 냄새, 땀 냄새, 오줌 냄새
갖은 잡탕의 진실이었다

그대는 알 것이다
세상이 우리를 손가락질하여도
우리는 시대와 치명적인 연애를 하였다
그것은 기막힌 눈물이면서
모든 것의 끝장이면서
끝장난 바닥에서 다시 시작하는 것이다

― 〈사랑을 잃고, 나는 쓴다〉 일부

그의 "끝장난 바닥"은 결국 "한줌의 겸손한 흙" "점토덩어리"로 연결된다. 다만 한 개인과의 사랑·연애가 어떻게 한 사회와 시대로 연결될 것인가 하는 부분에서 박일문은 분명한 대답을 하지 않고 "끝장난 바닥에서 다시 시작하는 것"이라고만 말한다. 그는 바깥의 왜곡된 현실을 개혁하는 혁명전사이기에 앞서 자기의 왜곡된 내면을 다스리는 진솔한 한 인간으로 돌아가고 싶어했던 것이다. 사랑을 통해 "그대가 나에게 준 것"은 "화려한 육체"도 아니고 "눈부신 이념"도 아니고 "피 냄새, 땀 냄새, 오줌 냄새/갖은 잡탕의 진실"이었다고 솔직히

말하는 데서 잘 알 수 있다. 바깥으로! 바깥으로! 라고 외칠 때 박일문
의 내면에는 늘 인간적인 고뇌와 고독만이 우두커니 남아 있었다.

　　사람을 만나고 커피를 마시고
　　이별을 하고 때로는 고독에 취한 채
　　여기까지 밀려 왔건만,
　　나는 무엇인가?
　　쓸쓸함밖에 남지 않았다.

―〈증명〉 일부

　　춥고도 긴 겨울밤은 뜨겁고 고독한
　　섹스였는지 몰라

　　(중략)

　　그 겨울바다 삐걱이는 침대에서
　　그대와 나를 망가뜨린 세월들
　　그대와 나를 거리로 내몬 이념들
　　그들과 치명적인 연애를 하였지

　　돌아누우면 뼈 마디마디 시린 고독
　　고통은 우리 몸 속에서 숨죽여 울고
　　우리는 죽음에 관한 한
　　절망과 패배에 관한 한

―〈아직 사랑할 시간은 남았는데〉 일부

박일문은 이렇게 한 인간을 사랑과 고독으로 내몬 것은 결국 "이념"이었다고 본다. 이념은 그대와 나를 "망가뜨렸고" "절망"과 "패배"로 이끌었던 것이다. 그는 "그대와 나를 망가뜨린 세월들" "그대와 나를 거리로 내몬 이념들"과 "치명적인 연애"를 한 것이다. 결국 남은 것은 무엇인가?

이념에 갇혀 함께 거리로 내몰리며 80년대를 함께 하며 연애를 하던 애인이 죽고, 또 친구가 떠나고 사람들이 시대에 희생되어 흩어졌다. 박일문은 용케도 80년대에 희생되지 않은 것을 '살아남은 자' 의 '슬픔' 으로서 토로한다.

그 술집, 그 길들은 이미 끊어지고 엎어지고

사라져 버렸다

반월당 약령시장 염매시장 골목

막걸리 집들과 집들 사이 사람과 사람들

그 술집 그 길들 그 사람들

이제 모두 다 사라져버렸나

무너진 이데아 부서진 흙벽 사라진 넋들

이제 모두 다 떠나버렸나

그 길로 이젠 아무도 가지 않는다

혹은 그 길을 두려워한다

그 자리에 대자본의 빌딩이 들어선다고,

몇 달 후면 집을 비워줘야 한다고 말한다

우리는 술냄새 바람냄새 맡으며 취한 길을 걷는다

모의하고 싸우고 결의를 맺고 일어섰던 곳

그래서 눈부셨던 곳

빛나던 얼굴

빛나던 눈동자 다 어딜 가고

무너진 이데아 부서진 흙벽 사라진 넋들만 딩구나

이럴 순 없지, 이래선 안 되는 법이지

우리들 중 누군가

아황산가스 검은 하늘을 향해 손을 홰홰 젖는다

광주 5·18이 이렇게 끝나게 되는 것이냐

이래도 되는 것이냐

길가 가로수를 잡고 음식물을 토한다

친구가 등을 두드려준다

하늘을 본다, 비틀거린다, 중얼거린다, 생각한다

이 거리에서 살아있던 것들은

모두 어데로 사라져 버렸나

푸른날, 목줄을 팅구던 혈관은 어데로 사라져 버렸나

이제 그 혈관 속으로 탁한 피가 흐르는 것이냐

이제 서른이 넘은 네가, 내가, 우리가 죽은 것이냐

하늘을 보아라

하늘은 아직 우리를 조롱하지 않는다

우리가 우리를 부끄럽게 생각할 뿐이다

— 〈살아남은 자의 슬픔〉 전문

　박일문은 "이 거리에서 살아있던 것들은/모두 어데로 사라져 버렸
나…… 이제 서른이 넘은 네가, 내가, 우리가 죽은 것이냐"라고 자문

하고, 이에 그는 "하늘을 보아라/하늘은 아직 우리를 조롱하지 않는
다/우리가 우리를 부끄럽게 생각할 뿐이다"라고 자답한다. 그래서
"휴식분자"인 "스스로에 대하여/참회의 시간은 길었다"고 말한다.
"살아남은 것이 침묵을 강요했으므로" "우리는 침묵하였다"고 대답
할 뿐이다. "휴식분자" "대오의 이탈"은 "불빛", 지난 시대가 제시한
'이념' · '길'의 상실과 통한다. 지금까지 믿어 왔던 가야 할 길의 좌
표를 잃어버린 것이다. 오히려 그것은 다행스런 일일지도 모른다. 어
디까지나 그것은 '강요' 당한 이념이었으므로…….

> 우리는 비추던 마지막 불빛마저 사라질 때
> 우리는 가축처럼 길을 잃고 방황하였다
> 대오의 이탈에 대하여
> 휴식분자인 스스로에 대하여
> 참회의 시간은 길었다
>
> 우리는 침묵하였다
> 살아남은 것이 침묵을 강요했으므로
>
> — 〈사랑을 잃고, 나는 쓴다〉 일부

박일문의 삶의 족적 밑에는 짙은 '광기'가 드리워져 있다. 그것은
시대의 이념에 내몰리며 우리들이 겪어야 했던 삶의 혼돈이자 정상
적인 삶의 해체가 빚어낸 눈물나도록 쓸쓸한 낭만이었다.
"당신"과 함께 겪어야 했던 박일문의 광기의 나날은 결코 행복했
던 것만은 아니다. 삶과 죽음을 넘나들며 삶과 죽음의 의미를 체험하
던 시간이었다. 광기 속에서 누군가 희생되고, 또 희생된 자의 뒤에

남아서 누군가 고통을 겪는 이른바 이중 삼중의 희생이 뒤따랐기 때
문이다.

하루에도 수차례 드나들었던 당신의 광기는
죽어서야 끝났습니다.

— 〈영안실에서〉 일부

— 전 죽을 거예요. 죽어버리고 말 거예요.

(중략)

— 왜 하필이면 출가를…?

(중략)

"어쩔 수 없었습니다. 나도 내 광기를.
출가사문이 되지 않고는
나도 내 삶을 견딜 수 없었습니다."

당신의 죽음이 내 광기를 잠재울 줄이야

— 〈광기〉 일부

"당신"의 죽음으로 광기는 잠들었다고 한다. 박일문에게 '당신'은
우리들이 함께 겪은 시대이자 그 이념들이다. 어제보다 오늘이라는
시대와 그 이념들은 만족할 만한가? 이제 박일문에게 묻고 싶다. 아

니라고 한다면 "당신"은 아직 죽지 않았고 그로 인해 그의 "광기"도 아직 끝나지 않을 수밖에 없다. 아니 그는 더 짙은 광기를 바탕으로 이제부터 더 많은 지적인 방랑을 해야 할 것으로 본다. 그리하여 방랑은 박일문의 철저한 자기 이해를 가능케 할 것이다. 뿐만 아니라 나와 너 그리고 우리, 인간과 자연, 사회와 역사에까지 내면적 사색의 폭을 넓혀 줄 것으로 믿는다. 오늘도 그의 전화기에는 "저는 지금 기약 없는 방랑의 길을 떠납니다."라는 무인응답이 또렷하다.

우리들에게 '젊음'이라는 것은 여전히 '삶의 유배지'이기를 바란다. 유배지는 자신의 삶을 되돌아보고 삶과 행복이 무엇이며 우리는 왜, 어떻게 사는 것인가에 대한 부족했던 생각들을 메울 수 있는 그야말로 생애의 정신적인 안식처라고 말하고 싶다. 방랑과 고독, 좌절 불감증에 빠진 현대의 우리들이 다시 유배지에 들어서서 무언가를 진지하게 몸으로 헤쳐나갈 때, 거기서 새로운 것들이 나올 것이다. 창조적인 생각, 삶의 새로운 길이 열릴 것이다. 이렇듯 우리들의 출가(出家)는 자기완성(해탈)을 위한 것이다. 방랑이 결코 삶의 비굴한 도피나 맹목적인 파괴의 행위가 되어서는 안 된다. 삶과 죽음을 정직하게 바라보기 위한 끊임없는 연습의 일부이어야 한다. 거기서 남(他者)에 대한 진정한 사랑도 생겨날 것이다. 최근에 만난 박일문을 통해, 그의 '15년간의 방황과 고독, 사랑과 광기'가 참으로 남을 따뜻하게 이해하기 위한 처절하고도 고통스런 심신의 수행이었음을 느낀다. 이제, 더 새로운 방랑을 기대해 본다.

온몸으로 하는
인문학

5

체인지학(體認之學)의 현대적 가능성: 양명학(陽明學) 다시 읽기
― '온몸으로 하는 철학' 시론(試論)*

지금 왜 체인지학인가

현대 한국사회에서 철학의 위기가 논의되고 있다. 하지만 그것도 따지고 보면 철학 '과(科)' 의 위기이며, 철학 '전공자' 의 위기이고, 철학 '교수' 의 위기이지 '철학' 의 위기는 아니다. 그런 점에서 현대 한국 '철학' 의 위기가 보다 근본적으로는 '철학자' 의 위기이지 한국에서 '철학함' 의 위기는 아니다.[1] 우리는 일단 이 점을 염두에 둘 필요가 있다. 결국 철학자의 위기는 강단 철학의 주체인 철학자, 철학 교수들이다. 오히려 아웃사이더 철학자들은 더욱 현장감 있게 강단 바깥의 경험적 주변 문제나 사실들을 첨예하고도 섬세한, 풍요로운 언설과 지성을 구사하여 개념화해 내고 있다.

마침내 강단 철학자들이 '백수' 와 '건달' 로 전락할 사태는 올 것인가? 철학으로부터 많은 학역(學域)들의 분가(分家), 철학자의 현실로

---

*이 글에서는 필자의 견해를 표현하기 위한 하나의 '방편' 으로 특히 明代의 왕양명(1472~1528)의 언설이나 철학적 입장이 많이 소개되었다. 그러므로 다른 각도에서 생각하면 이것은 양명학의 현대적 해석의 하나라고 할 수 있다.

1) 홍윤기, 〈철학의 위기와 한국사회〉, 대동철학회 창립학술대회보 《21세기 한국사회를 위한 새로운 철학의 모색》(대동철학회, 1998.6.13), 21쪽.

부터 도피로 고립되고 빈털터리가 된 철학. 지금이야말로 천지가 철학교실이고 우주가 철학강단임을 통감해야 할 시점이 아닐까? '잔머리' 굴리기에서 이제 만물을 상대로 '주변머리' 와 '소갈(소견)머리' 를 키워, '온몸으로 부딪히기' 의 철학을 해야 할 것이다.

이 글은 체인지학(體認之學)의 현대적 가능성을 짚어보는 데 목적이 있다. 체인지학이란 '자신의 몸으로 알고 깨닫는 학문' 이다. 그런데, 하필 왜 지금 '체인지학' 인가? 여기서 필자는 체인지학을 다른 말로 고쳐 풀어 '온몸으로 하는 철학' 이라 부르고자 한다. 그러면 '온몸' 이란 화두를 들고 나온 이유는 무엇인가? 그것은 다름 아니라 제도권 대학 내의 철학과나 철학 전공이라는 좁은 울타리에 철학함을 가두지 말고 '주경야독(晝耕夜讀)', 즉 현실사회에서의 '온몸의(全心身的) 체험 · 실천' 과 '이론적 · 지적인 탐구' 가 쌍방적 소통을 거듭하여 변증법적인 발전을 이룩해 가는 철학 활동을 철학자들이 모색하라는 뜻에서이다. 다시 말하면 철학자들이 온몸의 능력을 총동원하는 이른바 전방위적 철학함의 지평을 개척하기 위한 하나의 제안이다.

지금 우리의 철학함에서 반성해야 할 점은 한마디로 '이론을 위한' '철학을 위한' '세상과 담쌓은' 철학함이 아닐까? 왜 철학을 하는가? 내가 하는 철학이 도대체 어떤 의미, 의의를 갖고 있는가? 나의 철학이 대체 어쨌단 말인가? 무얼 어쩌자는 말인가? 이런 고뇌로 갇혀 있는 지성, 두뇌에 충격을 주어야 한다. '골 때리는' 일을 거듭해 가야 한다. 세간에서 말하는 맹자 왈, 공자 왈 식의 이른바 '맹꽁' 철학은 세상과 담을 쌓아 앞뒤가 꽉 막혀 버린 철학함을 비꼬는 말이다. 지금 우리의 강단 철학 모습이 이렇지 않다고 누가 장담하겠는가? 세상의 흐름에 대해 어떤 지성적 발언을 해왔는가? 무슨 당당한 역할을 해왔는가? 강단 내의 강의 이상 어떤 노력을 해왔는가? 어느 어느 시대에 누가 누가 '말하기를', '누구 누구는 이렇게 말했다', 그래서 어쨌단 말인가? 그래서 어쩌자는 건가? 만일 부족한 부분이 있다면, 강단 철학 내부의 보수화를 청산하고 철학자들 스스로가 현실 타개를 위한 광적인 노력 즉 '지랄 발광'이라도 해가며 철학함에 대한 충분한 '자기의 몫/값어치' = '꼴값'을 해야 할 것이다. 마치 원효가 무애가(無碍歌), 무애무(無碍舞)로써 대중 교화와 설법의 지평을 개척했듯이, 철학자들도 철학 강단 바깥의 현실, 대중과 호흡할 수 있는 언어, 방법, 내용, 행동으로 철학함의 길 열기에 힘을 쏟아야 할 것이다.

물론 세상과 담쌓고, 그리하여 세상 '인정(人情)' '사정(事情)' '물정(物情)'을 모르고도 철학은 할 수 있다. 다만 그럴 경우 무엇을 위한, 누구를 위한 철학이냐를 한번 물어보자. 그러면 또 철학을 위하여!! 철학을 위하여!!라고 말할 것인가? 이렇게 세상과 담쌓은 철학은 마치 골방 한구석에서 본드나 알콜에 중독 되어 환상, 환각에 갇혀 배회하고 있는 사람의 모습과 같지는 않는지? 철학함이 지적 자위행위나 지적 자폐증으로 끝나서는 안 된다. 우리에게 지금 전 심신을 던져 전방위적으로 철학해 가는 자세가 요청되고 있다.

이 글은 철학함에 대한 졸견을 피력한 하나의 시론에 해당한다. 따라서 어쩌면 모순 투성이로, 심하게 말하면 잠자다 남의 봉창 두드리는 소리거나, 잠꼬대, 꿈 잡는 소리로 끝날 가능성도 떨치기 어렵다. 하지만 이 글로 하여 '골 때릴' 정도는 아니라 하더라도 철학계의 철학함에 시시콜콜한 논의거리, 작은 반성거리라도 마련된다면 참으로 다행일 것이다.

온몸으로 부딪히기

우리는 흔히 어떤 바탕이나 기초도 없이 문제상황에 부딪혀 해결을 시도하는 것을 '맨땅에 헤딩하기'라거나 '몸으로 때우기'라고 표현한다. 이것은 결국 이성적, 합리적으로, 다시 말해서 머리로 이리저리 따져서 하는 것이 아니고 온몸(즉 心身의 전능력)을 총동원하여 어떤 일이나 문제를 해결해 가는 태도나 사고방식을 말한다고 볼 수 있다.

이러한 태도나 사고방식이 때로는 야생적이고 원시적이며 때로는 반지성적, 비이성적, 비합리적인 것으로 지성계나 지식인 사회에서 따돌림을 당하기도 한다. 최근 젊은이들 사이에서 유행하는 말 중의 하나인 이른바 '무대포 정신'이 여기에 통한다고나 할까? 사실 무대포라는 말은 일본말로서 한자로는 무수법(無手法)이나 무철포(無鐵砲)로 쓰고 무텟뽀(むてっぽう)로 읽은 것이다. '무모하다'는 뜻이다. '수법(手法)' '철포(鐵砲)'도 없이 마구 일을 해나가니까 무모하다고 할 수밖에 없다. 그러니 부정적인 뜻으로 쓰이는 말이다. 하지만 지금 여기서 필자가 무대포를 이야기하려는 뜻은, 젊은이들이 이 말을 쓰는 것에서 일본말의 뜻과는 좀 다른 긍정적 재해석의 의미가 지닌 장점을 취하는 데 있다. 즉 각본이나 틀에 얽매이지 않고 스스로의 양식(良識), 양지(良知)가 내리는 판단, 사고에 따라 자기방식으로 자유롭고도 과감하게 전심신을 던져 해나가는 주체적 행위의 그 뜻을 취하자는 데 있다. 우리말의 맨땅에 헤딩하기, 온몸으로 부딪히기도 결국 같은 맥락일 것이다. 차라리 이것을 "성질대로 몸 전체로",[2]

---

2) 최재목, 〈나는 폐차가 되고 싶다〉, 《나는 폐차가 되고 싶다》(시와 반시사, 1996), 43쪽.

"타고난 제 배짱대로"[3]라고 표현해도 좋을 것이다. 너른 큰 세계(天地)를 위하여 마음을 잡고 함께 살아가는 수많은 사람들(生民)을 위하여 책임과 사명감을 갖는(爲天地立心, 爲生民立命)[4] 지구적 차원의 스케일로 철학하는 것, 지구적 차원에서 생각하는(Thinking globally) 것도 온몸으로 부딪히는 정신에서 시작되는 것이 아닐까?

그런데 '몸 전체' '온몸' 으로 부딪히는 것은 일단 전방위적으로 철학하는 태도와 연결된다. 예를 들면 우리가 생선을 먹을 때, 흔히 살만 발라먹고 뼈나 비늘, 꼬리, 머리, 눈알 등은 내다 버린다. 마찬가지로 우리는 학문함에 있어서도 머리의 일부분 가슴의 일부분, 다시 말해서 지능, 이성 아니면 감성 식으로 어떤 특수한 능력, 재능만 편의적으로 활용하고 나머지는 제외, 방치하고 만다. 인류가 지금까지 전투방어 장비로서 발달시켜온 고감도 안테나, 투시경, 망원경, 렌즈 등과 다를 바 없이 우리들의 지능, 시청각 및 인지 능력이 기형적으로 확대, 발달해온 것도 사실이다. 살만 발라먹고 내다 버린 생선의 뼈나 비늘, 꼬리, 머리, 눈알 등에는 진실이 없는 것일까? 진실은 살점에만 있는 것일까?

아동기에서부터 고등학문을 하는 성인에 이르기까지, 온갖 학원과 과외의 장소에서, 제도권의 학교와 교육시설―극소수의 시험적 공교육이나 대안교육을 제외하고는―에서 생각 따로 행동 따로, 머리 따로 몸 따로, 몸 따로 마음 따로로 공부를 시켜 왔다. 그런데 그러한 학문의 틀과 방식들이 얼마만큼 우리들의 삶과 세계를 의미 있고 행복하게 만들었던 것일까? 이른바 이런 따로 국밥식의 사고가 우리들

---

3) 최재목, 〈기계 길들이기〉,《나는 폐차가 되고 싶다》(시와 반시사, 1996), 55쪽.
4) 장횡거의 말.《近思錄》〈爲學大要篇〉.

의 삶에 얼마나 질 높은 메뉴들을 제공해 왔을까? 전통 철학, 학문에서 볼 때, 따로 국밥식 사고를 벗어나자는 사고는 신심지학(身心之學), 체인지학(體認之學)의 이념에서 찾을 수 있는데, 여기서는 따로 국밥식 사고가 결국은 이기적, 기복적 태도의 소산이라는 점을 상기시켜준다. 물론 따로 국밥식의 사고가 국과 밥의 분리를 가능하고 국과 밥의 맛과 내용, 기능까지도 분명하고도 깔끔하게, 그리고 조리 있게 말할 수 있었던 것도 사실이다.

여기서 잠시 왕양명의 말을 들어보자. 왕양명은, "몸(身)·마음(心)·마음이 지향하는 의지(意)·사물을 분별하고 아는 능력(知)·사물(物)[5]은 결국 한 가지(一件)일 뿐이다."[6]라고 규정하고, "세상에는 자기이익 추구에 기초한 제반 학문 활동(功利辭章)에 빠져서 '신심지학' (온몸, 온 마음으로 느끼고 생각하고 깨닫고 행위하는 학문)이 있는 줄을 모른다."[7] "배우는 자는 이기심에 기초한 글읽기, 쓰기, 외우기 등의 잡다한 학문활동(辭章記誦)에 빠져 다시 '신심지학' 이 있는 줄을 모른다. 선생은 앞장서서 이것을 말하고 사람들에게 우선 너른 세상과 큰 세계를 보는 인간(聖人)이 되고자 하는 뜻을 세우도록 하였다."[8]는 기록을 볼 수 있다. 이것을 토대로 본다면 그는 자신의 학문을 신심지학 즉 '온몸, 온 마음으로 느끼고 생각하고 깨닫고 행위하는 학문' 으로 생각하였던 것 같다. 너른 세상과 큰 세계를 향한 전망도 없이 이기적, 기복적 속성의 좁은 소견의 글쓰기나 외우기, 글쓰기

---

5) 왕양명이 말하는 '物(것)' 은 '事(일)' 와 같은 뜻이다.

6) 《전습록》 하 : 但指其充塞處言之, 謂之身, 指其主宰處言之, 謂之心, 指心之發揮處, 謂之意, 指意之靈明處, 謂之知, 指意之涉着處, 謂之物, 只是一件.

7) 《王陽明全集》(이하 《양명집》) 권25, 〈祭元山席尙書文〉.

8) 《양명집》 권33, 〈연보〉 34세조 : 是年先生門人始進, 學者溺於辭章記誦, 不復知有身心之學, 先生首倡言之, 使人先立必爲聖人之志.

를 위한 글쓰기, 외우기를 위한 외우기 등의 학문활동(功利辭章, 辭章記誦)에 빠지는 것을 경계하고 자기의 온몸과 온 마음을 변용시켜 천지만물을 포용할 수 있는 양지가 열린 큰 인간(聖人 또는 大人)을 목표로 해 갈 것을 주장하고 있다. 이렇게 해서 왕양명은 마음이 일기유통(一氣流通), 일기상통(一氣相通)하는 것으로 보아 내적 세계가 천지와 동일성, 통일성을 가졌음을 인식해야 한다고 주장한다. 이렇게 내외의 영역을 광폭하게 확장시켜 마침내 인간은 만물과 공생(共生)한다는 사실을 상기시켜 주는 왕양명의 만물일체론(萬物一體論)은 바로우리 인간의 마음은 지극히 개인적인 소유물이 아니고 우주적 차원의 것이며 나아가서는 인간의 전심신(全心身) 그 자체이거나 천지의 생명현상의 표출로서 보아야 한다는 것을 말해 준다. 그런 의미에서 우리의 마음은, 몸(body)에 대립하는 것으로서의 마음(mind)이 아니라는 것은 말할 것도 없다.[9]

따로 따로의 사고에서 온몸, 몸 전체의 사고로 돌아오자. 그리하여 온몸으로 사물에 부딪혀 나가자.

'늪'의 사고 — 전방위적, 공생적 사고의 모델

이 일 저 일의 '일'(事), 이것 저것의 '것'(物), 밑바닥에 숨겨진 사물

---

9) 이에 대한 보다 구체적인 논의는, 최재목의 〈자연과 인간의 생명적 연대는 어떻게 가능한가?—왕수인의 만물일체론을 중심으로—〉, 《철학논총》 제8집(영남철학회, 1992), 〈유교의 환경윤리〉, 《나의 유교 읽기》(부산: 소강, 1996), 〈왕양명 '心' 해석에 대한 하나의 반성〉, 《中國語文學譯叢》 제4집(영남대학교 중국문학연구실, 1996. 3), 〈共生의 원리로서의 心〉, 《철학논총》(새한철학회, 1998. 5)을 참조 바람.

각각의 이치(各理/一理)를 추구하여 그 전체의 총괄적 이치(萬理/全理)를 규명함으로써 사물을 보다 계량적, 합리적으로 파악, 장악한 것은 사실이다. 이른바 주자학식 내지 근대과학식의 저 격물치지적(格物致知的) 기획은 대단히 합리적인 것이었다. 이처럼 우리는 따로 식 사고의 행보와 성과를 과소 평가하거나 당장에 무시할 수도 없다. 그런데 곰곰이 돌이켜보면, '우리가 지금 격물치지적의 기획으로 활연관통한 것은 무엇일까?' '끊임없이 바깥으로 바깥으로 눈을 돌려 정복과 도전, 모험과 탐험의 정신으로 삶과 행복의 신대륙을 찾아내었던가?' 하는 문제는 남는다.

단선적 사고에서 전방위적 사고로, 따로에서 온몸과 공생으로를 주장할 때 우리는 지금 '늪'의 사고를 신중히 고려해 볼 필요가 있을 것이다. 늪이란 국어사전에는 다음과 같이 정의되고 있다.[10] "호수보다는 작으나 못보다는 크게 땅바닥이 저절로 둘러빠지고, 진흙 바닥에 많은 물이 깊지 않게 늘 괴어 있어 물속 식물이 무성한 곳." 하지만 이 글에서 표출코자 하는 늪의 상징적 의미가 이 국어사전의 정의만으로는 충분한 것은 아니다. 또한 여기서 중요한 것은 '늪'이라는 하나의 상징적인 존재의 요청이며, 이를 통해 우리 스스로의 이상적인 철학함의 공간을 만들어 보자는 것이지 늪의 사전적 정의만은 아니다. 늪은 '저절로' 만들어진 것이면서 '물속 식물이 무성한 곳'이다. 나눔과 쪼갬의 장소가 아니라, 어울림과 더부살이의 공간이다. 숱한 자생적 생명체들의 공생처(共生處)이다. 나눔과 쪼(二/分)이 없지만 그렇다고 하나(一/合)만을 고집하지도 않는다. 자리(自利)와 이타(利他), 오욕(汚辱)과 정화(淨化)가 공존해 있는 곳이다. 그야말로 화

---

10) 한글학회,《우리말 큰사전》1(어문각, 1991), 885쪽.

쟁(和諍)과 원융(圓融)의 상징체라 해도 좋다. 여기서 늪은 인간의 과
학기술문명에 대한 포용력, 자정력을 동시에 가졌다. 이러한 '늪'을
시로 표현하면 다음과 같을까?[11]

　　온갖 잡것들과 함께 지낸다, 슬픔에서도 물러나 기쁨에서도 물러나,
늪은 노래한다, 이 기막히고도 알 수 없는 일들이 물밑에서 아니 물위에
서, 자라다 쓰러지고 쓰러지다 일어서서 노래하는 그 곳, 일렁거리다,
인간도, 벌레도, 미래도, 희망도 저 속에 잠들 것이다, 상처투성이의 푸
른 땅의 자궁, 개구리들의 母性이 보이고, 벌레들의 정액, 풀들의 교미
가 보이고, 뼈와 흙과, 돌과 풀과, 사람과 함께 늪은 고뇌한다, 도시가 흘
러 들어오고, 기술의 나사 튕겨 나오고 과학의 잔재들, 폐차들 쌓여 썩
는다, 理性의 고름과 눈물, 퇴적한 인간들의 명패, 물은 온갖 쇠붙이에
달라붙어 살을 뜯어먹는다, 지극히 합리적인 그대들의 시간들, 우둔하
고 흐리게 잊혀진다. 온갖 잡것들, 진보한다 그리고 퇴보한다, 아니다
그런 것은 없다, 이것도 저것도, 저것도 이것도 아니다, 아닌 것도 아니
다, 또 아니다, 아닐까, 그럴까 하면서, 드디어 늪은 맑은 노래 흘러 보낸
다, 우 우 우, 갈 숲의 건반을 두드리며 새들이 몰려올 때 낮아지거나 높
아지거나 혹은 숨으면서 노래하는 늪, 풀들은 기억하고 있다 그 악보를,
자생하는 풀숲과 진흙의 발을 서로 딛고 오르내리는 물의 음계, 늪의 知
性, 온몸을 부비며, 아름다운 和音으로 연대한 공생과 자치의 터

　　늪은 어느 한 부분만 떼어내 볼 수 없는 유기적이고 전우주적이며,

---

11) 늪의 사색에 대한 시적 표현의 일단은 최재목의 시 〈거대한 노래〉, 《나는 폐차가 되고
　　싶다》(시와반시사, 1996), 14~15쪽을 참조 바람.

공생적, 자치적, 연대적인 생태공간이다. 한편으론 혼돈스럽고 또 한 편으론 질서가 있는 곳, 화쟁(和諍)하면서 서로서로 걸림이 없는 사사무애(事事無碍)의 공간, 바로 그곳, 늪은 그야말로 "도시가 흘러 들어오고, 기술의 나사 튕겨 나오고 과학의 잔재들, 폐차들 쌓여 썩는다, 이성(理性)의 고름과 눈물, 퇴적한 인간들의 명패, 물은 온갖 쇠붙이에 달라붙어 살을 뜯어먹는다, 지극히 합리적인 그대들의 시간들, 우둔하고 흐리게 잊혀진다. 온갖 잡것들, 진보한다 그리고 퇴보한다, 아니다 그런 것은 없다, 이것도 저것도, 저것도 이것도 아니다, 아닌 것도 아니다, 또 아니다, 아닐까, 그럴까 하면서, 드디어 늪은 맑은 노래 흘러 보낸다"는 곳이다. 지금 우리 철학자들에게는 이런 공과 자치와 연대, 그리고 부정과 긍정의 자유로움이 있는 '늪의 사고와 지성'이 필요하지 않을까? 온몸으로 사고하고 고뇌하는 늪의 생태, 늪에서 우리는 '온몸으로 하는 철학'에 대한 중요한 시사를 얻어낼 수 있어야 한다. 더욱이 '늪'은 우리들에게 미적이고도 예술적, 시적인 공감을 바탕으로 만물의 공생과 자치, 연대가 있어야 함을 시사한다. 어쩌면 "Thinking globally, acting locally"(지구차원에서 생각하고 지역차원에서 행동하라)라는 구호가 늪의 사고와 부분적으로나마 통한다고 할까. '머리'로만 철학 하는 것이 아니다. '온갖 잡것들'에 사유의 뿌리를 두고, 구체적, 실천적으로 온몸을 거기에 참여, 투입해 가야한다. 우리의 철학함에는 전방위적인 삶과 사색, 실천이 필요하다.

　덧붙여서 위의 논의에서 힌트를 얻어서 말한다면, 철학함의 글쓰기도 새롭게 변모해 가야 한다. 철학함의 글쓰기는 세상의 다양한 학문 조류와 뒤섞임을 통해 새롭고 참신한 장르가 개척돼야 한다. 그러나 우리가 여기서 '꼭 논문이어야만 되는가'를 논의하자는 것은 아니다. 왜냐하면 꼭 논문이어야만 한다라는 논의도 일단 일리(一理)는 있기 때문이다. 다만, 극단적인 주장이 만사나 능사는 아니나, 논문이어야 할 때는 논문일 수밖에 없을 것이다. 다시 말하면 언제 어디서나 무조건 논문만이어서는 곤란하다는 이야기이지 논문 무용론은 아니다. 철학의 글쓰기가 논문 한쪽으로만 보수화, 고정화되는 데 반성의 여지가 있다는 것이다.

철학함의 글쓰기에서 인간이 사물 전체와 미적인 공감을 유지하는 것은 어쩌면 필수적인 것이다. 자신의 온몸을 통해 파악된 느낌이나 생각, 논리, 철학을 어떻게 표현하는가에 대해서는 다양한 기술(記述)과 표현의 방식이 가능하다. 시, 소설 등의 문학작품, 음악, 예술품 등을 통한 철학함의 표현방식도 당연히 존중되어야 한다. 철학자의 타고난 능력을 최대한 발휘하는 개성 있는 글쓰기, 철학함이 용인되어야 한다는 말이다. 말하자면 철학자는 스스로 '꼴값'을 하는 '자리를 펴는' 일이 중요하다. 우리 인간의 풍요롭고도 엄청난, 다양한 느낌과 생각의 활용이 결국 고기의 살만 발라 먹는 식으로 지극히 부분적으로만 활용될 뿐이며 나머지는 아깝게 버려지고 마는 것이다. 왕양명은 지구적 차원에서 지성을 발휘하는 인간, 다시 말해서 한쪽의 능력만으로 절단, 재단되지 않은 총체적 지성(良知)이 열린 인간(大人)이 느끼고 생각할 수 있는 세계의 풍요로움에 대해 다음과 같이 말한다. 우리에게 시사하는 바가 크다.

어린아이가 우물에 빠지려고 하는 것을 볼 때(見孺子之入井), 누구든지 반드시 깜짝 놀라고 측은해 하는 마음을 가진다(必有怵惕惻隱之心). 이 사실은 어린아이와 일체라고 하는 이치(仁)를 그 사람이 가지고 있다는 것을 증명한다. 어린아이의 경우는 같은 인간이기 때문에 그렇다고 말할지도 모른다. 그러나 새와 짐승이 살해당하기 위하여 끌려갈 때 슬피 울거나 죽음을 두려워하는 것을 볼 때(見鳥獸之哀鳴觳觫), 사람은 반드시 차마 하지 못하는 마음을 가지게 될 것이다(必有不忍之心). 이 사실은 (인간이) 새나 짐승과 일체라고 하는 이치(仁)를 소유하고 있다는 것을 증명하는 것이다. 새와 짐승은 요컨대 (인간과 같이) 지각(知覺, 감각)을 가지고 있어서 그렇다고 말할지도 모른다. 그렇지만 (지각을 가지고 있지 않은) 풀·나무가 꺾이고 부러지는 것을 보면(見草木之折), 반드시 딱하게 여기는 마음이 있다(必有憫恤之心). 이것은 (인간이) 풀·나무와 일체가 되는 이치(仁)라는 것을 증명한다. 또한 풀·나무는 생명의 의지(生意)가 있는 것이라서 그렇다고 말할지도 모른다. 그러나 (순전히 무생물인) 기왓장이나 돌이 깨어지고 부서지는 것을 본다고 하더라도(見瓦石之毀壞), 반드시 애석하게 여기는 마음이 생긴다(必有顧惜之心). 이것은 (인간 마음의) 사랑의 이치(仁)와 기왓장·돌이 일체를 이루고 있다는 것을 말해 주는 것이다.[12]

이처럼 인간은 누구나 철학자이며 시인이고, 예술가며 미적 생태적 감각의 소유자로 볼 수 있다. 이러한 심성을 토대로 윤리생활과 사회생활을 보다 폭넓고 풍요롭게 열어갈 수 있는 것이다. 왕양명에 따르면, 인간은 해·달·별·바람·비·산·강, 우레·번개·귀신·도깨비·꽃, 새·짐승·물고기·자라·곤충, 사람(人) 하나의

---

[12] 《양명집》 권26, 〈大學問〉: 陽明子曰, 大人者, 以天地萬物爲一體者也, 其視天下猶一家, 中國猶一人焉, 若夫間形骸而分爾我者, 小人矣, 大人之能以天地萬物爲一體也, 非意之也, 其心之仁本若是, 其與天地萬物而爲一也, 豈惟大人, 雖小人之心亦莫不然, 彼顧自小之耳, 是故見孺子之入井, 而必有怵惕惻隱之心焉, 是其仁之與孺子而爲一體也, 孺子猶同類者也, 見鳥獸之哀鳴觳觫, 而必有不忍之心焉, 是其仁之與鳥獸而爲一體也, 鳥獸猶有知覺者也, 見草木之摧折而必有憫恤之心焉, 是其仁之與草木而爲一體也, 草木猶有生意者也, 見瓦石之毀壞而必有顧惜之心焉, 是其仁之與瓦石而爲一體也.

미적 교감체이면서 그것들의 모든 아픔, 슬픔을 느끼는 것이고 또 그 것을 느낄 때 알뜰히 보살피고 기르는 힘을 발휘할 수 있다는 것이 다. 그리하여 이 만물과 미적으로 교감하는 '천지의 마음(天地之心)' 으로 무생물, 동물, 식물, 인간은 거대한 공생의 마을을 이루게 된 다.13) 이러한 '여리고 섬세한 동시에 거대하며 약동하는' 우주의 생 명과 감응하기 위해서는 전 지구적 우주적 차원으로 양지를 열어 가 는 치열하고도 성실한 자기 내면의 변용이 뒤따라야 할 것이다. 이것 이 왕양명의 온 마음과 온몸으로 하는 학문, 신심지학(身心之學)인 것 이다. 왕양명은 '인간과 만물 사이에는 근본적인 구분이란 존재하지 않고 우리 인간은 인간인 동시에 동물적, 식물적, 무생물적이다' 라는 사실을 직간접적으로 알려주어 인간을 반성하게 만든다.14) 머리로만 하는 철학을 벗어나 온몸으로 하는 철학인 신심지학, 체인지학의 전 통은 우리에게 이 점을 일깨워 준다.

사실 몸은 고정된 것이 아니라 마음과 함께 공명하며 유동하면서 있다. 이렇게 몸(內界)과 우주만물(外界)이 상호 감응하고 호흡하고 소통할 수 있는 한 방법은 '온몸으로 부딪히는 것' '온몸으로 밀고 나가는 것' 이다. 다시 말해 온몸의 온갖 능력을 총동원하면서 사고하 는 것이다.

심(心)을 우리말로는 '마음' 으로 읽고 있다. 한글학회가 지은 《우 리말 큰사전》(서울: 어문각, 1991)에 보면 '마음' 은 ① 생각, 의식 또는 정신, ② 감정이나 기분, ③ 의지나 결심, ④ 관심이나 의향의 네 가지

---

13) 이에 관련한 왕양명의 자료 및 그 분석은 최재목,《나의 유교읽기》(소강, 1997), 268~ 271쪽을 참조할 것.

14) 이에 대해서는 최재목,〈공생의 원리로서의 心〉,《철학논총》제14집(새한철학회, 1998. 6)을 참조 바람.

로 정의되고 있다. 이에 대해 마음과 불가분의 관계에 있는 '몸'은 ①
사람이나 동물의 머리로부터 발까지 거기에 딸린 모든 것을 통틀어
일컫는 말, ② 몸통, ③ 물건의 원둥걸, ④ '몸엣것'의 준말, ⑤ 잿물을
덮기 전의 도자기의 덩치, ⑥ '사람'의 뜻, ⑦ '신분'의 뜻이라는 일곱
가지로 정의되고 있다. 이러한 마음과 몸의 사전적 정의를 보는 한,
우리는 몸과 마음이 각각 속/안-정신적, 겉/바깥-육체적(혹은 물질적)
으로 이분법적으로 해석되고 있는 듯한 느낌을 받기 쉽다.

그런데 우리가 사용하는 말 가운데에는 '마음에 와 닿다' '마음에
사무치다' 라는 말(A)이 있는데, 이 말들은 '피부(몸)에 와 닿다' 라거
나 '뼈(몸)에 사무치다' 라는 말(B)과 거의 같은 뜻으로 쓰이는 것으로
생각된다. 그러나, 현실적으로 몸에 "⑥ '사람'의 뜻, ⑦ '신분'의 뜻"
이 있는 것에서도 알 수 있듯이, 우리는 A보다는 B쪽의 표현이—의
식 차원뿐만 아니라 무의식 차원을 포함하여 더욱이 신체 차원까지
포함한 절실한 느낌을 받았다는—포괄적인 의미를 내포하고 있음을
알게 된다. 다시 말해서 '몸으로 안다' '몸으로 보여 준다' 고 말할 경
우에는 역시 '마음으로 안다' '마음으로 보여 준다' 는 것보다도 강
한 느낌과 의미를 갖는다. 이렇게 본다면 역시 마음은 의식적 혹은
관념적 차원의 것이고, 몸은 그것까지를 포괄하는 개념으로 사용되
고 있음을 알 수 있다.

이와 같이 우리가 위의 한글의 사전적인 정의만을 생각할 경우에
마음과 몸의 긴밀한 연관, 감응관계를 감지해 내기는 실로 어렵다.
뿐만 아니라, "천지를 위하여 마음을 세우고……"[15]자 했던 장횡거
의 우주적인 마음이나, "우리의 몸은 천지만물 가운데 있으며 내가

---

15)《近思錄》〈爲學大要〉：爲天地立心, 爲生民立道, 爲去聖繼絶學, 爲萬世開太平.

사사로이 할 수 있는 것이 아니다. 마음은 천지만물의 바깥을 포용하므로 하나의 꺼풀로서 제한할 수 있는 것이 아니다. 천지만물을 두루 하여 한 마음으로 하니, 따로 안 바깥이라고 말할 수 없다. 천지만물을 체인하여 하나의 근본으로 삼으니 따로 근본을 찾을 수 없다."[16]는 유즙산(劉蕺山)의 이른바 우주적인 규모의 마음—몸은 물론 천지만물을 포괄하는—의 의미는 읽어낼 수가 없다. 어쩌면 현대 우리들이 일상적으로 쓰는 마음이란 말의 근저에는 이미 마음(心/mind)-몸(身/body)을 분리하는 저 서양근대적인 심신이원론의 시각이 깔려 있는지도 모른다.

이렇게 몸은 대지와 자연, 지구, 우주와 연대해 있다. 《효경(孝經)》〈개종명의장(開宗明誼章)〉에는 "사람의 신체, 머리털과 피부는 모두 부모에게서 받은 것이니 함부로 이것을 손상시키지 않는 것이 바로 효의 시작이다(身體髮膚, 受之父母, 不敢毀傷, 孝之始也)."라고 하였다. 여기서 신체를 부모로부터 받았다는 것은 우리의 몸이 부모나 가족, 조상혈족과 연대적인 것으로 고려되어야 함을 강조하는 것이다. 이것을 보다 보편화하면 개체로서의 우리 인간의 몸이 타자와 연대한다는 것을 잘 지적하고 있다. 몸은 외부 사물과 그물 식의 소통관계를 맺고 있음을 의미한다.

이렇게 외부세계와 공명하는 몸 속엔 누구나 지구 하나씩을 갖고 있다. 우리 몸의 맥박에서 지구의 규칙적인 운동인 자전을 읽어낼 수 있을까? 몸으로 지구를 느끼고 타자를 느끼는 훈련이 중요하다. 정명도가 "맥박을 눌러 볼 때 가장 잘 인(仁)을 알 수 있다"(切脈最可體

---

16) 《明儒學案》권62, 〈蕺山學案〉, 〈體認親切法〉: 身在天地萬物之中/非有我之得私/心包天地萬物之外/非一膜之能圍通天地萬物爲一心/更無中外可言/體天地萬物爲一本/更無本之可覓.

仁).[17]고 하는 말은 이에 다름 아니다. 또 정명도는 이렇게 말한다.

인(仁)을 터득한 사람은 천지만물을 일체로 하니 자기 아닌 것이 없다. 자기임을 깨달으면 어느 곳엔들 이르지 않겠는가? 만약 만물이 자기에게 있지 않으면 저절로 자기와 관련이 없게 되며, (醫書에서 손발이 저린 것을 不仁이라 하는데) 손발이 저려서 기가 이미 통하지 않으면 모두 그것이 자기 것이 아닌 것과 같은 것이다.[18]

이렇게 자기 몸에서 임상실험(검사)된 철학의 이론들을 구하고자 할 때 '인(仁)의 철학'이 시작되는 것이 아닐까? '불인(不仁)의 철학'을 벗어나자.

대중의 지평에 선 철학을 위하여

주경야독(晝耕夜讀)이란 말로써 체인지학을 좀 설명해 보자. 체인지학(體認之學)은 주경(晝耕)으로서 현실의 일상생활 세계에서의 '체험 실천'과 야독(夜讀)으로서 '이론적 지적탐구'가 쌍방소통적으로 수행되는 것이다. 다시 말해서 '이론'적 탐구들이 우리의 '몸'에서 철저히 검증, 음미돼야 한다. 그럴 때 우리의 이론은 몸의 한계 내에서의 이론으로서 일탈이나 독주를 막을 수 있다. 몸 친화적이며 인간에

---

17)《河南程氏遺書》권3,〈語錄〉
18)《近思錄》〈道體〉: 明道先生曰, 醫書言手足 痺爲不仁, 此言最善名狀, 仁者以天地萬物爲
　　一體, 莫非己也, 認得爲己何所不至, 若不有諸己, 自不與己相干, 如手足不仁, 氣已不貫,
　　皆不屬己.

게 지속 가능한 것으로서의 이론은 우리 몸의 지평에서 임상실험을 거친 것이어야 한다.

우리의 몸은 인간 및 생명체 전체와 연대성 공동성도 지니지만 동시에 개체적, 한계적이다. 그래서 몸은 영원하지 않다. 자신의 몸에서 지속 가능한, 실현 가능한 이론을 검증해 내자는 것은 지식의 잉여를 없애자는 것이다. 그래야만 지식을 위한 지식, 지식의 유희, 또는 지식의 잉여로 지식의 이자 놀이를 하는 이른바 사이비 지식 투기꾼이 사라진다.

현재의 우리 사회의 학과 단위 철학강의는 철학자들만의 잔치에 불과하다. 이른바 강단 철학은 주경 없는 야독의 철학이다. 우리들을 삶과 사회를 엄습하면서 때론 삶의 근저까지 뒤흔들며 범람해 오는 일상의 심각하고도 복잡한 사건, 사안들은 제도권 철학연구의 현장에선 거의 방치되거나 무시되기 일쑤였다. 온몸으로 느끼고 생각하고 행동하는, '온몸으로 철학하기'는 '뼈에 사무치는' '골수에 스며드는' '애간장을 태우는' 철학하기여야 한다. '뼈' '골수' '애간장'에까지 이론이 전달, 음미돼야 한다.

왕양명은 이러한 태도로 하는 학문을 신심지학(身心之學)이라고 표현했던 것이다. 신심지학(身心之學)의 '신(身)'은 내외의 긴장을 담보한 깨어 있는 생명체이다. 그는 너르고 큰 세계를 보는 책임성 있는 인간(성인)의 학문에 다가서려면 다음과 같은 정신이 필요하다는 것이다.

제군들은 여기에 와 있는 이상 반드시 성인이 되려는 뜻을 세우지 않으면 안 된다. 시시각각으로 몽둥이와 주먹에 맞아 피가 솟아나고 몸에 자국이 질 때처럼 긴장을 하고 있어야 내 말을 듣고 한 구절 한 구절이 씨앗이 되는 것이다. 만일 그렇지 않고 아무 하는 일없이 멍청하게 날을 보낸다면 내 말을 들었다 하더라도 마치 때려도 아픔을 느끼지 못하는 한 덩어리의 죽은 고깃덩어리와 같이 아무 것도 이루지 못할 것이다. 뿐만 아니라 강습이 끝나고 집에 돌아가서도 본시 그대로의 하던 것을 되풀이하는 것이 고작일 것이다. 이 어찌 애석한 일이 아니겠는가?[19]

즉 "시시각각으로 몽둥이와 주먹에 맞아 피가 솟아나고 자국이 질 때처럼 긴장"하는 것은 흐리멍텅한 무감각한 몸을 마음과 바깥 사물 전체와 긴장감 있게 공명하도록 하는 것이다. 공부를 자기 것으로 절실하게 받아들이고 깨닫는 것(體認)을 말한다. 표현을 바꾼다면 타성, 인습에 젖은 몸의 '골'을 '때리는' 것이다. 인습과 타성에 젖어 흐리멍덩함에서 헤어나지 못하는 사람들의 '골을 때리는 것' 이야말로 철학함의 출발점이 되는 것이다. 정신차리고 긴장하는 것, 그래서 일상의 잠에서 깨어나도록 하는 것. 온몸의 느낌과 생각을 총동원해서 사물과 감응하는 것은 우리들의 삶과 사색을 세상에 전방위적으로 대처하도록 하는 것이다. 사물 전체가 바로 철학함의 텍스트인 것이다. 그러므로 사물과 사태 그것 위에서 연마해 갈 수밖에 없다. 왕양명이 말하는 사상마련(事上磨鍊)이 바로 그것이다.

살만 발라 먹고 내다 버린 생선의 뼈나 비늘, 꼬리, 머리, 눈알. 자연과 타자에 대한 우리의 느낌과 생각도 이 정도를 벗어나고 있는 것일까? 풍요로운 우리의 느낌과 생각의 활용이 결국 고기의 살만 발라 먹는 식으로 극히 부분적으로만 활용되고 나머지는 아깝게 버려지고

---

19)《전습록》하: 先生曰, 諸公在此, 務要立箇必爲聖人之心, 時時刻刻, 須是一棒一條痕, 一一掌血, 方君聽君說話, 句句得力, 若茫茫蕩蕩渡日, 譬如一塊死肉, 打也不知得痛癢, 恐終不濟事, 回家只尋得舊時伎倆而已, 豈不惜哉.

있다. 소외, 방치된 우리의 온몸을 구석구석 활용하면서 철학해야 한다. 머리, 가슴 이외에도 손으로 느끼고 생각하는 철학도 있을 수 있고, 발로 느끼고 생각하는 철학이 있을 수 있고, 코로, 눈으로, 입으로, 이로, 피부로, 손끝·발끝으로, 머리칼로, 뼈로, 골수로, 혈액으로, 꿈으로, 환상으로, 성기로, 입술로, 호흡으로, 장기로, 심장 등의 오장육부로 하는 철학이 가능하다. 이러한 무수한 철학함이 가능하고, 이런 것들을 유기적 종합적으로 뭉뚱그리는 철학 또한 가능할 것이다.

산책을 하면서, 농사를 지으면서, 잠자리에서, 직장에서, 식탁에서, 화장실에서, 여행하면서, 음악을 들으면서, 노동의 현장에서, 등등의 모든 일상이 그대로 철학함의 장이 될 수 있다. 그리고 철학강의도 예컨대 낮에만 하는 것이 아니고 밤, 새벽 등 자유로워야 한다. 장소 또한 도시거나 농촌이거나 학내외이거나 밤 뒷골목이거나 다방, 카페에서 구치소에서 이런 등등의 곳으로 자유로워져야 한다. 강의방식도 강의실의 흑판에만 기댈 것이 아니다. 과거 철학자들의 소요(逍遙)와 논쟁(論爭)이나, 명상과 참선 등의 심신수행, 그리고 현장체험이나 답사, 영상 및 언론매체 활용, 타학문과의 자유로운 연대나 협조를 통한 공동강의 등의 방식도 생각될 수 있다. 강의의 대상도 아동, 여성, 노인, 장애자, 범죄자, 노동자, 공무원, 예술가, 동성연애자, 마약중독자 등과 같이 다양한 계층, 직업, 성별로 구분되어 이루어질 수 있어야 한다. 이렇게 철학함의 시각과 태도, 방법, 대상, 내용이 고정될 수만은 없다. 천지가 철학과(哲學科)이고 우주가 철학강단이다. 철학함은 누구에게나 어디에서나 열려 있는 것이다. 철학 '과(科)'나 철학 '전공자' 철학 '교수'만의 전유물이 아닌 것이다. 마치 왕양명이 강학시에 제자들에게 "모름지기 강의를 듣는 대중들(愚夫愚婦)의 입장이 되어서, 그 지평에 서서 동반자적 자세로, 강학을 해야 한다고 타일렀듯이,[20] 철학함도, 철학강의도 결국 대중들의 지평에서 수행돼야 한다. 철학자가 대중과 동반자(파트너)로서 손에 손을 잡고 문화, 지식 체계에 동참하는 노력을 하는 것이다. 계몽(新民)에서 동참과 연대(親民)로의 전환―이 글에서 말하고자 하는 체인지학(온몸으로 하는 철학)―은 바로 그런 것이라 할 것이다.

온몸에 다가오는 사물, 사물에 다가가는 온몸, 이러한 쌍방적, 전방위적, 혼돈적 소통에서 우리는 미와 예술, 노동과 자연, 의식, 종교, 문화, 물질, 생태계, 지구와 우주 전반에 온몸으로 부딪히며 그것들을 폭넓게 이해하고 수용해 갈 수 있을 것이다. 이러한 인간의 쌍방적, 전방위적 소통을 전제로 한 철학함은 인간 그 자신의 느낌과 생각함이 무창(無窓)적 고립적 구조가 아니라 무한창(無限窓)적, 무수창(無數窓)적 구조로 고려돼야 한다는 것이다. 세상과 쌓은 담을 허물고 다시 거리로 나오자. 그리하여 철학을 시작하자. 이제 철학자는 구체적 현실사회로 하방(下放), 방생(放生)되어야 한다. 철학자들의 강단에서 일상세계로의 환속(還俗), 일상세계에서 강단으로의 출가(出家)가 자유롭게 이뤄질 수 있어야 할 것이다. 인사이더이면서 아웃사이더이고 아웃사이더이면서 인사이더이어야 한다. 내외를 합하는 길(合內外之道)이라고나 할까? 철학자에게는 주경야독의 정신이 필요하다. 자유로운 비판과 사색, 실천의 정신, 즉 온몸으로 부딪히며 맨땅에 헤딩을 하면서 스스로의 좌표를 짚어 나아가는 정신 바로 그것 말이다.

---

20) 《전습록》 하: 須做得箇愚夫愚婦, 方可與人講學.

나는 왜 '폐차'가 되고 싶은가
— 빔, 빈, 비우기, 비움 —

폐차와 늪, '쓸모 있는 것들의 무덤' 속에서 희망 캐기

지방에 사는 나로서는 서울 가는 것이 일년에 기껏해야 한두 번 있는 행사지만, 특별한 의미가 없으면 거의 포기한다. 포기 직전까지는 참으로 고민스럽다. 하지만 아예 포기하고 살면 마음이 참 편하다. 이런 심정은 《노자》 80장의 "이웃나라가 서로 바라보이고, 닭 울고 개 짖는 소리가 서로 들릴 정도로 가까워도 백성들은 늙어 죽을 때까지 서로 왕래하지 않는다(隣國相望, 鷄犬之聲相聞, 民至老死不相往來)." 는 것 그대로는 아니라도 하여튼 좀 통하는 바가 있다. 거의 매일 텔레비전이나 신문에서는 서울의 차 소리, 사람소리 등 온갖 소리가 들리고 또 온갖 모습이 보일 정도로 가깝게 느껴지지만 자주 오고 가지는 못하기 때문이다. 서울 여행의 포기는 내가 촌놈으로 살다가 촌놈으로 죽고 싶다는 소박한 바람이기도 하다. '세련됨' '새것'의 밀물 썰물에 신경 쓰지 않아도 된다. 무언가 '남보다 잘 해야지' '더 빨리! 더 많이!'와 같은 구질구질한 자극제들로부터, 또 '언제 어느 때까지는 꼭 해치워야지' 하는 등의 총체적인 압박으로부터 탈출할 수가 있다. 잘 나가는 사람들이 잘 나가도록 지켜보면서, 나는 고물이 된 삐걱거리는 시간의 자전거를 타고 내 생활과 생각의 꾸불꾸불한 언덕

길을 오르락내리락 하면서 눈으로 보고, 귀로 듣고, 코로 냄새 맡고, 손으로 만지면서 온몸(全心身)으로 사물과 타자에 접할 수 있는 기회를 갖는다. 여기저기서 얼굴 없는 명함을 받아두었다가 수시로 그것을 쓰레기통에 버리지 않아도 된다. 여기선 버리던 물건을 손에 쥐고 한 번씩 더 처다보는 여유를 갖는다. 이 점에서 지방대학이 나로서는 삶의 즐거운 유배지이자 지식인의 안식년을 갖는 곳이라는 착각을 한다. 촌놈으로서 사실 나는 늘 아웃사이더이다. 하지만 바깥 세상에 사지와 영혼이 붙들린 불구가 아니라 심신의 자립과 자활을 꿈꾸는 건달이고 싶다. 건달에게는 허점이 많다. 흙 냄새, 풀 냄새를 덕지덕지 달고 다닌다. 세련되지 않고 촌티가 난다. 촌티는 가공되지 않은 영혼의 처녀림이라 할 순 없지만 거기서 불어오는 바람은 휘황찬란한 색깔, 감미로운 소리와 맛의 자극으로부터 좀 멀리 있는 것이어서 좋다. 오만 잡것들이 다 섞여 있는 촌티. 그것을 따라가다 보면 우리는 늪과 만날 수 있다. 최근 들어 내가 가장 관심을 갖는 것은 바로 이 '늪'이다.

　다행히 우리 대학의 캠퍼스 주변으로는 많은 늪들이 있다. 나는 그 늪을 무척 사랑한다. 늪은 앞으로 내가 철학하고 또 미적인 관점을 형성하는 데 하나의 좋은 모델이 될 것이다. 늪은 지구의 숨통, 허파로 불리면서 부서져 가는 자연의 생태환경을 복원해 주는 역할을 한다. 답답한 지구에서 인간다운 삶의 공간을 만들어 주는 늪. 그것은 문명의 주변지대에 위치하면서 도시와 과학 기술, 자본주의가 쏟아내는 오만잡것들을 받아들여 정화하며, 지하-지상, 생물-무생물-동물, 자연-인간 등의 삶의 생태 공간을 건강하게 만들어 간다. 삶의 즐거움과 보람과 같은 인문적 지성의 흔적을 거기서 발견하기도 하지만, 내가 늪에서 주목하는 중요한 사고 방식은 그것이 '혼돈과 질

서를 함께 가진 존재'라는 데 있다. 이것은 다음과 같은 〈늪〉이란 시로 표현해 낼 수 있다.[1]

  온갖 잡것들과 함께 지낸다, 슬픔에서도 물러나 기쁨에서도 물러나, 늪은 노래한다, 이 기막히고도 알 수 없는 일들이 물밑에서 아니 물위에서, 자라다 쓰러지고 쓰러지다 일어서서 노래하는 그 곳, 일렁거리다, 인간도, 벌레도, 미래도, 희망도 저 속에 잠들 것이다, 상처투성이의 푸른 땅의 자궁, 개구리들의 母性이 보이고, 벌레들의 정액, 풀들의 교미가 보이고, 뼈와 흙과, 돌과 풀과, 사람과 함께 늪은 고뇌한다, 도시가 흘러 들어오고, 기술의 나사 튕겨 나오고 과학의 잔재들, 폐차들 쌓여 썩는다, 理性의 고름과 눈물, 퇴적한 인간들의 명패, 물은 온갖 쇠붙이에 달라붙어 살을 뜯어먹는다, 지극히 합리적인 그대들의 시간들, 우둔하고 흐리게 잊혀진다. 온갖 잡것들, 진보한다 그리고 퇴보한다, 아니다 그런 것은 없다, 이것도 저것도, 저것도 이것도 아니다, 아닌 것도 아니다, 또 아니다, 아닐까, 그럴까 하면서, 드디어 늪은 맑은 노래 흘러 보낸다, 우 우 우, 갈 숲의 건반을 두드리며 새들이 몰려올 때 낮아지거나 높아지거나 혹은 숨으면서 노래하는 늪, 풀들은 기억하고 있다 그 악보를, 자생하는 풀숲과 진흙의 발을 서로 딛고 오르내리는 물의 음계, 늪의 知性, 온몸을 부비며, 아름다운 和音으로 연대한 공생과 자치의 터

  어쩌면 진정한 인문학함의 사고 또는 미적인 태도는 이런 시적이고 생태적인 삶을 지향하는 열망 같은 것에서 싹터오는 것 아닐까?

---

1) 최재목, 〈體認之學의 현대적 가능성〉,《양명학과 공생 동심 교육의 이념》(영남대 출판부, 1999), 180쪽.

내게 늪은 사람, 동물, 식물만의 아픔뿐만 아니라 돌, 물, 그리고 모래알의 말없는 아픔까지도 느낄 수 있는 자비로운 마음의 상징이다. 북송 때 정호(程顥)가 "맥박을 눌러볼 때 가장 잘 인을 알 수 있다(切脈最可體仁)."고 한 것처럼, 지구 속에서 살아가는 내 삶의 맥박, 숨결을 들을 수 있는 늪. 늪은 상처 입은 것들을 썩게도 하지만 썩고 상처 입은 것들을 보살펴 주고 쓰다듬어 키워 준다. 몇 년 전에는 당시 나의 부모님이 노환인 할머니를 모시고 살던 상주 함창 부근 강가의 늪에서 깊고도 큰 느낌을 얻은 적이 있다. 이것은 다음의 〈거대한 노래〉[2]란 시에 잘 드러나 있다.

> 9순이 다 된 할머니는
> "이제 우짜만 좋노
> 그만, 북망산천 찾아갈까 보다" 하신다
> 나는 옆에서 아직 길을 모르니 길을 알 때까지 좀더
> 기다려 보라고 달랜다
> 살아 계신 것이 남들에게 부담스러운 것이다
>
> 아파트를 나와 함창 부근 낙동강변 늪지대로 간다 여기저기
> 허리 굽혀 조개를 줍는다 손을 넣어 진흙을 긁어 대면 밤알만 하거나
> 손바닥만한 조개가 혀를 빼물고 수도 없이 잡혀 나온다
> 썩은 신발 깡통이나 판자, 세월 지난 지갑들, 컴퓨터 디스켓, 여자 속
> 옷도 나오는 늪지대엔
> 이념도 썩고 종교도 죽었다 새들이 찾아오고 조개를 쪼러 걸어가다

---

2) 최재목, 《나는 폐차가 되고 싶다》(시와반시사, 1998), 14~15쪽.

지쳐 발자욱도 남겨 둔다

쓰러지는 흙의 고운 소리 곁에 키 큰 갈대숲 푸르러 물은 뒤척이고
찰랑거리며 손발 비벼 대고, 호오이 호오이 바람만 부는 강가로.
할머닌 아직도 아파트 창가에 앉아 계실 거다 눈을 감거나
아픈 팔을 주무르며, 우리들의 뇌세포 속에 기생하는 당신의 기억을
넘어다 보고 있을 거다, 내가 두고 온 주머니 속의 삐삐소리에 놀라며
— 허허, 너희들의 세상

혼자 가기에는 어려운 길, 물어 물어 눈에 보이는 북망산천
사람들아, 위대한 세월은 없다 역사는 가진 자의 것도 가지지 않은 자
의 것도 아니다 강가에서 보면 새가 남긴 발자욱, 그 뒤로 들리는 새 부
리에 찢겨 살결 아파하다 말라죽는 조개들의 소리, 모래로 물 스미는 소
리, 물에 물 다가드는 소리, 물에 흙 섞이고 흙에 물 섞이는 소리, 물 부
딪히는 소리, 갈 숲 부딪히는 소리, 고기 튀어 오르다 허리 꺾이는 소리,
그러다 그러다가 비늘 떨어지는 소리,

거대한 노래가 되는 이곳 이곳은 아름다운 북망, 북망산천이기를.

나는 연구실에 처박혀 있다가 가끔 발작처럼 앓이 삶의 세계로 하
방(下放) 환속(還俗)되어야 함을 느낄 때 늘 늪을 그린다. "이념도 썩
고 종교도 죽"은 그곳. 그처럼 나의 촌티는 늪의 공간에서 동심과 이
웃사촌으로 정분을 굳혀 왔다. 늪에서는 심신을 치유하는 동심이 분
출한다. 지금 그 늪의 동심은 내게 있어 '미적인 세계를 일구어 가는
하나의 커다란 글쓰기이자 그림 그리기'이다.

그런데 '늪' 이란 생각을 해내기 전에 나는 일찍이 '폐차' 에 깊은 애정을 가진 적이 있다. 1986년쯤인가? 일본에서 유학을 하고 있을 때, 아르바이트를 마치고 겨울비가 내리는 새벽길을 자전거를 타고 돌아오면서 어두컴컴한 폐차장 옆을 지났었다. 지금의 일본 이바라기현 츠쿠바시를 좀 벗어난 어느 재일 교포가 경영하는 공장에 가면 돈을 좀더 받을 수 있다기에 자전거로 한 시간을 가서 일을 마치고 다시 한 시간을 허비하며 피곤하게 돌아오던 중이었다. 이리저리 나뒹굴던 차의 온갖 부품과 폐차들, 그리고 샌드위치나 쥐포처럼 납작하게 눌려 채곡채곡 건물처럼 쌓여 있는 폐차 더미, 아니 차의 시체들이 묻힌 무덤 같은 것. 그때 그건 나의 심신 틈을 비집고 들어와 참으로 강렬한 인상을 심어 주었다. 그것은 내 삶에서 중요한 의미를 길어 올리는 순간이었다. 폐차에서 나는 무언가 말못할 정도로 '자유' 나

'희망' 같은 것을 느낄 수 있었다. 집에 돌아와서 그 느낌을 메모해 두었는데 나중에 그게 시가 되었다. 이후 국내의 한 신문사의 신춘문예에 〈나는 폐차가 되고 싶다〉는 제목으로 응모해 당선되기도 했다.

부서질 수만 있다면
펑크난 바퀴와 차의 핸들
그로 인해
잘 굴러가려 애쓰지 않아도 되는
폐차가 되고 싶다
부서지는 것들 속에서
어딘가가 좀 부서지는 것은
하나도 이상하게 생각되지 않는
폐차가 되고 싶다
될 수 있는 대로 더 많이 망가진

그로 인해
구석구석 부숴 버릴 수도 없는
덜 다친 부속품 몇 개 남겨 놓더라도
아무도 어디론가 억지로 굴러가게 하지 않는
강요되지 않은 스스로의 부서짐에 누워
안 부서진 것들의 굴러감으로 인해
늘 온전히 남고 싶다
말미암아
아무에게도 새로워짐을
약속하지 않아도 된다

성질대로 몸 전체로 실망해 가면서
잘 부서지는 법을 또
고민하지 않아도 된다

남은 옆 차의 기름 뭉쳐 다니며
바퀴 밑의 못 끝
녹을 닦아주면
타이어는 최후의 구멍을 내고 미끄러져
제 자신으로 다가간다
아무 것도 걸친 것 없는 부분들이
부서진 곳마다 다가온다

아무에게도
다가서기를 약속해 놓지 않은 우리
저절로 인해 말미암아서 살고
가장 완전히
부서질 때 비로소
제 자신에게 또 다가갈 수 있다
그렇게 쉽게
부서지기를 약속해 놓지도 않은 우리.

—최재목, 〈나는 폐차가 되고 싶다〉 전문

이 시가 발표되고 국내에 와서 고등학교 시절의 한 친구를 만났다.
그는 그의 아버지가 폐차장을 하고 있었던 모양이다. 그는 내 손을
덥석 잡더니 우습게도 "내가 너의 마음을 잘 안다." 며 위로를 해주었

다. 영문도 모르고 나는 고맙다고 했지만, 그 이후 나는 《나는 폐차가 되고 싶다》는 제목으로 시집을 내었다. 이를 두고 주위로부터 이래저래 많은 우스개 소릴 들었다. "이미 폐차인 놈이 무슨 '되고 싶다'냐?" "아직 폐차가 아닌 모양이지?" 하여튼 폐차는 '늪'이란 것과 더불어 내 의식 깊은 곳에서 참으로 소중한 의미를 가진 말이다.

쓸모 있는 것들이 죽어서 남긴 무덤에서 촌놈이 희망을 캐내는 것은 무엇일까? 그것을 생각하면 큰 힘이 나오는 이유는 무엇일까? 남들은 모두 새것과 세련된 것을 원하는데 나는 하필 폐차를 원하고, 또 남들은 멋진 바다와 잘 꾸며진 못을 원하는데 하필이면 늪을 원하는가? 새것을 잘 쳐다보면 그 속에 바로 그 자신의 무덤이 있다. 이른바 쓸모 있음(유용성)은 바로 '빔' '빈' '비우기' '비움'을 무덤(고향)으로

삼고 있다. 나는 그런 무덤 속에서 오히려 희망은 캐내고 있다. 우리
는 평생을 살면서 주워 모은 지식들, 믿음들, 발견과 발명품들이 어느
순간에 폐차와 같은 고철과 쓰레기더미가 되는 것은 아닌가 하고 한
번쯤 느낄 수 있을까? 고물이 된 것, 구닥다리가 된 것을 주워 올려 소
중히 생각해 볼 줄 아는 것은 촌놈, 아웃사이더의 특권이다. 가끔 자
신이 고철을 모으고 있는 폐차 수집상이라는 것, 썩어 가는 오만잡것
들을 거둬들이고 있다는 것을 느낄 수 있을 때 '폐차'와 '늪'의 의미
가 피부에 다가올 것이다. 쓸모 있는 것들의 '무덤'이 바로 내 희망의
공간이다.

위기에 놓인 인문학,
아직도 그 끝나지 않은 논의

　세기말이라는 흐리고 복잡한 시간의 강물을 건너 2000년도에 진입하기까지 우리 사회에서 요란스럽게 논의했던 문제 중의 하나가 '인문학의 위기'였다. 지금 이 이야기가 나오면 "또 그 소리…… 제발 좀!" 하고 귀를 틀어막을 사람도 있을 것이다. 싫증나도록 여기저기서 많이 떠들어댔던 탓이다. 하지만 문제는 우리 사회에선 이같이 무엇이나 너무 쉽게 끓어올라 식어 버린다는 점이다. 아직도 우리는 인문학 논의를 끝내선 안 된다. 지난 세기에 인류가 오만과 독선, 광기로 문명의 등잔 밑을 쳐다볼 겨를도 없이 '더 빨리!' '더 많이!'를 외치며 앞만 보고 초고속 엔진을 달고 달려왔던 것처럼 우리 사회도 그랬다. '인간이 인간답게 사는 것이 무엇인가?' 하는 물음 즉 인문학이 설 자리 마련이 이제부터 시작이라는 당위성도 여기에 있다.

　그런데 우리 사회에서 일었던 인문학 논의는 철학적 기조를 가진 총합적이고 지속적인 논의였다기보다는 산발적 일과성적인 '행사'에 머물렀음을 부정할 수 없다. 이 논의의 도화선에 불을 당긴 것은 일차적으로 교육부다. 이른바 '대학개혁' '구조조정' 'BK21'이라는 일련의 인문학을 위협하는 사업들이 포탄처럼 쏟아지자 이에 인문학자들은 인문학의 종자와 종족을 보존하려는 위기의식이 높아졌다. 대학 내부에 시장 원리의 전면적인 도입과 적용은 경쟁력 있는 놈만 살아남는다는 생존경쟁의 신호탄인 셈이었다. 더욱이 IMF는 돈과 밥의 논리를 편들어 주면서 대학 사회가 시장바닥으로 바뀌는 데 힘을 실었다. 물론 지금까지 인문 교육이 교육정책에 종합적으로 고려되지 않았고, 또한 교육부가 인문학자들의 의견을 진지하고도 충분히 폭넓게 청취 고려할 여유를 갖지 못했던 것이 인문학의 수원을 고갈시킨 전통적 구조적인 병인으로서 꼽음을 잊어선 안 된다. 어쨌든 문사철 분야와 같은 전통적 의미의 인문학은 당장에 돈과 밥으로 환산될 수 없다는 취약성 때문에 실용학문에 밀려나기 십상이다. 실제로 많은 언론에서 보도되었듯이 인문학 강좌들의 폐강, 폐업을 바라보는 인문학 강단의 심정은 암담했다. 학계의 여론 수렴도 없이 추진된 교육부 정책의 급격한 변화를 두고 인문학자들은 '우리 인문학을 다 죽인다'는 비명을 지르며 고유영토를 지키기 위해 학술대회 정도로나마 가시적 시위를 벌였다. 한편에선 자성의 소리도 있었고 또 다양한 대안도 제시되었다. 하지만 이런 인문학 위기에 대한 반응의 움직임들 속에도 기득권 보수주의자들의 자기 밥그릇 챙기는 엄살이 섞여 있었다. 인문학자들과 동반해 오면서 잇속을 챙겨온 주변 업체들도 한몫을 했다. 이런저런 거품을 빼고서라도 '인문학을 죽어서는 안 된다'는 단순한 진리 확인은 큰 성과였다. 다만 분명히 지적해야 할 점은 냄비처럼 끓어올랐다 식어 버린 인문학 위기론이 인문학자들 내부에서 제기되고 나서 타 인접학문 나아가서는 일반대중들 깊숙이 파고들어가 폭넓은 공감대를 얻는 데 성공했던 것은 아니라는 점이다. 실현 가능한 대안, 호소력 있는 청사진 제시가 아닌 고상하고도 지적인 '논의'에 머무른 감이 있다. 그것은 인문학자들이 전공 학과라는 틀 속에 갇혀 남 주변과 대화하지 않고 변화하는 문화, 정보와도 담을 쌓아왔던 이력과 통한다. 대중문화에 눈을 돌리지 않고 그것을 싸잡아 싸구려로 외면한 고상한 강단은 그들 쌍놈 집안과는 혼인할 생각을 안 했다. 그 동안 기복적인 싸구려 인문학은 대중들 품에 안겨 사랑을 받으며 돈도 벌고 고상한 수준까지 올라섰고 강단을 내려다보며 비웃기도 했다. 인문학의 강단은 무엇이 그토록 고상했나. 전통 사회와 다르고 바뀐 현대의 발견, 발명품과 호흡하고 거기서 끊임없이 파생되는 문제들에 대해 고뇌, 공부했어야 했다는 인문학자들의 직무유기에 대한 자성이 필요하다. 강단과 대중 사이는 이제 사랑과 우정 사이이어야 하고, 앎과 삶 사이는 소통로가 마비된 '불인(不仁)'으로서는 안 된다. 더욱이 인문학 내부에 온존하는 학벌과 파벌, 심지어는 관련 학회나 출판사 등에도 무슨 파, 군단이니 하는 계파의 제국(아성)들은 인문학의 창의성을 질식 퇴영시키는 소굴이라는 점도 자성해야 한다.

약간 눈을 돌려 보면 인문학의 위기 문제는 동과 서, 어제와 오늘 어느 한 쪽만의 일은 아니다. 먹고 사는 현실의 뒤편에서 인문학은 거의 항상 어디서 어느 때나 배부른 적 없이 위기의 시대를 살아 왔다. 선비들이 걸었던 안빈낙도의 길 그것이었다. 인정, 사정, 물정을 직시하면서 사람이 사람답게 사는 길에 대해 냉철히 묻던 지성들이 우리의 전통 사회엔 많이 있었다. 하지만 사실상 전통적 의미의 인문학 도통과 학통은 끊어졌다. 제사 때 한문으로 된 축문 읽기 식의 대중과 시대상황을 고려하지 않는 전통 인문학 고수는 통하기 어렵다. 그렇다고 당장 지금 자생적 인문학 형성도 쉽지 않다. 우리 사회는 전통의 산맥에 서양의 근·현대 문명이 접합하여 또 다른 새로운 인문학의 발흥을 요구하고 있다. 거품이나 사이비 인문학은 화장을 치러 진신사리만 추려내어 참된 인문학을 고뇌하는 신심 있는 자들에게 나눠주어 갈고 닦게 해야 한다. 근대 이후 우리 사회에 어떤 인문학, 인문학적 지성이 있었는가? 근대화니 세계화니 뭐니 서양 따라잡기에 급급해 왔다. 지성의 산실인 대학엔 자생적 학술 생태공간의 구축이라는 장기적 계획 없이 속 편히 외제 박사로 온통 진열대를 채워 왔다. 물론 서구와의 지적인 간극을 극복하기 위해 외국을 배우자는 논리를 무조건 부정할 수는 없다. 문제는 대책 없는 외제 지식 수입상의 행렬에 있다. 이처럼 우리는 서구의 과학기술과 지식체계를 이해, 해독하는 데에 급급해 하면서도, 다시 서구를 넘어서서 인문학의 새 틀을 짜야 할 과제를 안고 있다.

이제 '인문학도 식후경'은 아니다. 인문학의 위기는 자연과학의 위기, 나아가서는 그 사회 지성의 몰락과 직결된다. 인문학자들의 자연과학과 미팅 못지 않게 자연과학 쪽에서도 인문학과의 동거나 혼인이 필요하다. 그럴 때 과학/공업 입국이란 식의 자연과학 육성만으로 '잘 살아보세'를 꿈꾸는 사회발전 환상도 줄어든다. 흔히 내뱉는 '다 먹고 살자고 하는 짓인데'라는 말속엔 삶의 진리가 들어 있기에 '밥'과 '돈'을 위해 몸부림을 칠 때는 사람답게 산다는 생각이 어쩌면 사치스럽기도 했다. 이것이 20세기 우리들의 벽에 걸린 서글픈 자화상이다. '개같이 벌어 정승처럼 쓴다'는 말이 용인된 사회의 이면에서 돈이 '지성'을 말해 주었다. 돈 많은 사람이 사람답게 사는 양반이었다. 이런 분위기에서는 결국 인문학이 움터 뿌리내릴 가망도 없었다. 돈과 밥을 위해 인기와 얄팍한 상술과 결합한 사이비 인문학 아니면 현실 안주형의 월급쟁이 인문학자가 대량 급조되었다. 삶에 대한 총체적인 성찰을 결여한 더 빨리, 많이를 외쳐온 우리 사회 전반의 상처가 덕지덕지 남아 있는 지식인들이 지금 신호등도 비상등도 없는 어두운 터널을 빠져나가고 있다. 우리의 교육은 이러한 창의적 지성의 위기와 도태를 돕는 방조자로서 그 현장에 서 있었다. 인문학이 살고 지식인이 살려면 기본적으로 제도권 교육부터 환골탈태해야 한다. 우리 학계나 예술계의 스타는 대체로 서구교육을 받은 사람들이다. 물론 그들도 대부분 뛰어난 작곡가라기보다는 충실한 연주자에 비유할 만하다. 옛말대로 학자 하나를 배출하는 데 적어도 삼대(三代)에 걸쳐 공을 들여야 한다. 100년의 안목 없이는 탁월한 지식인을 기를 수 없다. 창의적인 우수한 인재들이 일류 · 유명상표의 대학에 가서 결국 국내 체제에 순응하는 판검사나 안정된 생계를 확보하는 의사의 길을 택하는 식의 윤회로는 우리 인문학은 경쟁력도 가능성도 없다. 세계적인 인문학의 스타는 대개 개성이 뚜렷한 천재들이다. 무너진 교실에서 묵은 이념으로 획일적 인간을 주조해 내는 이른바 우리의 신민(新民)형 19세기형 공장에서는 삐딱하거나 뛰는 사고의 천재가 두루뭉실한 한국 표준형 인간이 되어 나오고 있다. 미래는 투자 없이 그저 오지 않는다. 마찬가지로 인문학의 위기도 결국 '돈'과 '분위기'와 '머리'의 삼박자가 잘 맞아야 극복될 수 있다. 지금 우리 인문학의 씨앗이 희망의 나무로 자라나 그 밑에서 우리 사회가 쉴 수 있는, 사람의 무늬가 있는 풍요로운 지성의 그늘을 가지고 싶다는 열망을 가질 때 우리는 이미 한 단계 높은 삶의 미래를 디자인하고 있는 셈이다.

정보사회와 인문학의 위기

인터넷의 바다, 그 풍랑 속의 일엽편주

뭔지는 모르지만 세상이 새 물결로 꽉 찬 듯하다. 그리고 사람들이 뭔가를 향해서 열심히 달려가는 듯하다. 그 속도감은 엄청나다. 아마도 그것은 지금 지구촌을 이끄는 위대한 기운처럼 보인다. 중국 북송시대의 사상가 장횡거(張橫渠, 1020~1077)는 우주는 기(氣)로 꽉 찬 '기의 바다'라고 생각하였다. 그런데 요즘은 지구가 인터넷으로 꽉 찬 듯하다. 어딜 가나 눈만 뜨면 인터넷 이야기뿐이다. 나라도 언론도 '인터넷의 바다'에서 야망과 희망을 가지라고 온 국민들에게 종용하고 있다.

인터넷은 지역별 컴퓨터 네트워크를 전세계적으로 연결한 것이다. 컴퓨터만 갖고 있으면 누구나 자신이 지닌 능력만큼 원하는 세계와 대상을 찾아낼 수 있다. 흔히 우리가 쓰는 이메일은 저렴한 비용으로 눈 깜짝할 사이에 작은 양은 물론 엄청난 양의 정보를 이웃사촌에서부터 수십만 리, 수백만 리 밖의 그 누군가와 식지 않고 따끈따끈한 채로 주고받을 수 있다. 잘 알고 있듯이, 모든 정보 채널이 무너진 가운데서도 유고 내전의 참상을 전 세계에 신속하고도 있는 그대로 전한 것이 바로 인터넷이 아니었던가! 인터넷 덕분에 수많은 사람들이 시간과 공간의 장벽을 허물고 삶의 새롭고 굉장한 지평을 열어 놓았다는 느낌이 든다. 좋든 싫든 간에 정치, 경제, 사회, 문화 등 지구촌 모든 인간 삶의 분야가 인터넷으로 일이관지(一以貫之)한 셈이다. 이것은 산업혁명 이후에 떠오른 또 하나의 혁명으로 불릴 만도 하다. 특히 빠른 속도로 진행되는 이른바 디지털 방식에 의한 '디지털 혁명'은 아날로그 방식을 무용하게 만들면서 지난날의 우리 사회의 삶과 행동방식을 많이 허물고 있다. 이러한 거대한 변화에 동참하지 않으면 생존경쟁의 비참한 낙오자가 될 판이다. 정보에 의한 빈익빈 부익부 현상이 실재 우리의 눈앞에 일어나고 있다. 그래서 컴퓨터에 무지한 사람 = 컴맹(盲), 인터넷에 무지한 사람 = 넷맹(盲)들이 그 딱지를 떼기 위해 발버둥을 친다. 집에만 갇혀 살던 주부들이나 40대 이상의 직장인들이 간혹 "몇 달 만에 '컴도사' 소리 들어요."라든가 "1년 만에 인터넷을 정복했어요."라는 등의 요란스러운 기사를 접하기도 한다.

그런데 과연 인터넷의 본질이 무엇인가? 아니 그 바다의 깊숙한 곳에는 인간이 인간답게 살만한 무언가 진정으로 따뜻한 구석이 있는 것일까? 아니면 깊은 세계도 없이 온통 생멸만을 거듭하는 변화무쌍한 세계로서 파도 끝에 이는 거품인 것일까? 깊은 바다와 그 물결의 실상을 도저히 분간할 수 없는 우리 눈앞의 '인터넷의 바다'. 요란한 풍랑 속에 일엽편주로서 흔들리고 있는 우리 사회의 인문학은 또 다시 위기의식을 갖고 새로운 길을 모색해 가야만 한다.

우리 시대의 세 가지 강령

인터넷의 바다가 미래의 꿈을 캐내는 기름진 밭으로 우리 사회에

등장했는데, 사실 그 밭에 물을 대는 것은 미국을 위시한 외래의 자본이다. 덩달아 그 외래의 본토로 진입하기 위해 '영어' 의 주가는 폭등을 하여, 온 국민이 영어! 영어!라고 부르짖고 각종 언론 매체와 정부는 이러한 행태를 맹목적으로 찬양하고 있는 중이다. 미국으로! 미국으로! 외치며 조기 유학의 행렬이 이어지고, 인터넷 연수의 열기가 방방곡곡에 대단하다. 아마도 신생 로마제국이라 불리는 미국을 종주국 삼아 인터넷 소천국, 정보화 소제국을 지향해 가면서 온 국민이 영어 지상주의를 신념으로 받아들이고 있는 우리 나라는 동아시아 속의 작은 미국인 셈이다.

사서(四書) 중의 하나인《대학(大學)》의 첫머리에는 어른(大人)의 학문에서 추구해야 할 세 가지 강령 — "대학의 도는 밝은 덕성을 밝히는 데 있고, 백성을 친애하는 데 있고, 지극한 선에 머무르는 데 있다(大學之道, 在明明德, 在親民, 在止於至善)." — 이 있다. 이 세 가지 강령이 우리 사회에서는 다음과 같이 바뀔 수 있다. "대한민국의 길(大韓民國之道)은 영어능력을 향상시키는 데 있으며(在向上英語能力), 정보화에 친숙해지는 데 있으며(在親熟情報化), 미국화를 계속해 가는 데 있다(在止於美國化)."

인터넷의 바다에서 그물을 대고 백만장자의 꿈을 건져 올리려는 세대들에겐 월급쟁이 식으로 스릴 없이 안정된 직업을 보장받는 식의 이야기로는 별 흥미를 끌지 못한다. 그들은 하루아침에 엄청난 돈을 벌기도 하고 또 잃어버리기도 하며 최근 유행하는 어느 PC게임처럼 분주하게 손놀림, 몸놀림을 하며 신경을 곤두세우고 자기의 영역을 순식간에 그리고 하루아침에 일궈 내는 보람을 맛보고 싶어한다. 30대에 수십억대의 사장이 되고, 또 수백억 원대의 연봉계약을 하기도 하고, 중학생, 고등학생 신분으로 취업을 하……. 이처럼 하루 하루가 일장춘몽 같이 짜릿한 쾌감을 느끼며 살 수 있는 꿈을 꾸게 된 것이 오늘날의 세대이다. 거기엔 묵직하고, 느리고 더디고, 참을 성 있어야 하고 하는 전통적인 윤리헌장이 들어설 자리가 없는 것이다.

인문학의 갯마을에 서서

흔히 하는 말에 "IMF가 50대를 몰아냈고 인터넷이 40대를 몰아내고 있다."고 한다. 심하게 말하면 인터넷의 바다가 수많은 사람의 다양한 재능과 능력뿐만 아니라 사회와 문화 그 자체의 다양한 측면을 소금물에 집어넣어 획일적으로 풀을 죽이고 있다. 어느 일간지에서 "인터넷 세상 '퇴출 괴담'에 떤다."라는 제하(題下)에 40~50대의 불안한 넷맹을 다루고 있는 것을 읽은 적이 있다. 인터넷의 바다를 자유롭게 헤엄치는 신세대의 디지털형 인간과 인터넷의 바다에 들어가면 허우적거리는 아날로그형 인간을 '자료 찾을 때' '선물 살 때' '휴대폰 이용법' '아이디(ID)' '음악감상' '중요서류보관'으로 나누어서 비교한 것이 흥미롭고 실감나는 것이었다. 정보화에 적응한 신세대의 디지털형 인간은 모든 것을 인터넷에 들어가서 재빨리 간편하게, 새로운 정보를 수시로 찾고 알아보면서 그것을 유감없이 이용한다. 이에 비해서 정보화에 적응하지 못한 구세대의 아날로그형 인간은 몸으로 때우는 식으로 직접 시간을 투자해 가며 발을 재산삼아 걸어서 찾는 등의 고전적인 정보와 낡은 방식만을 고집한다는 것이다.

그런데 사실 이런 이분법적인 도식에 의한 비유는 인터넷의 바다를 매일 바라다보는 인문학의 갯마을에서는 그대로 통용되지 못한다. 예컨대 검색엔진을 활용하여 자료를 찾는가, 도서관을 직접 방문

하여 필요한 책을 찾아오는가를 두고 생각해볼 때 어느 쪽이 옳은 것
인가라고 말하기보다는 양쪽 다 필요에 의해 쓸 수가 있기 때문이다.
인터넷의 혁명적인 변화에 비해 문사철(文史哲)로 표현되는 전통적인
인문학은 '속도감'을 통하여 본다면 거의 속도를 느낄 수 없을 때도
있고 또 엄청난 속도감을 느낄 수도 있다. 얼마 전 EBS에서 국민적인
호응을 얻은 〈노자와 21세기〉라는 교양강좌를 통해서도 알 수 있듯
이 이천여 년 전에 어느 노 선생(老子)이 말한 거의 속도감 없는 말들
이 지금 21세기를 살아가는 우리에게 새로움과 신선함을 줄 수 있었
던 것도 그 한 예이다. 이것이 바로 인문학의 특징이다. 어느 시대든
속도감과 새로움은 있어 왔다. 그리고 새로운 것들도 시간이 지나면
낡은 것이 된다. 하지만 또 시간이 지나면 낡은 것들이 엄청나게 새
로운 것으로 보여질 때도 있다. '오래된 미래'라는 말이 있다. 따지
고 보면 미래라는 것이 얼마나 새로운 것일까. 기본적으로는 인류의
역사 속에 이미 다 이야기 된 것이 아닐까. 인문학에서는 '사람이 사
람답게 사는 길이 무엇인가? 를 늘 생각하고 따져 본다. 그래서 속도
감 그 자체를 반성해 보고, 우리가 걸어가는 길이 그야말로 진정으로
올바른 길인지를 물으면서 자기가 딛고 선 돌다리를 두드려 보라고
당부하고 충고한다.

'사람의 언덕'이 있는 바다를 꿈꾸며

　지금 학문의 전당이라고 불리던 대학도 인터넷을 중시하는 현 시
류와 무관할 리가 없다. 특히 대학생이 인터넷을 모르면 아예 취업을
꿈꿀 수가 없기 때문에 학원을 다니거나 그에 관련된 강좌를 선호한

다. 어쩌면 인터넷은, 커뮤니케이션과 상거래 등에만 그치지 않고, 럭비공과 같이 그 향방이나 미래를 예측하기 힘들 정도로 변화해 갈 것은 분명하다. 그럴수록 대학은 학생들이 그 변화에 적응하여 생존 경쟁의 낙오자가 되지 않도록 '먹고 살기 바쁜' 시대를 견뎌 가고 있는 삶의 목소리에 귀를 기울일 수밖에 없다. 지금 먹고 산다고 하는 인간 삶의 숭고한 법칙을 거슬러 초연하게 살아가라고 강요할 그런 용기 있는 사람도 없고 또 그런 만용들이 지금 세상에 통할 리도 없다.

IMF의 그늘이 채 가시지 않은 사회에 삶의 여유와 인간다운 삶을 위하여 돈이 무제한 투자될 리는 없다. 세상은 아직도 각박한 만큼 대학도 학생도 학문추구라는 명분을 가끔 접어두고 '밥' 벌이가 되고 '돈' 벌이가 되는 것이라면 그런 현실성과 경제성에 따라 판단하고 행동하게 마련이다. 현금화 가능성이 없는 것, 당장 돈으로 환산될 수 없는 가치들은 무능한 것, 필요(쓸모)없는 것, 없어져야 될 것이라 는 식으로 경시 무시되어 절박한 현실을 더욱 살아 남기 힘들 것이 다. 이미 언론을 통해서도 많이 보도된 대로 영어나 컴퓨터 강좌와 같은 실용성 있는 것이 아닌 대부분의 문사철(文史哲)로 대표되는 전 통적인 인문학 분야의 학문들이 고사 직전에 왔다거나 또 많은 강좌 들이 폐강되기 일쑤였다거나 하던 것도 그 하나의 징조이다. 다만 그 렇다고 모든 인문학이 다 그렇지는 않겠지만, 하여튼 대부분의 인문 학이 인터넷의 흐름에 적응하지 못할 경우 점점 낙후하고 타격을 받 으며 존립 그 자체가 위협받을 소지도 없잖아 있다. 인문학에서 탐구 하는 "사람이 사람답게 사는 것이 무엇인가?"라는 문제제기는 먹고 살기에 바쁜 사람들에게 아주 강렬한 호소력을 지닌 '가치'로서 인식 되기는 어렵다. 우선 '먹고 사는' 문제가 해결되어야 '사람이 사람답게 사는' 여유를 가질 수 있기 때문이다. 먹고 살기 바쁜 사람에게 사람답게 살라고 하는 요구는 바로 사치스런 말처럼 들릴 것이다. 그래서 인문학은 어쩔래야 어쩔 수 없이 약한 위치에 서서, 그럼에도 불구하고 꾸준히 끊임없이 사명감을 갖고 자기 본연의 목소리를 내야 할 것이다.

대학에서 인문학이 죽으면 기능, 효율성, 유용성 위주에 빠져 결국 학문이 균형감각을 잃고 대학의 토대 자체가 흔들리게 될 것이다. 그리고 사회에서 인문적 정신이 죽으면 삶 자체가 건조하고 비참해질 것이다. 인문적 지성을 결여한 기능과 과학기술이 얼마나 폭넓은 그리고 장기적인 비전을 가질 수 있을 것인가? 우리 사회에서 지금까지 쌓아온 물질적 발전이 이나마 있게 된 것은 도덕성과 건전한 가치관들이 직·간접적으로 그것을 옳은 길을 걸어가도록 저면을 지탱해 주었기 때문이다. 그것마저도 없었다면 과연 어떻게 되었을까? 우리는 실제 눈앞의 실리와 이기심에 기초한 졸속 부실공사, 부도덕한 사업들이 한순간에 얼마나 어떻게 무너지고 부서져 갔는지를 경험했다. 인문학은 강렬한 가치가 아니고 약한 가치이다. 그러기에 먹고 살기에 바쁠 때는 우선적으로 제외 당하기 십상인 현실적으로 돈 안되고 힘없는 가치이다. 다만 장기적 안목에서 볼 때, 그것이 뒷받침되지 못한 학문, 과학기술, 사회는 사상누각과 같다.

인터넷의 바다에서도 이와 마찬가지이다. 그곳에서도 해적질이 있고 폭력이 있고 사기가 있고 범죄가 일어난다. 우리가 겨우 이런 것을 두고 제2의 산업혁명이니 어쩌고 저쩌고 하자는 것이 아닐 것이다. 정보를 쥔 놈들이 전세계적인 도청망을 잘 운영하여 유리한 정보를 다 빼먹어 잘 먹고 잘 살라고 도와주는 차원에서 인터넷이 필요한 것이 아니었을 것이다. 세계적인 정보화 추세를 반대하는 차원에서

해커들이 세계적 규모로 다양한 인터넷 사이트를 무차별적으로 공격하여 마비사태에 빠지도록 하는 것은 우리가 어떻게 받아들여야 할까? 인터넷 지상주의가 과연 우리 인간과 생명체에 대해 어떤 기여를 하고 있는가? 누가 인터넷의 바다를 사유화하거나 독점하지 않는지, 세균이나 독약을 뿌리지 않는지, 해적들, 사기단들이 날뛰지 않는지, 물이 오염되지 않는지를 살필 수 있는 언덕 하나쯤 가지고 있어야 한다. 그것도 등대가 있는 언덕을. 그것이 바로 인문학이 해야 할 일들이다. 인터넷의 물결이 사람이 사람답게 사는 길을 이탈하지 않도록 하자면 어떻게 해야할지 인문학은 더 많이 고뇌해야 한다.

인문학에서 지킴과 바꿈의 미학

정의로운 길, 바람직한 길, 사람이 사람답게 사는 길이 그냥 얻어지는 것이 아니다. 당장 눈앞에 돈도 안 되는 그런 일만을 생각하며 머리를 싸매고 연구하는 사람들이 이 땅 어딘가에 있어 꼬장꼬장 바른 소리를 해대기 때문에 우리 사회에서 그나마 돈 버는 사람들이 마음 놓고 돈을 벌고 기계를 만지는 사람들이 편안하게 기계를 만지고 장사를 하는 사람들이 장사를 해 갈 수 있다. 그런데 인문학도 옳게 인터넷의 바다의 등대 역할을 하려면 그것에 대해서 착실히 공부하고 또 그 속 깊은 곳까지 친밀한 관계를 맺을 필요가 있다. 더 많은 사람들과 새로운 세대들이 인문학의 홈페이지나 사람의 향기가 물씬 나는 사이트를 찾아 들어와 즐겁게 인문학적 정신을 공유할 수 있도록 안내해 주는 친절한 지혜와 참신한 소프트웨어 개발이 필요하다. 그것은 '모두 다 바꿔' 라는 의미가 아니다. 인문학의 기본정신은 잘 지키되 말하고 보여주고 설득하는 이른바 진리표현의 방식들을 세련되고 다양화해 가야 한다는 말이다. 서당의 훈장처럼 가만히 앉아서 회초리를 들고 잔소리만 하는 것이 아니라 인터넷의 바다 깊숙이 잠수하여 대중들과 호흡하는 길을 트는 데 고뇌해야 한다. 사람이 사람답게 사는 길을 찾자는 데 결코 고고하거나 홀로 좋음(獨善)이 되어선 안 된다. 함께 잘 사는 길로 가려면 힘들고 짜증스럽더라도 인문학이 자신의 고상한 빛을 만물의 눈높이에 맞춰 티끌(대중)과 함께 대화해 가는 이른바 화광동진(和光同塵)의 대승적인 자세가 요청되는 것이다.

인문학의 위기에 대한 철학적 성찰

인문학—안빈낙도의 길 위에서 생각하는

지금 우리에게 "한 사람의 삶의 스승이 수천 명의 학문의 스승보다 낫다."[1]는 말이 새삼 가슴에 와 닿는 것은 무엇일까? 싫든 좋든 간에 '과학'과 '기술' 그리고 '돈'과 '밥'이 우리의 스승이 되어 버린 지금, 우리는 앞의 말을 "과학과 기술, 그리고 밥 한 그릇과 돈 한푼이 인문학과 철학보다 낫다."는 말로 바꾸어도 너무나 자연스럽게 들릴 뿐이다.

인문학과 철학의 강당엔 더욱 인적 끊기고, 인문학도, 철학도가 걸었던 길 위엔 잡초만 무성하고 끝내는 그 도통(道統)이 끊기지나 않을까 하는 우려도 없잖아 있다. 하기야 인문학자, 철학자에게 한 그릇의 밥과 한 표주박의 국(一簞食一瓢飮)[2]으로 버티던 저 안빈낙도(安貧樂道)의 길과 삶이 아닌 적이 있었던가? 그런 속에서 인문학, 철학의 끊긴 학문적 이념을 잇고(繼絶學)[3]자 했고, 그 도통(道統)·학통(學統)

---

1) Meister Eckhart의 말. 요한네스 헷센, 허재윤 옮김, 《현대에 있어서 삶의 의미》(이문출판사, 1995), 7판. 22쪽에서 재인용.

2) 《論語》, 〈雍也第六〉.

3) 張載, 《張子全書》第十四 및 《近思錄》, 〈爲學篇〉.

을 전하고자 했던 것 아닌가 하는 생각을 해본다.

사실 최근 대학 내부, 학계나 언론, 지식인층, 학술대회의 주제에서도 약속이나 한 듯 온통 유행병을 앓는 것처럼 인문학의 위기를 긴급 과제로 채택하여 풍성하게 고뇌를 하고 있다. 그 까닭이 무엇일까? 왜 하필 지금 인문학의 위기인가? 과연 지금이 위기인가? 인문학의 위기는 누구 책임인가? 인문학이 위기인가 아니면 한국 인문학자들이 위기인가? 어쨌든 사방에서 이구동성으로 외쳐대는 것을 보면 사태가 단순한 즉흥적이고 일과성적인 논의가 아니라 보다 근원적인 고찰, 다시 말해 우리의 인문학에 대한 철학적인 성찰을 요구하는 단계에 이르렀음을 웅변해 주는 것 같다.

문사철(文史哲), 인문학, 인문과학, 기초학문

인문학이란 인간의 '인간임'과 '인간됨', '인간다움'을 다루는 학문 영역이다. 인간임은 인간의 본성이 무언가 하는 것이고, 인간됨은 인간이 인간답게 되는 것이고, 인간다움은 인간 삶의 의미를 추구하는 것이다. 인간이 인간답게 사는 것이 무엇인지를 묻고 대답하고자 하는 인문학의 연구 중심에는 바로 이 인간이 가로놓여 있다. "보다 인간적이고 보다 나은 삶을 추구한다는 점에서 인문학문은 가치 지향적일 수밖에 없다."[4] 인간의 삶이 있는 곳에는 사람을 사람답게 하는 것이 무엇인가 하는 반성과 그에 대한 탐구가 있게 마련이며, 인문

---

4) 신귀현, 〈서구의 전통사회와 인문학〉, 경상대학 인문학연구소 엮음, 《새로운 인문학을 위하여》(백의, 1993), 83쪽. 그리고 이태우, 〈기초학문의 위기와 거듭남의 모색〉, 《영대문화》(1999년 여름호)의 논지 참조.

학의 고향은 바로 그곳에 터를 잡아 왔다. 이 점에서 인문학의 기본 정신은 철학의 이념에 깊이 뿌리를 내려 있다. 왜냐하면 철학은 "'인간임'의 조건을 밝히고 '인간 되어감'의 과정을 제시하는 것, 혹은 목적 자체로서 인간을 해명하는 일"[5]이기 때문이다.

사실 인문학 내지 철학의 터는 모든 다른 학문의 고향인 셈이다. 비유를 하자면 그 고향이 기른 자식들은 도시로, 도시로 출가, 분가해 가서 각기 세련된 형태로 자리를 잡아 왔던 것이다. 그래서 "인문학은 학문세계의 숲에서 외곽 지역을 둘러싸고 있다. 과학은 인문학이 둘러싸고 있는 안쪽 지역에 자리하게 된다. (그것은) 인문학이 과학 이전의 생활세계에서 주어진 전제를 반성대상으로 할 수 있고, 또 지식의 실천적 함축을 파악해 생활세계와 연결을 시킬 수 있다는 특징을 감안 한 것"[6]이라 할 수 있다. 이제 고향을 떠난 자식들이, 그야말로 자식들의 출가, 분가로 빈털터리가 된 부모를 찾지 않게 되자, 마침내 부모는 늙고 병들어 가난하고 외롭고 쓸쓸한 날을 보내고 있는 형상이 바로 과학과 기술, 자본주의 시대에 처한 인문학의 실정이다. 자식들에게 삶의 길을 가르쳐 주고 그릇된 길을 충고하며, 방황하고 흔들릴 때 고삐와 좌표를 잡아 주고, 어둡고 흐린 길에서 지도를 손에 쥐어 주던 부모(인문학)에 대한 관심은 바로 인간 자신의 고향 찾기인 것이다. 사이비 인문학이 아니라 진정한 인문학을 향한 길은 우리 인간의 "자기의 진정한 고향에 대한 정신의 저 향수, ……영혼의 저 충박(衝迫)"이라고 표현해야 옳을 것이다.[7] 그러나 진정한 인문학의 길

---

5) 신오현, 〈철학의 교학이념〉, 《철학》 제21집(한국철학회, 1984년), 16~17쪽.

6) 이태수, 〈학문체계 안에서 인문학의 위치에 관한 고찰〉, 《현대의 학문 체계》(민음사, 1994), 236쪽.

7) 요한네스 헷센, 허재윤 · 이양호 옮김, 《서양철학입문》(이문출판사, 1994), 32쪽.

을 생각할 때 "인간이 길을 넓힐 수 있는 것이지 길이 인간을 넓힐 수는 없다(人能弘道, 非道弘人)."[8]는 점은 새삼 말할 필요도 없다. 인문학은 인간이 인간답게 사는 길을 걷고자 하는 그 열망의 거름을 먹고 자라는 학문인 것이다.

일반적으로 인문학에는 문학, 역사학, 철학, 심리학, 종교학, 민속학, 미학 등이 속한다. 전통적인 의미에서 문사철(文史哲)을 인문학이라 하지만 사실 문사철은 인문학의 하위 개념이라 해야 옳다. 문사철은 사회과학, 자연과학과 대비하여 구별하는 인문과학에 가깝다. 그럼에도 불구하고 사실 인문학과 인문과학의 개념의 설정과 사용에서 많은 혼동이 있어 왔던 게 사실이다. 그래서 "우리 학계의 담론에서는 인문학과 인문과학을 거의 동의어로 사용하고 있다. 문제는 인문학과 인문과학을 동일어로 사용하는 사람도 때에 따라서는 인문학을 인문과학과 사회과학을 포괄하는, 자연과학과 대칭관계에 있는 학문 일반을 지칭하는 개념으로 사용하고 있다는 점이다. …… 자연과학과 대립개념으로 사용하는 인문학은 자연과학뿐만이 아니라 사회과학과도 구별되는 의미에서의 인문과학과는 그 내포와 외연이 전혀 다르다."[9]라는 지적이 가능하다. 그리고 대학 내부, 지식인층, 학계, 언론 등에서 논의되듯이 인문학, 인문과학의 위기는 사실 기초학문의 위기와도 서로 연관되어 논의된다. 일반적으로 학문은 그 성격상 기초학문(순수학문)과 실용학문(응용학문)으로 구별 분류한다. 기초학문은 인문학에 속하는 문사철 등의 학문, 일부 사회과학, 수학·물리학·화학·생물학 등과 같은 일부 자연과학이 그것이다. 이러한 기

---

8) 《論語》, 〈衛靈公第十五〉.

9) 최종욱, 〈인문과학 위기에 대한 담론분석을 위한 시론〉, 《한국 인문사회과학의 현재와 미래》, 학술단체협의회 편(푸른숲, 1998), 328~329쪽.

초학문들이 실용학문에 떠밀려 설자리를 잃고 있고 심지어는 그 뿌리가 흔들림에 따라 인문학의 파산과 붕괴에 대한 위기진단이 이뤄져 온 것이다. 이렇게 본다면 기초학문, 인문학, 인문과학, 문사철의 관계는 '기초학문⊃인문학⊃인문과학⊃문사철'이 된다. 따라서 넓은 의미의 인문학은 응용학문에 대해서는 기초학문이며 자연과학에 대칭되는 학문 즉 문사철, 인문과학, 사회과학을 포괄하는 개념이라 일단 정리될 수 있다.

그러나 이 글에서 다루는 인문학이란 의미는 넓은 의미의 인문학이 아니라, 좁은 의미의 인문학(인문학문) 즉 문사철을 포함하는 인문과학을 지칭한다는 것을 미리 말해 두고 논의를 진행할까 한다. 왜냐하면 흔히 사회현상에 대해서 묻는 사회과학까지 포함한 넓은 의미의 인문학에는 경제학, 경영학, 회계학, 행정학, 정치외교학, 법학, 사회학, 신문방송학이 속하는데, 사실 그렇게 되면 범위가 너무 넓어질 뿐 아니라 사실상 학문의 지향점과 내용에 대한 접근 방식도 많이 달라져[10] 필자의 논의에 한계가 있기 때문이다.

인문학의 '부재'라는 위기 인식을

사실 우리가 지금 위기라는 문제를 설정하고 다룰 경우, 먼저 위기라고 진단한 지금 시점 이전의 일정한 단계와 시기에 인문학이 정상적이고 긍정적으로 제 기능을 하고 있었다는 것이 전제되고 증명되

---

10) 인문학문, 사회학문, 자연학문에 대한 관련성의 논의는 조동일, 〈인문학문과 사회학문의 대립과 화합〉, 《인문학문의 사명》(서울대학교 출판부, 1997)을 참조 바람.

어야만 한다.[11] 다시 말해서 정상적으로 기능하던 인문학이 제 기능을 다하지 못하고 있지만 이에 대한 뾰족한 대안이 떠오르지 않을 때 위기란 말이 가능하다. 과연 그런가? 먼저 우리는 이 점을 짚어 보아야 한다. 과연 한국 사회 변화의 저변에서 사람들을 이끌어 왔던 진정한 인문학이 있어 왔던가?

해방 이후 60년대, 70년대, 80년대, 90년대를 예로 해서 단면적으로 파악해 보더라도—물론 구한말 이후에도 적용이 되겠지만—철학, 인문학은 풍요의 길이 아니고 가난과 소외의 길을 걸어온 것이 분명하다. 이것은 비단 한 세기의 우리 나라 근현대사에만 국한된 현상이 아니고 서구의 역사 속에서도 마찬가지였던 것 같다. "곧 바로 써먹을 수 있는 소피스트적 지식만이 판칠 때 고대 그리스의 철학이 만개하였고, 자본주의가 전개되기 시작할 무렵 르네상스의 인본주의가 부활하였고, 과학과 기술이 세계를 설명하는 유일한 논리로 자리잡으면서 근대의 계몽주의와 정신과학이 체계화되었다는 역사적 사실"[12]은 인문학 내지 철학이 현실사회로부터의 소외를 등에 업고 '배고픈' 채로, '배고픔에 익숙한' 채로 '진리를 추구하는' 선비들과 함께 안빈낙도의 길을 걸어 왔던 것을 말해 준다. 그런 점에서 생각한다면, 인문학과 철학은 원래부터 항상 위기였다고 하겠다. 그래서 "철학은 황혼이 깃든 후 나래를 펴고 날아다니는 미네르바의 올빼미 노릇을 하는가 하면, 새벽의 도래를 알리는 소리를 내지르는 수탉의 노릇을 하기도 한다."[13]고 말할 수 있었다.

---

11) 이러한 지적은 홍윤기, 〈철학의 위기와 한국사회〉, 《大同哲學》 제1집(대동철학회, 1998.10), 442~443쪽을 참조 바람.

12) 이진우, 〈인문 '학' 이 죽어야 인문 '정신' 이 산다〉, 《1998 지식인 리포트》(현대사상 특별 증간호, 민음사, 1998), 116쪽.

　　그러나 지금 우리 사회가 안고 있는 문제점을 보다 정확히 지적하
자면, "인문학 내지 철학의 위기가 아니라 그것들의 부재(不在)" [14]라
고 표현해야 옳을 것 같다. 그렇다면 과거에도 부재였고 지금도 부재
이기에 위기라는 식의 경과적 인식을 토대로 위기론이 제기되어야
하는데, 실제로 부재 그 자체에 대한 인식은 불충분했던 것 같다. 계
속되어 오던 어떤 역할이 상실되고 그 자리에 어떤 다른 대안이 떠오
르지 않을 때 위기인 것이지, 별 역할도 없었던 것(부재)를 두고, 그것
을 있었던 것처럼 가정 혹은 전제로 한 성급한 '위기' 판정은 부재에
대한 성찰을 결여한 비약이다. 그리고 철학, 인문학의 부재는, 다른
편에서 본다면 철학자, 인문학자가 없었다는 말을 뜻하는 것이 아니
다. 말하자면 공리(空理) 공담(空談)을 일삼는 허학(虛學)에 대한 상대
적 개념으로서 실학(實學)을 말하는 것처럼, 사이비가 아닌 우리의 시
대를 이끄는 주체적인 진정한 철학 인문학이 없다(부재)는 바로 그 점
에서 위기라는 말로 바꾸어서 이해하는 것이 옳을 것이다. 사이비 인
문학과 철학은 일단 진실이 없는 교언영색(巧言令色)으로 포장된 것
이지만, 철학이나 인문학 부재에 대한 비판은 일단 이와는 좀 다른 차
원에서 철학자, 인문학자의 그 자신의 책임 추궁과 관련한다. 철학,
인문학이 대중으로부터 소외된 것, 그리고 그들 스스로로부터 소외
된 것은 결국 거리, 세간(世間) 세속(世俗) 일상적 지평을 방치, 무시한
골방 · 책상 · 강단에만 갇혀 자폐증적, 자위적 태도로 '누구누구 왈'
하는 식의 연구에만 매몰된 이른바 소승적(小乘的)인 학문함의 방식
에 기인한다. 학자들이 그들의 앎이 자신의 삶, 다른 학자들의 앎, 대

---

13) 이명현, 〈철학노트〉, 《철학과 현실》(1993 가을호), 18쪽.
14) 홍윤기, 〈철학의 위기와 한국사회〉, 《大同哲學》 제1집, 443쪽.

중적 삶의 지평과 소통하는, 다시 말하면 천지가 강의실이고 세속이 진리의 캠퍼스라는 식의 대승적(大乘的)인 학문함의 방식으로 전환하지 못했다는 것을 말하는 것이다.

물론 이와 같은 내 탓의 인식 외에, 언론에서도 이미 충분히 이야기된 대로, 경쟁과 실용적 원리에 따라 운영될 학부제의 도입, 정부의 인문학을 외면한 자연과학에 대한 예산의 집중지원으로 인문학의 연구비 삭감, 대학 내는 물론 초중고에서의 인문교육 부실, 일반대중과 사회 내의 인문학 외면 등은 인문학문을 위축시키고 위기의식을 가져왔다는 남의 탓도 빠뜨려서는 안 된다.

게다가 대학의 구조조정과 학부제에 이어 최근에 논란이 되고 있는 BK21사업에서 인문학에 대한 안목의 결여로 옳은 배려가 없자 그것이 제도권 내의 인문학자 혹은 예비 인문학자들에게 큰 소외감을 안겨주고 미래전망에 대한 불안감을 증폭시켜 왔다.[15] 결국 이러한 사회 분위기는 학자, 지식인층, 나아가서는 사회 전반에 인문학 위기론을 촉발시켰지만 인문학 내부의 보수주의자나 기득권자들의 '엄살'과 '거품'도 위기론에 한 몫을 하였다.[16] 그리고 이러한 인문학의 위기에 따른 여러 문제들은 사실 서구 자본주의의 주도 아래 우리와 유사한 경제적 시련을 겪는 동아시아 사회가 대체로 껴안은 문제라 생각한다.

어쨌든 우리는 인문학의 부재라는 인식에서 출발하여 인문학의 새로운 길을 모색해 가야 할 것이다. 그것은 바로 우리 인문학자들 자

---

15) 이러한 문제 지적은 송문홍, 〈한국 인문학의 위기: 인문학이 죽으면 나라 망한다〉, 《신동아》(99년 5월호)가 참고될 것이다.

16) 염무웅, 〈인문학의 위기, 무엇이 문제인가?〉, 《영남대 인문과학연구소 강연회 발표문》(1999. 9) 참조.

신이 껴안은 고뇌이기도 하며, 동시에 진정한 인문학이 부재해온 우리 사회에서 그 동안 추구(芻狗)처럼 내던져 버려 두었던 사람됨, 사람다움의 길을 찾는 것이기도 하다. 그러나 인문학, 철학의 부재라는 위기 극복은 그다지 쉬운 일이 아닐 것이다. 그것은 한국이라는 구체적인 역사 속에서 발생한 '내적' 요인과 자본주의 과학기술문명과 같은 세계사적인 흐름에 영향받는 '외적' 요인이라는 두 가지를 모두 주시하면서 풀어가야 하기 때문이다.

이러한 인문학 부재에 대한 위기론의 연원 찾기로서 내 탓, 남의 탓의 논의가 사실 지식인들 사이에서 이미 깊이 있게 반성된 적이 있다. 그 대표적인 목소리들은 간단히 말하면 ① 정신문화의 식민성, ② 앎과 삶의 괴리, ③ 전통계승의 정신사적 맥의 단절, ④ 새로운 글쓰기라는 네 가지 문제로 요약[17]된다. 여기에다 ⑤ 자본주의, 과학과 기술에 의한 세계지배가 추가된다. 다시 말해 지금 "전세계가 하나의 자본주의적 시장이 돼버렸고, 전지구가 과학과 기술에 의해 인간의 식민지로 전락했다는 사실이 인문학 위기의 직접적 원인"으로 보고, "자본주의의 획일화에 저항할 수 있는 우리의 문화적 정체성을 담아낼 수 있는 우리의 이야기를 과연 만들어낼 수 있는가 하는 것"을 추가적으로 고려해야만 한다는 논의[18]가 그것이다.

---

17) 이것은 이진우가 최근 인문학에서 제기되고 있는 김영민 등의 '고상한 목소리들'을 다음과 같이 정리한 데 따른 것이다. 첫째, 우리 정신문화의 식민성이 이미 육화되고 구조화되어 식민성과 탈식민성을 구분조차 하지 못하고 있다. 둘째, 구체적 삶으로부터 성장해야 할 인문학이 삶과는 오직 추상적 관계만을 유지하고 있는 까닭에 이론과 실천이 서로 소외되어 있다. 셋째, 이러한 앎과 삶의 소외는 근본적으로 전통을 창의적으로 계승할 수 있는 정신사적 맥이 끊어졌기 때문이다. 넷째, 인문학의 위기를 극복할 수 있는 방안은 우리 정신의 맥과 결이 보존되어 있는 생활 세계의 중층적 의미를 드러낼 수 있는 새로운 글쓰기이다(이진우, 〈인문 '학'이 죽어야 인문 '정신'이 산다〉, 《1998 지식인 리포트》(현대사상 특별 중간호, 민음사, 1998), 115쪽).

이러한 인문학 위기의 진단은 현대 한국철학의 예에서도 그대로 적용된다. 지금 현대 한국철학 논의가 ① 현대 세계철학의 주류를 이루는 서양 철학과의 수준상의 격차, ② 한국 전통 철학과의 의식상의 단절, ③ 현대 한국사회의 현실로부터 실천적 고립이라는 세 가지 악조건 아래서 진행되고 있다는 진단[19]이 그것이다. 이처럼 인문학과 철학은 유사한 위기 진단서를 갖는다.

이러한 진단들은 이제 인문학, 철학 부재의 땅에 씨를 뿌리는 좋은 기준을 제공해줄 수 있다. 그러면 우리는 이 인문학 부재의 땅에 어떻게 씨를 뿌리고 가꾸어야 할 것인가?

'계몽'(新民)의 허상에서 '참여와 연대'(親民)로

최근의 인문학의 부재니 위기니 하는 논의는 어쩌면 참된 인문학을 모색하기 위한 문제제기로서 이해해야 한다. 인문학이 BK21의 발상처럼 선택된 어떤 과제나 집단을 집중지원한다고 몇 년 만에 금방 성과와 결실을 볼 수 있는 것은 아니다. 사실 지금까지 인문학 내지 철학의 내용들은 대부분 인문학자, 철학자들이 '학과'와 '전공분야'라는 틀로서 독점해 왔다고 해도 과언이 아니다. 물론 그러한 학과나 전공이라는 학문영위의 방식이 우리의 근현대사에서 학술과 사회문화의 발전에 큰 역할과 기여를 해온 데 대해 함부로 그것을 비판하거나 부정할 의도는 없다. 다만 우리는 그 동안 학문 간의 총체적인 소

---

18) 이진우, 〈인문 '학'이 죽어야 인문 '정신'이 산다〉, 《1998 지식인 리포트》(현대사상 특별 중간호, 민음사, 1998), 121~123쪽 참조.
19) 이에 대해서는 홍윤기, 〈철학의 위기와 한국사회〉, 《大同哲學》 제1집, 446쪽을 참조 바람.

통과 연관성보다는 어떤 학역(學域), 학과, 전공 영역을 나누고 쪼개어 '논문' 과 '전문용어와 개념' 이라는 무기로 합리적·이론적·논리적인 폐쇄된 지(知)의 제국을 만들어 자기들만의 암호를 주고받는 식의 의사소통을 하고 있다는 점이 있었다면 그 점을 꼬집고 싶은 것이다. 그래서 타 영역이나 대중들 앞에서 고상한 목소리나 내는 지식인으로서 존재해 왔던 것은 아닐까? 결국 우리가 지금까지 해온 학문의 길은 무엇을 위한 것이었을까? 인문학, 철학이라는 것을 인문학자, 철학자들만이 독점하고 그것을 모르는 대중들을 계몽해 간다는 오만한 지적인 태도가 궁극적으로는 인문학하고 철학하는 길을 좁히고 말았던 것은 아닐까?

그렇다면 지금, 우리는 이렇게 물어볼 필요가 있다. 과연 누가 몽매하다는 말인가? 몽매한 것은 인문학자, 철학자와 같은 지식인들인가 아니면 일반인들인가? 과연 누구를 어떻게 계몽한다는 말인가? 오히려 자기 계몽이 필요한 것은 아닐까? 한마디로 인문학, 철학의 성스러움(?)이 지식인이 독점한 책과 글이라는 지식의 권자에서 여전히 독존(獨尊)하면서 세속(世俗)과 세간(世間)의 인간세(人間世)에 난 길 위, 거리 위로 아직 내려서지 못하고 있다면 인문학과 철학의 미래는 여전히 어두울 수밖에 없을 것이다. 학과, 전공 영역에만 갇힌 인문학, 철학은 어쩌면 각각의 문중에서 자기 성씨의 순수 혈통만을 구별해 내는 문중학(門中學)과 별반 다를 바 없다. 인문학, 철학은 이제 닫힌 오만한 지식의 제국을 허물고 세속을 살아가는 일반대중의 지평으로 길을 터서 그들과 동반자적 자세[20]로 이론을 공유하고 서로 논의하며 공생(共生)의 고리를 찾아가는 안목을 가져야 한다. 인문학,

---

20) 王守仁,《傳習錄》下: 須做得箇愚夫愚婦, 方可與人講學.

철학의 과(科)와 전공이라는 것이 스스로를 전문가 바보, 전공 백수건
달로 만든 골방·담장이 되어 왔다. 책상과 강단에서 공자왈 맹자왈,
칸트왈 누구왈 하는 식의 학문활동이 맹꽁 인문학, 맹꽁철학을 만들
어 왔다. 이런 것을 자각하지 못할 때 인문학자, 철학자는 인정(人
情)·사정(事情)·물정(物情)을 모르는 앞뒤가 꽉 막힌 현대판 도학자
로 전락해 갈 것이다. 여기서 우리는 앎과 삶, 체험 실천과 지식 이론
의 쌍방적 소통을 의미하는 주경야독의 인문학과 철학을 고려해 보
아야 할 것이다.[21] 다시 말하면 인문학, 철학이 그 빛을 누그러뜨려
세속과 하나가 되는 이른바 화광동진(和光同塵)의 자세가 절실함을
자각하지 못하고, 홀로 우뚝 솟아 이론과 지식으로 대중을 선교하고
교화한다는 지적인 계몽의 착각 허위의식에 빠져 있을 때 "나는 나
대로 너는 너대로 갈 길이 따로 있구나."라는 노래 가사처럼 전공이
론과 대중은 따로 따로 제 갈 길을 갈 수밖에 없다. 이제 인문학과
철학에서 그야말로 계몽(新民)에서 동참과 연대(親民)로의 인식전환
을 이야기해야 할 때이다.

　우리의 근대 이후 이룩된 우리의 삶의 풍요는 "잘 살아보세!"라는
구호 속에서 급조된 그야말로 "철학적 기조가 없는 물질적 발전"[22]
에 기초한 것이었다고 해도 과언이 아니다. 허리띠를 졸라매고 앞만
보고 달려왔다. 뒤로는 아예 갈 줄도 모르고 옆이 있는 줄도 모르며
여기까지 왔다. 개 같이 벌어 정승처럼 쓰는 것을 미덕으로 여기며
돈과 밥을 위해 달려왔다. 인간(人)의 무늬(文)가 있는 삶을 망각한 우
리의 자화상은 바로 인문학과 철학의 모습이라 할 수 있다. 더욱이

---

21) 이에 대한 논의는 최재목, 〈體認之學의 현대적 가능성〉, 《양명학과 공생·동심 교육의
　　이념》(영남대 출판부, 1999)를 참조 바람.
22) 홍윤기, 〈철학의 위기와 한국사회〉, 《大同哲學》 제1집, 444쪽.

〈국민교육헌장〉 앞머리에는 "우리는 민족 중흥의 역사적 사명을 띠고 이 땅에 태어났다."고 했지만, 우리는 우리 지역과 민족을 어떻게 중흥하는 것이 역사적 사명인지를 채 알기도 전에 '국제화' '세계화' '개방화' '무한 경쟁' '신자유주의' '신패권주의' 라는 복잡하고 급변하는 시대에 내던져지고 말았다. 그 점에서 현대는 "무사상·무이념·무원칙이라는 우리 근대의 정신적 지평"[23]의 연속선상에 서 있다고 해도 과언이 아니다. 그런데도 우리의 인문학 내지 철학의 논의는 전통과 지역, 우리 사회의 토대를 훨씬 넘어 '국제' 와 '세계' 를 향해 달리고 있다. 학회와 이론의 장에서는 시공을 초월한 휘황찬란한 말들이 오가고 있으며 나날이 무언가 새로워지고 있는 듯하지만 현실에 뿌리내리지 못한 이론과 지식의 공허한 울림과 떨림일 뿐 남는 것은 허탈감밖에 없다. 철학적 기조 없는 인문학적 논의가 지속되고 있음을 감지한다. 좀더 혹독하게 꼬집으면 우리 나라의 인문학적 토양을 개척하지 못한 채 "지식을 위한 지식, 지식의 유희 또는 지식의 잉여로 '지식 이자놀이' 를 하는 이른바 사이비 지식 투기꾼들"[24] "안전한 소득을 갖고 있으면서 교실 밖의 세계를 다루는 데는 전혀 관심이 없는"[25] 학자나 "전문용어로써 무장한 소심한 대학교수들"[26] "역사와 현실과 유리된 학술논문 제조기나 문명에 대한 비전이 없는 무비판적인 지식기능공을 양산"[27]하는 대학교육, "무창적(無窓的) 고

---

23) 김동춘, 〈사상의 전개를 통해본 한국의 '근대' 모습〉,《한국의 '근대' 와 '근대성' 비판》(역사비평사, 1996), 298쪽.

24) 최재목, 〈體認之學의 현대적 가능성〉, 앞의 책, 187쪽.

25) 에드워드 사이드의 말. 김영민, 〈지식인: 이중성의 변증법, 혹은 접선의 존재론〉,《철학연구》제67집(대한철학회, 1998. 8), 34쪽에서 재인용.

26) 김영민, 〈지식인: 이중성의 변증법, 혹은 접선의 존재론〉,《철학연구》제67집, 35쪽.

27) 정정호, 〈지식인, 이 시대 지성을 이끌어 가는가?〉,《중앙대학신문》(1998. 4. 6).

립적(孤立的) 전문주의"[28]가 점령, 잠식해 가서 세운 영토들이 번성하다는 것이다. 아마도 이것은 인문학의 상거래를 독점해온 파벌주의, 학벌주의, 연고주의, 그리고 특정 지식인들과 출판사, 평론가, 비평가, 저널리스트들이 연계하여 생산망을 구축해온, 회원증 없이는 출입이 금지된, 지식 독점 폐쇄구역이 성역화되어 자유롭게 비판 성찰될 수 없었던 분위기에도 큰 책임이 있을 것이다. 우리 사회 곳곳에 이러한 인문학의 사이비 성역들이 존재하는 한 인문학의 미래는 우리 사회의 '고착화된 지역성' '분단상황'의 복제판에 지나지 않는 운명이 될지도 모른다. 인문학과 철학의 상상력이 살아나기 위해서는 억압적, 권위주의적, 경건주의적인 우리 사회의 분위기도 어떤 방식으로든 '생긴 대로 놀 수 있고' '꼴'의 '값'을 할 수 있는 쪽으로 바뀌어야 한다. 창의적이고 개성 있는 인문학, 철학의 사유는 바로 여기서 출발할 것이다.

늪의 사고, 그리고 인문학의 길

그리고 여기서 한 가지 짚어볼 것은 왜 인문학의 담론이 인문학자나 철학자의 독점물인가 하는 점이다. 인문학이란 사람됨, 사람다움의 길을 희구하는 곳 어디에나 꽃필 수 있는 것이어야 한다. 제도권 내의 학자, 학생, 지식인뿐만 아니라 일반대중들도 함께 할 수 있는 길은 얼마든지 열려 있다. 그렇다면 인문학자나 철학자들은 계몽이라는 오만한 허구의식에서 벗어나 오만 잡것과의 섞임과 화해의 길

---

28) 최재목, 〈體認之學의 현대적 가능성〉, 앞의 책, 190쪽 참조.

을 모색해 가야 한다. 화광동진(和光同塵) 혹은 화쟁(和諍)적인 어우러짐을 지향해야 한다. 나는 이것을 '늪'의 사고로 표현하고 싶다. 늪은 지구의 숨통(허파)으로 불리기도 하면서 부서져 가는 자연의 생태 환경을 복원해 주는 역할을 한다. 답답한 지구에 인간다운 삶의 공간을 만들어 주는 늪, 그것은 문명의 주변지대에 위치하면서 도시와 과학 기술, 자본주의가 쏟아내는 오만잡 것들을 받아들여 정화하며, 지하-지상, 생물-무생물-동물, 자연-인간 등의 삶의 건강한 생태 공간을 만들어 가는 바로 그것[29]에서 사람의 무늬가 만드는 삶의 즐거움과 보람과 같은, 인문적 지성의 흔적을 발견할 수 있기 때문이다. 늪의 사고는 혼돈과 질서를 겸비한 삶의 방식을 말하며, 뒤에서 말할 사유⇄글쓰기⇄담론 생활하기라는 인문학하기, 철학하기의 새로운 틀과 일맥상통하는 점이 있다. 늪의 사고는 세속의 지평에서 세속에 동참·연대하여 함께 자신이 철학하고(eigenes Philosophieren), 자신이 사색해(eigenes Denken) 가는 것을 의미한다. 한편으로 이것은 "자생하는 풀숲과 진흙의 발을 서로 딛고 오르내리는 물의 음계(音階), 늪의 지성(知性), 온몸을 부비며, 아름다운 화음(和音)으로 연대한 공생과 자치의 터"라는 시적 표현[30]도 가능하다. 어쩌면 진정한 인문학함의 사고는 이러한 시적 생태적인 삶을 지향하는 열망 같은 것에서 싹터 오는 것일지도 모른다. "우리는 사람, 동물, 식물만의 아픔뿐만 아니라 돌, 물, 그리고 모래알의 말없는 아픔도 함께 느낄"[31] 수 있듯이 늪도 그러한 자비심을 지니고 있다. 사람됨, 사람다움을 추구하는

---

29) 이에 대해서는 최재목, 〈體認之學의 현대적 가능성〉, 앞의 책을 참조 바람.

30) 최재목, 〈體認之學의 현대적 가능성〉, 위의 책, 180~181쪽. 시 전체는 같은 책, 180쪽을 참조 바람.

31) 박이문, 《慈悲의 倫理學》(철학과 현실사, 1996), 2판, 214쪽.

노력에서 톱니화된 답답한 우리의 삶에 숨통을 틔워줄 것이다. 늪의 정신에서 나는 그것을 바라보고자 한다.

이러한 늪의 사고로 보면, 주경없는 야독도 안 되며, 야독 없는 주경도 안 된다. 야독에서 주경으로의 작업은 "사유에서 글쓰기로, 글쓰기에서 담론으로, 담론에서 생활하기로"의 길이며, 주경에서 야독으로의 작업은 "생활하기에서 담론으로, 담론에서 글쓰기로, 글쓰기에서 사유로"의 길이다. 이러한 사유⇄글쓰기⇄담론⇄생활하기의 동시적, 쌍방적 소통의 도식은 다시 말하면 '앎에서 삶으로, 삶에서 앎으로'라는 수기치인(修己治人)적, 성기성물(成己成物)적인 인문학함을 의미한다. 사유는 사고함, 생각함, 독서하고 연구하는 것 전체를 말하며 결국 자신과 세계에 대해 깊고 넓게 이해, 해독하는 작업이다. 글쓰기[32]는 스스로 사유한 것을 표현, 기술, 논술하거나 또는 논평, 비평, 해설하는 작업이다. 여기에는 암호나 기호적인 것으로 굳어서 딱딱해진 개념, 어휘, 단어들을 일반인들이 알아들을 수 있도록 손가락, 발가락 등으로 글을 써서 보여주는 것이다. 그렇다면 사유한 것을 풀어내는 데에는 '논문' 뿐만이 아니라 다양한 형태의 글쓰기가 가능해진다. 이처럼 글쓰기는 바로 사유 내지 사고의 전개과정이지만, 종래 우리 학계의 글쓰기의 문제점은 "식민지적인 서구 추수(追隨)주의, 현실과 유리된 탈맥락성, 지적 엘리트 주의"로 요약[33]되기

---

32) 이에 대해서는 이미 많은 사람들이 논의를 해왔다. 그 대표적인 사람 중의 하나가 김영민이다(김영민, 《탈식민성과 우리 인문학의 글쓰기》(민음사, 1996)를 참조 바람). 그리고 이와 관련해서 조동일의 《우리학문의 길》(지식산업사, 1993)과 《인문학문의 사명》(서울대학교출판부, 1997)이 좋은 참고가 될 것이다. 그리고 정재서 편저, 《글쓰기에서 담론까지: 동아시아연구》(살림, 1999)는 '동아시아 담론과 글쓰기' 등에 대해서 좋은 본보기가 될 것이다. 특히 그 가운데서 이승환의 〈동양철학, 글쓰기 그리고 맥락〉은 동양철학의 글쓰기의 문제점과 방향을 잘 제시하고 있다.

도 한다. 특히 동양철학계의 글쓰기의 경우에는 "대부분의 논문들이 현실과의 연결고리를 차단한 채 고고한 형이상학의 세계에서 관념의 유희만을 일삼는다는 점"[34]이 가장 큰 문제점으로 지적되어 왔다. 여기서 '우리의' 인문학함, 철학함에서 글쓰기가 어떻게 되어야 할 것인지 잘 암시되어 있다. 담론은 사유한 것의 전개과정으로서 글쓰기가 단순히 '글을 씀'에 그치지 않고 이것이 생활하기로 이르기 전에 세속과 폭넓게 공유되는 과정을 의미하는 것이다. 즉 글을 쓴 사람과 타자 일반과 서로 대화, 토론, 논의, 논쟁하며 의사를 소통하는 작업이다. 생활하기는 사유, 글쓰기, 담론으로 진행된 앎들의 구체적 일상 즉 세속의 삶으로 연결되고 실천되는 것을 의미한다. 다시 말하면 앎이 삶의 세계로 참여, 동참, 연대하는 것을 말한다. 사유⇄글쓰기⇄담론⇄생활하기는 바로 "천지가 철학과이고 우주가 철학강단이다."[35]라는 대승적 인문학함·철학함의 태도를 말하는 것이다. 다시

---

33) 이승환, 〈동양철학, 글쓰기 그리고 맥락〉, 《글쓰기에서 담론까지: 동아시아연구》, 33쪽.

34) 이승환, 〈동양철학, 글쓰기 그리고 맥락〉, 위의 책, 35쪽.

35) 최재목, 〈體認之學의 현대적 가능성〉, 앞의 책, 189쪽.

말해서 "문제와 부딪치며 살아가는 생활인의 견지에서 볼 때, '철학'
이라는 명사보다는 '철학한다' 는 동사가 더욱 중요하다. 우리의 실천
생활과 더욱 밀접한 관계를 가진 것은 남이 생각해 놓은 철학의 이론
이 아니라 나 스스로 철학하는 자세로 문제와 대결함이란 뜻이다."[36]
그래서 "탁월한 철학자들의 저서나 논문을 연구하는 것"도 물론 철
학이지만, "소크라테스나 석가모니 같은 독창적인 사색가만이 철학
자라는 것"은 아니며, 우리에겐 "과거의 저명한 철학자들이 기록한
문서를 떠나서도 철학함이 성립할 수 있다는 사실"이 중요하다. 특히
"민주주의 시대에 바람직한 사회발전이 실현되기 위해서는 소수의
전문가들만이 종사하는 강단철학만으로는 부족하며, 우리가 삶의 현
장에서 부딪치는 실천적 문제에 대해서 일반시민도 깊고 넓게 생각
하는 태도로 임할 필요가 있다는 사실"을 자각해야 한다.[37] 철학
(Philosophie)을 가르치고 연구하는 것에만 머무르지 않고, 철학하는
것 즉 자신의 철학을 하는 것이 중요하다. 이 점에서 자신의 철학함
은 강단의 사람과 강단에서만이 아니라 일상의 지평 = 길거리 세속에
서, 그리고 또한 세속인에게도 그런 길들이 열려 있어야 한다는 말이
다. 철학이 교조화, 교리화되어 입에서만 맴돌고 있다면 그것은 애당
초 그런 길을 걷지 않겠다고 선언한 것과 같다.

　이렇게 안의 세계와 바깥을 어우르는 길(合內外之道), 자기의 완성
(成己)과 세계의 완성(成物)을 함께 지향하는 것이 주경야독의 철학함
이다. 이론의 임상실험의 장소는 바로 나와 우리가 살아 숨쉬고 있는
길과 거리, 세속이고 보다 구체적으로 말하면 피와 살을 지닌 우리의

---

36) 김태길, 〈문제상황과 철학적 사유〉, 《철학과 현실》(철학과 현실사, 1992 가을호), 47쪽.
37) 이것은 김태길, 〈문제상황과 철학적 사유〉, 《철학과 현실》, 49쪽을 참조하여, 필자가 고
　　쳐서 기술한 것임.

몸이다. 머리가 아니고 몸에서, 몸으로 임상실험을 해낸 이론일 때 "지식을 위한 지식, 지식의 유희 또는 지식의 잉여로 '지식 이자놀이'를 하는 이른바 사이비 지식 투기꾼들이 사라진다."[38] 이것은 삶의 세계로 앎의 '하방(下放)'과 '환속(還俗)'을 말한다.[39]

이렇게 인문학의 부재와 위기가 우선 계몽이란 허구를 벗어나 세속에의 참여, 세속과의 연대로 대중과 동반해 간다는 각오와 자각 없이는 극복될 수 없다. 실제로 우리 지식인의 앞에는 환경운동, 시민운동, 교육개혁을 위한 모임 등 많은 운동들이 전개되고 있다. 하지만, 우리 인문학자도 철학자는 그러한 세속의 현실에 얼마만큼 눈을 돌렸을까? 또 그런 운동을 자발적으로 기획하고 실현해 왔는가? 대중들이 어떤 생각을 하고 그들이 왜 그런 생각을 하는지 고심을 해 보았는가? 인문학, 철학 부재의 땅에 그 참된 씨앗을 뿌려가기 위해서는 진흙에 뿌리내리며 피워 올린 연꽃의 모습을 바라보고, 그것을 몸담게 한 늪의 지성을 생각해 보자. 그렇다면 인문학자, 철학자들은 길과 거리에 맥락을 찾고 주제파악을 하며 '어떻게' '어떤' 사람의 무늬를 수놓으려고 하는지 '자신이 철학하고' '자신이 사유하는' 것을 보다 솔직히 드러내는 것이 필요하다. 누구 왈 누구 왈처럼, 구렁이 담넘어 가는 식의 속 편한 말들만 어물쩡 늘어놓고, 해지면 책임감 없이 숨어버리는 월급쟁이 전문 지식인이 우리 인문학, 철학을 해왔다면 그들의 계몽은 '사기'였거나 애당초 인문학함, 철학함을 할 의도가 없었던 것 아닐까?

---

38) 최재목, 〈體認之學의 현대적 가능성〉, 앞의 책, 187쪽.
39) 최재목, 〈體認之學의 현대적 가능성〉, 위의 책, 190쪽 참조.

'쓸모 있음'에서 '인간 교육'으로라는 안목을

이미 지적한 인문학의 부재와 위기에 대한 '내 탓' 론과 '남 탓' 론이 불거져 나온 문제의 밑바닥에는 '밥과 돈이 되는 것' '쓸모 있는 것' (유용한 것)의 논리가 우리 사회 전반을 지배하고 있다는 점이다. 지금 대학사회도 먹고 살기의 논리가 지배하고 따라서 인기과목, 학점 따기 쉬운 과목, 특히 생활영어, 토플과 토익, 컴퓨터와 같은 일상생활이나 각종 시험 또는 자격증에 필요한 학과목이 중시되고 있다. 교양과목도 이러한 쓸모 있음(실용성)의 원리가 지배적으로 반영되어 인간 됨, 인간다움의 교양보다도 먹고 살기 위한 기능위주의 실용적 교양으로 바뀌고 있다. 물론 그렇다고 여기서 먹고 살기 위해 돈과 밥을 추구하는 자본주의 사회의 현실을 부정하거나 도외시할 의도는 없다. 먹고 살기가 무시된 사람 됨, 사람다움의 추구가 얼마나 허구적이고 위선적인가 하는 점을 잘 알고 있다. 도덕과 윤리라는 명분으로 인간의 물질적 기초, 욕망해방의 중요성을 은폐하며 인간(특히 어린아이, 여성, 약한 자들)의 삶을 가혹하게 몰고 갔던 구체적 역사를 우리는 기억하고 있다.[40] 다만, 여기서는 "막 벌어서 막 먹는 식으로 그날 그날의 경험에서 살아" 가거나 일상에서 불현듯 "어쩌다가 떠오른 생각으로 살아갈 뿐"[41]인 천박한 삶의 보편화에 대한 문제제기로서 사람 됨, 사람다움을 캐묻는 교육의 중요성을 역설하고 싶은 것이다.

---

40) 예컨대, 이치로써 사람을 죽인다(以理殺人)고 비판받던 주자학의 도덕적 경건주의, 엄숙주의가 그것이며, 국가의 도덕 교화가 여성의 자살을 얼마나 부추기고 또 자살을 숭배해 왔는지 하는 것에 대해서는 田汝康, 이재정 옮김,《공자의 이름으로 죽은 여인들》(예문서원, 1999)을 참조 바람.

41) 요한네스 헷센,《현대에 있어서 삶의 의미》(이문출판사, 1985), 13쪽 참조.

그리고 이러한 인간 교육의 부재가 곧 인문학의 부재, 철학의 부재와 연결되어 있다는 점[42]을 우리는 분명히 인식하여야 한다는 것이다.

잘 살아 보세!라는 슬로건은 우리의 교육정책에서도 그대로 드러난다. '공업 입국' 혹은 '과학기술 입국'에서 보듯이 '나라를 세운다' (立國)는 그 국민적 기조에는 사실 먹고 살기 바빴던 우리의 곤혹스런 삶이 '개같이 벌어 정승처럼 쓴다'는 말에 무언의 동의를 해 준 셈이다. '인간다운 삶'보다 '개같이 번다'는 이른바 정신에 대한 물질의 우위성이 공식적으로 통용된 입국의 기조는 현재의 교육개혁 정책에까지 쓸모 있음을 대원리로 확정해 내는 데 기능하였고, 따라서 자연과학 분야에 편중지원을 부추겨 왔다. 물론 그렇다고 인문학 쪽의 알리바이가 성립하는 것은 아니다. 인문학 쪽도 "인간이 무엇인지도 물을 줄 모르는 교육학자들이 가끔 인간교육을 이야기 하지만, 가령 홍익인간(弘益人間) 교육이란 구호에만 그칠 뿐 교육현장에서는 아무런 실효도 없는 빈소리일 뿐이다. 한마디로 말해서 한국에는 인간교육이 없다."[43]는 지적을 피할 명분이 없다.

그런데 공업, 과학기술의 유용성 논리에 인간교육이 부재했다는 것은 사실 우리 사회에서 철학교육이 경시되어 왔던 점과 맞물려 있다는 것을 지적할 필요가 있다. 다음의 말을 들어 보자. "과학기술에 밀려난 철학의 필요성이나 그 당위성은 과학적 지식의 보완이나 과학적 지식의 함양에 있는 것이 아니라 과학기술의 횡포 속에서 '소외'된 인간의 '인간성 회복'의 임무를 운명적으로 걸머지고 있다는

---

42) 우리 교육이 결국 철학 부재와 연관됨을 지적한 것은 〈'무너진 교실'을 세울 방법 없을까〉,《중앙일보》(1999. 11. 4)를 참조 바람.

43) 진교훈, 〈철학교육으로서의 인간교육〉,《제7회 한국철학자 연합학술대회보: 철학, 인간 그리고 교육》(1994. 10), 85쪽.

사실을 ‘철학교육’은 계몽적으로 역설하지 않을 수 없다. 따라서 ‘철학교육’은 당연히 ‘인간계발교육’으로 그 방향성이 주어져야 하고 인간의 본질 해명과 함께 ‘수단화’ 과정에서 상실된 ‘인간성 회복’의 통로를 열어 주는 길잡이 역할을 수행하지 않을 수 없다. …… 철학은 ‘삶’의 의미를 추구하는 근원적인 ‘물음’으로 이해해야 한다. …… 따라서 ‘철학적 물음’의 포기는 ‘삶’의 의미를 알고자 하는 노력의 포기이며 이는 바로 인간의 ‘인간다움’을 포기하는 것으로 간주된다. ‘철학의 부재’나 ‘철학 무용론’ 등은 그러한 의미에서 인간의 ‘인간다움’에 대한 포기선언 이외의 것이 아니다. ‘삶’의 의미를 이처럼 ‘주체적 경험’에 의한 ‘자기인식’으로 이해할 때에 ‘대상적 경험’에 의존하는 과학과는 달리 철학은 ‘지혜의 체험’이요, ‘지혜의 사랑함’으로 드러난다.”[44] 이처럼 우리 사회는 그 동안 한마디로 우리들의 총체적인 삶에 대한 근본적인 반성이라는 철학적 기조 없이 물질적인 토대만을 다져 왔던 것이다. 그 결과 우리의 교육에서 인간이라는 문제는 뒤편으로 밀려나고 말았다.

　인간을 잃어버린 상황에서 우리 교육이 누구를 어떻게 계몽해 가겠다는 것일까? 몽매한 백성을 계몽하겠다는 신민(新民)의 시절로 현재를 파악하기엔 너무나 간극이 심하다. 우리는 우선 계몽할 대상인 인간을 잃어버린 것이다. 초·중등교육, 심지어는 대학교육에서조차도 인간교육, 철학교육, 인문교육이란 말의 권위는 실추된 지 오래이다. 이같이 우리의 현실에서 인간이 없는 교육은 인문학의 위기를 가중시켜온 주요 요인이 되었다. 밥과 돈이 되는 것, 당장에 쓸모 있는

---

44) 하일민, 〈철학교육의 이념〉, 《제9회 한국 철학자 연합학술대회보: 현대사회와 철학교육》(1996. 10), 5~6쪽.

것의 바깥에서 고아처럼 떠돌아왔던 인간 됨, 인간다움, 삶의 보람과 행복에 관한 것, 교양교육의 문제들, 이것은 중·고등학교의 입시교육에서만 그런 것이 아니다. 실용적인 현금가치나 실제적 직업지식으로서 학문을 간주하며 시장바닥으로 포복하기 시작한, 그래도 경쟁력 있는 열린 대학 만들기라는 명분을 내세우는 대학사회에서도 적용된다. 이제 인문학자, 철학자들의 주요 사명 중의 하나는 우리 사회에서 인문교육, 철학교육 중시에 대한 지속적인 문제제기의 필요성일 것이다.

여기서 우리는 잠시 철학교육에 큰 비중을 두는 프랑스를 예[45]를 들어 철학교육을 다시 한번 생각해 볼 필요가 있다. "프랑스에서는 고3이 되면 프랑스어 시간이 철학시간으로 바뀐다. 프랑스어는 고2학년 말에 바칼로레아로 치르기 때문이다. 바칼로레아[46]에서 철학의 배점은 프랑스어와 함께 비중이 가장 높다. 문과의 경우 전체 점수의 20%, 경제사회계열이나 이과계열도 전체 배점의 10%를 넘는다. 예능기술계열 응시생도 철학시험을 의무적으로 치러야 한다. 해마다 바칼로레아가 치러지는 6월 중순이면 철학시험 문제는 전국적 화제가 된다."[47] 이렇게 대중을 철학하도록 함으로써 대중의 인문적인 수준을 높이는 것은 세계적으로 잘 알려진 사실이며 우리 사회와 제도권 학교교육에서 지속적으로 해야 할 일들이 무엇인지를 시사해 준다.

철학교육, 인문교육이라는 것도 보다 정확히 말하면 철학하는 방

---

45) 프랑스의 철학교육에 대한 구체적인 논의는 문장수, 〈프랑스 고등학교 철학교육 현황〉, 《제9회 한국 철학자 연합학술대회보: 현대사회와 철학교육》, 90~98쪽을 참조 바람.

46) 대학 입학 자격시험.

47) 이것은 《조선일보》(1999. 10. 19)에 〈정답 없는 시험…논리—창의력 측정 중점〉이란 머리 기사로 실린 '프랑스의 산 교육'에 관한 연재 중 첫 기사이다.

법, 인문학하는 방법을 가르치는 것이다. 따라서 철학자, 인문학자들은 철학 및 인문교육의 중요성을 일반대중과 사회, 정부에—개별적 산발적이 아니라—체계적이고도 지속적으로 피력함과 동시에 가능하다면 학자, 교사, 학부모, 교육부 관계자들과 연대적으로 철학 및 인문 교육을 토의하고 장려, 실천하는 협의회를 구성하는 등 인문 및 철학교육 실현에 적극 노력해야 한다는 것을 잊어선 안 된다. 다만 이러한 철학이나 인문학의 교육도 교육부나 위로부터의 일방적 획일적 강요에 의해서 행해져서는 안 된다. 인문학자, 철학자들의 자율적 연구와 숙고, 선택에 따르도록 해야 한다.

자연과학과 인문학의 소통

앞서서 지적했듯이 인간교육 부재의 주요 원인 중의 하나가 정부 주도하의 철학적 기조 없는 과학기술의 강조에 있었다. 우리가 인간이 있는 과학을! 인간이 있는 기술을! 하고 외쳐도 사실 과학과 기술 그 자체에서는 악함(惡)과 그릇됨(非)을 버리고 선함(善)과 옳음(是)만 추구하는 이른바 성선론(性善論)적인 순박한 기대는 통하지 않는다. 사실 과학 자체는 성선론적인 것도 성악론적인 것도 아니며, 그것은 가치중립적, 즉 무선무악론적(無善無惡論的)인 것에 가깝기 때문이다. 하지만 마치 물이 제방을 만들어 물길을 만들어 주는 대로 흐르고, 말이 고삐를 잡아주는 대로 달리듯이, 과학과 기술을 영위하는 당사자(과학자, 기술자)나 그들이 속해 있는 집단과 그 사회의 에토스에 의해 크게 지배를 받게 마련이다. 전쟁에 열광적인 시대나 사회에서는 살상무기 개발을 위한 과학과 기술이 발달하고, 우주에 대한 열망이 높을 때는 우주에 관련한 것들이 발전하는 것과 같은 경우이다. 그렇다면 과학이 가치중립적이라기보다는 과학자나 그가 속해 있는 시대와 사회의 에토스가 옳고 선한 것인지 어떤지에 따라 성선론적 해석도 성악론적 해석도 가능할 것이다. 그래서 인간이 있는 과학과 기술의 풍경을 만들기 위해서는 과학자, 기술자의 인간 됨, 인간다움의 교육이 필요하고, 또한 그들에게 역사와 세계, 미래에 대한 책임의식, 사명감에 대한 깊고 넓은 안목을 갖도록 자극하는 것이 필요하다.

과학자, 기술자들이 당대에 나무를 심어 후대에 그늘을 제공한다는 식의 장기적인 안목으로 미래에 대한 책임을 진다는 가치 지향적 태도로 과학을 영위하도록 하기 위해서는 그들 자신의 인문학적, 철학적, 미적, 예술적인 교양과 양식이 필요한 것이다. 지금 우리의 교육풍토는 밥과 돈이 되는 것, 당장에 쓸모 있는 것에 혈안이 되어 있고 반인륜적인 사건, 부도덕한 사건, 부패와 기강의 해이가 있을 때마다 통과 의례적으로―한꺼번에―냄비처럼 끓어오르는, 인륜과 도덕, 인성에 대한 문제지적이 고상하며 풍성할 뿐이다. 큰 도리가 상실된 뒤에 사랑(仁)과 정의(義)라는 말이 생겨 나오는(大道廢, 有仁義)[48] 것과 같은 원리이다. 이런 것은 과학과 기술의 강조 뒤편에 항상 도사리고 있는 문제라고 생각한다. "자연학문이 삶의 문제를 치료하는 치료약이라면 사회학문은 삶을 지탱하는 음식이며 인문학문은 사람을 사람답게 하는 정서이자 의지이다."[49]라고 비유적인 표현을 하는 수도 있다. 그러나 사실 자연과학을 "삶의 문제를 치료하는" 그 성선론적인 측면에서만 볼 수 있는 것은 아니다. 역사적으로 볼 때

---

48)《老子》十八章.

49) 임재해, 〈인문학문의 위상과 인문학문을 공부하는 보람〉,《인문과학연구》제1집(안동
　　대학교 인문과학연구소, 1999. 2), 44쪽.

'삶을 파괴하는' 혹은 '삶에 위배되는' 쪽으로 또는 그럴 가능성을 가진 쪽으로 연구가 진행되어온 것들이 그것이다. 그럴 때마다 철학은 과학이 이뤄 놓은 것에 대해 깊고 넓고 높은 차원에서 그 '길'과 '행적'을 성찰한다. 과학자들이 생각한 것을 다시 생각하는 것을 임무로 삼는다. 그들이 일을 벌려 놓고, 일을 저질러 놓으면 그 뒤처리를 하며 이런저런 잔소리를 하고 선악·시비를 따지는 것이 철학의 주된 역할의 하나이다. 하지만, 철학이 그런 역할을 하면서 그 자체의 폭을 넓혀 왔던 것도 사실이다. 국제 생명윤리위원회(IBC) 제1회 실무회의에 참석하는 박은정 교수(이화여대 법학과)는 "인간 개념 혼란이 우려되는 현 시기는 위기이면서 동시에 인간의 존재를 돌아볼 기회"라 하면서 "사실 철학은 지금까지 인간이 무엇인가라는 물음에 대해, 인간이란 '그 무엇으로도 규정할 수 없는 존재' 등의 정의로 만족해 왔다. 그런데 현대 첨단 생명공학기술은 인간이 대체 무엇인지 알기도 전에 인간을 변화시키는 기술을 터득케 하는 데까지 왔다. 그러나 생명과학기술로 인해 우리는 오랫동안 잊고 있었던 인간 존재에 대한 근본적인 성찰을 다시 던질 수 있게 되었다."고 하였다.[50] 이처럼 과학이 하는 것에 대해 "근본적인 성찰을 다시 던질 수 있는 것" 그것이 철학과 인문학의 사명이다. 바닥에서 산꼭대기로 돌을 주워 올리고 그것이 굴러 내려오면 다시 그 돌을 산꼭대기로 주워 올리는 시지프스 신화의 예처럼, 다 짜놓은 옷을 풀어서 다시 짜고 또 그것이 완성되면 다시 풀어헤쳐 옷 짜기를 거듭하는 페넬로페의 베짜기와 같이, 생각한 것을 다시 생각하는 것, 그리하여 그것의 의미와 가치를

---

50) 박은정, 〈21세기 특집: 새 천년, 새 세기를 말한다—인간이란 무엇인가 근본적 질문 던져야〉,《한겨레신문》(1999. 4. 19).

물어보는 것 속에 철학과 인문학의 희망이 있는 것이다.

상상하지 못했던 어떤 충격적인 일에 부딪혔을 때 우리는 흔히 '골 때린다'고 하는데, 이처럼 자연과학자들의 어떤 생각이 '골을 때려서' 지금 나는 과연 무엇을 하고 있는지를 깨우치며, 올바로 제 정신을 찾아 인간의 진정한 고향을 찾아갈 수 있도록 인문학은 협조해 주어야 한다. 과학과 기술의 자기발전을 향한 성실성(誠)은 간혹 보편적 원리(理)를 결여할 때가 있다. 뭇솔리니도 히틀러도 심지어는 도둑도 자신이 하는 일에 성실했다고 하겠지만, 그것이 과연 옳고 선한 것인지에 대해서 물음을 던지는 것은 '주변'을 돌아보고 의미 있음과 가치 있음에 대해서 반성하며 '소견'을 갖는 일이다. 또 한편으론 인문학, 철학 분야에서도 타 분야의 성과와 내용들을 충실히 이해하고 또 필요하다면 수용하도록 노력해야 한다.

최근 공학 쪽에서도 그 내부적 반성에 의해 제기된 문제의식을 토대로 열린 공학인을 만드는 데 노력하고 있는 것을 볼 수 있다. 이것은 궁극적으로 창의적 지성을 지닌 열린 공학인을 만드는 일이다. 공학인의 '창의력' 함양은 첨단 공학과 접목시킬 수 있는 음악, 미술, 문학 분야의 예술적 감각과 교양을 쌓게 하는 일에서 시작된다. 그야말로 인간, 인간미 있는 공학도의 새로운 지평을 찾는 노력이다. 물론 공학 내부에서 인문학을 추구하는 것이 그 자체로 인문학의 발전과 직결되는 것이 아님을 우리는 안다. 다만 이처럼 자연과학 쪽에서 인문학을 찾는 움직임들이 더욱 활성화되어 '정서 뇌와 이성 뇌의 조화'[51]를 시도하며, 사람의 무늬가 있는 과학과 기술이 이루어진다면,

---

51) 이에 대해서는 장현갑, 〈정서지능개관: 신경과학적 이해〉, 《인문연구》 제18집 제2호, (영남대 인문과학연구소, 1997. 2)를 참조할 것.

인문학 및 철학의 활성화에 주요한 변화가 있을 것 같다. 사실 과거에 우리가 공학도들을 공돌이니 무슨 무슨 쟁이라는 말로 표현하며 낮추고 비꼬아 왔던 것도 사실이다. 그것은 공학도가 너른 세계를 두루 아는 큰 그릇이 아니고 어느 특정 분야의 전문가, 그것도 교양과 인간미 없는 전문인이라는 점에 근거한 것이라 생각된다. 그래서 위에서 보듯이 공돌이라는 말을 창의적 공학인이거나 공학 지성인이란 말로 불릴 수 있도록 노력하는 것은 한마디로 공학 속에서 인간 됨과 인간다움의 추구, 즉 인간 찾기를 의미하는 것이다. 이러한 인간 찾기는 시야를 넓히면 자연과학 일반―특히 서구에서―이미 일어나고 있는 현상이다. 예컨대 현대 의학, 현대 물리학이 동양의 고전, 동양의 정서와의 만남은 일일이 예를 들 수 없지만, 그 만남의 근저에는 역시 인간을 찾는 것이며, 그럼으로로써 인문학문의 상상력이 살아나 자연학문을 이끌어 가기도 하는 것이다.[52] 《장자(莊子)》 속에 나오는 〈혼돈(渾沌)〉의 이야기를 읽다가, 혹은 《노자(老子)》의 "도에서 일이 나왔다. 일에서 이가 나왔다. 이에서 삼이 나왔다. 삼에서 만물이 나왔다(道生一, 一生二, 二生三, 三生萬物)."을 읽다가, 《화엄경(華嚴經)》을 읽다가, 《반야심경(般若心經)》의 "색즉시공(色卽是空) 공즉시색(空卽是色)"을 생각하다가, 《주역(周易)》을 읽다가, 참선을 하다가, 꿈을 꾸다가, 신화(神話)를 생각하다가, 음악을 듣다가, 시를 읽다가, 떨어지는 사과 한 알을 바라보다가 문득 떠오르는 착상들이 과학 법칙의 발견으로 연결될 가능성이 있다는 것은 자연과학의 근저에서 인문학적 상상력이 만날 수 있음을 시사한다. 물론 그 상상력도 자연과학 내부

---

52) 이것은 임재해, 〈인문학문의 위상과 인문학문을 공부하는 보람〉, 《인문과학연구》 제1집, 52~56쪽의 "자연학문을 이끌어 가는 인문학문의 상상력" 부분을 참조 바람.

의 요구와 필요성이라는 제한된 범위 내에서이긴 하겠지만.

그런데 적어도 우리 사회에서 '밥과 돈이 되는 것, 쓸모 있는 것'이 아무리 강조된다 하더라도 "개같이 벌어 정승같이 쓴다."는 목적을 위해 온갖 수단이 합리화되는 사고가 "정승(인간)같이 벌어 정승(인간)같이 써야 한다."는 것으로 바뀔 때 사람이 사람답게 사는 것을 탐구하는 인문학도 희망을 갖게 될 것이다. 자연과학, 특히 과학기술만 발전시켜 간다고 곧 인간의 삶이 나아지고 인간이 인간다운 삶이 확보되지는 않는다. 개(동물)와 달리 정승은 인간 됨, 인간다움의 측면을 갖는다는 것이다. 그래서 인간(人)의 무늬(文)가 있는 자연과학의 풍경을 위해서는 자연과학 쪽의 노력이 일단 중요하다. 하지만 인문학 쪽에서도 '밥과 돈이 되는 것, 쓸모 있는 것' 들의 추구가 과연 어떤 것이어야 하는지의 조건과 방향을 알려주도록 노력해야 한다. 인간이 있는 건축, 인간이 있는 의료, 인간이 있는 발전소, 인간이 있는 농업, 인간이 있는 과학과 기술을 진정으로 원한다면. 이쯤에서 우리는 노자가 말하는 "있다는 것과 없다는 것은 함께 생겨난다(有無相生)."[53] "천하의 만물은 있음(有)에서 나왔지만, 그 있음은 없음(無)에서 나왔다(天下萬物, 生於有, 有生於無)."[54]는 참뜻을 의미 있게 되새겨 보아야 한다. 쓸모 있는 것(有用性)은 쓸모 없는 것(無用性)과 한 뜻으로 있다는 사실을 자각하는 것이다. 우리가 쓰는 일상의 물건들은 처음엔 모두 새 것이지만 그것은 시간이 지나면 곧 헌 것, 쓰레기가 된다. 그래서 쓸모 있는 것은 쓸모 없는 것과 같은 차원에서 종합적으로 이해되어야 하는 것이다. 그래서 "있음이 쓸모 있게 되는 것은

---

53)《老子》四章.

54)《老子》四十章.

없음을 쓰임새로 해서이다(有之以爲利, 無之以爲用)."[55]라고 한다. 자연과학 측에서의 돈도 밥도 안 되는 쓸모 없는 인문학, 철학에 대한 진정한 이해는 여기서부터 출발해야 한다. 쓸모 없는 것들을 토대로 쓸모 있는 것이 존재해 왔다는 사실을! 예컨대 돈이 판치는 세상에서도 세상이 이에 굴복하지 않고 잘 돌아가는 것은 바로 돈에 물들지 않은 사람들이 많이 있는 덕분이라는 사실을 알아야 한다. 우리는 다음의 지적을 들어 보자.

문학과 예술, 철학과 사상은 대체로 취업이나 실용성과는 무관하며 경제적인 낭비로까지 보이지만 인류의 고귀한 문화적 자산이 되었다. 지금 우리 대학들은 개혁이며 경쟁력, 구조조정이란 이름 아래 심한 몸살을 앓고 있다. 학제를 바꾸고 대학 간의 빅딜을 모색하며 학부제를 추진하고 인기 없는 학과와 취업에 필요하지 않은 강의를 없애는 중이다. 그래서 독일어 교수가 연극영화과로 옮기고, 여자 교수란 이유로 여성학으로 전공을 바꾸며 학생들은 영문과, 경영학과, 법대와 의대로 몰려든다. 그래서 인문주의 교육과 교양문화는 사라질 위기에 처하게 되고 대학은 취업 학원으로 전락하며 교육은 새로운 입시를 요구하고 기초학문은 폐기되며 순수 연구는 자리잡을 수 없는 끔찍한 장래가 닥칠 전망이다. 우리 대학 개혁논자들이 자신들의 좋은 의도를 살리되, 훗날 우리 나라의 기초 연구와 인문학을 망친 '학문적 IMF'의 주범으로 지목되지 않으려면, 자신들이 모범으로 삼고 있는 미국의 명문 하버드대학 총장 네일 루덴스타인 박사가 지난 6월 서울대에서 행한 연설의 다음 한 대목의 경고는 깊이 음미해 두어야 할 것이다. "우리가 배움에 대한 순수한 욕구에 바탕을

---

55) 《老子》 十一章.

둔 집중적인 기초 연구에 대해 진정한 관심을 두지 않는다면 엄청난 사회적, 인간적 가치를 지닌 많은 발명들이 장차 이뤄지지 않을 것입니다. 우리는 다음 세기에도 기초 연구를 높은 우선 순위에 놓고 끊임없이 강조하지 않으면 안 됩니다. 이러한 중대한 작업이 실용적인 산물로 구체화되는 데 오랜 세월이 걸리는 경우가 많다는 이유로 소홀히 되거나 지원이 감소되는 것을 용납해서는 안 될 것입니다."[56]

이렇게 본다면 일단 우리는 자연과학 쪽에서 인문학, 철학 껴안기, 인문학적 발상으로의 전환을 요구하고 기대할 수도 있다. 다만 분명히 해둘 것은, 예컨대―" 나는 이렇게 확신합니다. 오직 근대 기술의 세계가 생성돼 나온 그런 세계에서만 사유의 전환도 준비될 수 있습니다.'(《하이데거와 禪》에서)라는 하이데거의 발언은 서양이 발견한 동양이란 결국 그들의 문제를 해결하기 위한 재료로 소화될 뿐"이라는 지적이듯이[57]―종래 동양의 고전이 서양 철학자들에게 깊은 영향을 주었고 또 현대 물리학이 동양사상과 만났다는 사실이 곧바로 서양이 진정한 동양의 가치로 회귀하고 있다고 보는 충분한 근거는 되지 않는 것처럼,[58] 자연과학 쪽의 철학, 인문학 수용에 대한 태도도 궁극적으로는 "그들의 상황에 맞게 그리고 그들의 전통적 방식대로

---

56) 김병익, 〈실적없는 학문을 위하여〉(한겨레시평), 《한겨레신문》(1998. 9. 23).

57) 이상수, 〈동양, 그 새로운 가능성〉, 《한겨레21》 제154호(한겨레신문사, 1997. 2), 89쪽 참조.

58) "서구의 위기상황을 극복하려는 다양하고 수많은 각론 중의 하나가 바로 동양을 그들의 상황에 맞게 그리고 그들의 전통적 방식대로 수용하려는 태도이다. 서구의 학문은 그들의 사상적 맥락에 충실하고 있으며, 동양의 문제를 해결하기 위해서가 아니라 그들 자신의 문제를 해결하기 위하여 동양의 문을 두드릴 뿐이다."(최종덕, 정재서 편저, 〈동아시아 담론의 철학적 해명〉, 《동아시아 연구》, 202쪽)라는 지적은 염두에 둘 만하다.

수용하려는 태도"[59]를 넘어서지 않는다는 사실을 망각해선 안 된다.

그러나 이처럼 인문학, 철학이 자연과학자들 스스로의 문제를 해결하기 위한 하나의 재료로 소화되고 이해된다고 하더라도, 궁극적으로 인문학자, 철학자들은 학과와 강단이란 벽을 허물고 자연과학과의 학제적 연구, 협동 연구에 적극 참여하는 것은 물론 자연과학자들과 대화하고 교류함으로써 삶과 세계에 대한 지식과 가치를 서로 공유해 갈 수 있어야 할 것이다. 그렇다면 사실 연구소도 '인문과학 연구소' '자연과학 연구소' 등과 같이 너무 나누지 말고 하나의 주제에 의해 다양한 분야가 통합적으로 대화, 토론할 수 있는 방안이 마련되었으면 한다. 그렇다면 예컨대 '민족문화 연구소' 같은 것도 문사철에만 국한될 필요가 없고, 다른 영역들과 연구활동이 공유되는 형태를 모색해야 하며 '환경문제 연구소' 같은 것도 이공계 쪽의 연구영역만으로 국한해선 안 되며 철학, 윤리 등 인문학자들과 공동적으로 참여하는 것도 필요하다. 더군다나 의료 분야는 말할 것도 없다.

한국사회에서 인문학적 상상력 혹은 꿈 찾기

> 봄은 끝났다, 몰락한 낭만과 상상력, 꿈의 빈곤
> 초토화된 내면과 어두운 지성
> 그래, 그래도 가자
> 어두움이 복음이다, 어두움에서 다시 시작하자[60]

---

59) 위의 주 참조.

60) 최재목, 〈영남대 개교 51주년 기념송: 그래, 또 다시 가자〉, 《영대신문》(1998. 5. 27)에서 부분 인용.

위에서 우리는 우리 사회에서 그 동안 진정한 인문학, 철학이 부재했으며 그것이 곧 인문학의 위기로 연결되었음을 말했다. 그리고 근본적으로 인문학, 철학은 안빈낙도의 길을 걸어왔으며 그런 점에서 그것은 항상 위기와 소외의 길이었지만, 이제 이러한 인문학, 철학 부재의 땅에서 우리 사회가 사람의 무늬가 있는 희망의 언덕을 오르기 위해서는 적어도 ① '계몽'의 허상에서 '참여와 연대'로, ② '쓸모 있음'에서 '인간 교육'으로라는 안목을, ③ 자연과학과 인문학의 소통이라는 세 계단을 밟지 않으면 안 된다는 것을 말했다. 그것은 어쩌면 '온몸으로 부딪히며' '맨땅에 헤딩하는 자세'로 출발하는 일이다.

사실 인문학, 철학의 부재는 곧 우리 사회가 걸어나갈 출구에 비상등이 없음을 의미한다. 다만 우리가 인문학, 철학의 부재가 위기라는 것을 느낄 때 그것은 곧 희망이며 삶의 터널에 켜져 있는 비상등을 켜는 일이다. 사실 한국의 인문학, 철학에는 비상등의 밝기와 색깔을 조절하는 상상력과 꿈이 부재한다고 해도 지나친 말이 아니다. 무엇보다도 이 말은 초·중등교육에서, 특히 학문의 요람인 대학에서 깊이 인식, 자각되어야 한다. 말하자면 초·중등교육에서는 스스로 생각하는 능력, 즉 깊고 넓게 그리고 높이 서 사물을 바라보는 힘을 길러주고 또한 그들의 동심과 상상력을 존중해 주어야 한다. 대학은 산업사회의 요구에 부응해 기능인력을 배출하고 실용적 전문가를 양성해야 하는 동시에 산업화의 방향과 목표에 대해 근본적으로 따져 묻고, 좋은 삶에 대해 성찰할 수 있는 비판적 정신의 계발에도 소홀히 해서는 안 된다.[61] 우리가 인문학이 정상화하기 위해서는 인간 됨,

---

61) 윤평중, 〈대학교육 개혁과 인문학의 위기〉, 《대학교육》 통권 78호(한국대학교육협의회, 1995. 11. 12), 9쪽.

인간다움을 위한 '인간교육'을 우선시 하자는 것도 바로 이 때문이다. 사회 전체와 삶의 방향에 대한 비판적 성찰을 결여한 기능인력과 실용적 전문가 양성이라는 것은 마치 비상등 없이 터널을 더듬어 나가는 것과 같다. 이런 점에서 인문학의 부재와 그에 따른 위기는 "'먹고 살기 바쁜' 대다수의 보통 사람들에게 '나와는 아무 상관없는 일'"이 아님을 알아야 한다. 그것은 바로 우리 사회와 이에 속해 있는 우리들 전체적 삶의 기초가 무너지는 커다란 곤경을 의미하며, 궁극적으로는 "인문학이 죽으면 나라가 망한다."[62]는 말과 같다. 특히 철학이 없고, 철학이 허물어진 사회가 본능만 극대화하여 '돈'과 '밥'만 추구한 대가로 우리들을 얼마나 황량하고 궁핍한 정신의 시대를 살아가게 만들 것인지는 아무도 예측할 수 없다. 교실과 학교의 붕괴, 총체적 난국, 온갖 '위기'라는 말이 난무하는 것은 결국 '인간'이 죽고 '철학'이 죽은 사회를 진정하게 애도하는 사람이 이 땅에는 없다는 것을 말해 준다.

하지만 인문학, 철학의 희망은 바로 우리 자신들의 삶과 사회 깊숙한 곳에 묻혀 있다. 그러나 '구닥다리'가 되었거나 '고리타분한' 눈으로는 빛나는 산정을 바라보며 길의 좌표를 잡을 수 없을 것이다. 우리 사회에서 인간의 무늬를 더욱 풍요롭게 하는 발상, 착상의 광맥은 지식인과 대중들의 동반자적 그리고 길과 세속 위에서 함께 하는 화광동진의 지평에서, 인문학자, 철학자들은 '사유' '글쓰기' '담론' '생활하기'를 자유롭게 넘나들며 캐내어야 한다. 그렇더라도 인문학, 철학의 광산은 결국 인문학자, 철학자를 골방 속에서 혼자만의 풍요

---

62) 이에 대해서는 송문홍, 〈한국 인문학의 위기: 인문학이 죽으면 나라 망한다〉,《신동아》를 참조 바람.

와 배부름에 안주하도록 용납하지 않을 것이며, 안빈낙도의 험한 길 위에서 일신우일신(日新又日新)을 감내하는, 야독에서 주경으로 주경에서 야독으로를 지속하는 고행임을 깨닫게 해줄 것이다. 어쩌면 이 시련은 한국사회에서 몰락한 인문학적 상상력과 꿈을, 그리고 무너져 내린 우리 사회의 주춧돌을 세운다는 이른바 우리 자신의 총체적 자존심이 걸린 문제를 풀어가는 과정일 것이다.

시와 종교, 그 공생의 도식

종교에의 이끌림―우리 '현대'의 초상

이번에 〈시와반시사〉에서 기획한 주제는 〈현대시에 나타난 종교〉
이다. 이 주제 아래 한국의 현대시에서 여러 종교들 즉 유교, 불교, 도
교, 기독교가 어떻게 자리잡고 있는가 하는 것이 개별적으로 쓰여질
것이다. 따라서 이 글은 시와 종교의 관련성에 대해 필자의 생각을
정리한 것으로서, 이 글의 다음에 나올 것들에 앞선 그 머릿글이라 보
면 좋겠다.

흔히 유교, 불교, 도교는 동양을 대표하는 종교이며,[1] 기독교는 서
구를 대표하는 종교이다. 인도이건 중국이건 서구이건 간에 우리 사
회의 바깥(외부)에서 안쪽으로 유입하여 정착한 유교, 불교, 도교, 기
독교가 우리 사회의 변동과 깊이 맞물리면서 한국 현대시에는 반영
되었다는 것은 새삼 말할 것도 없다. 한국 현대시에는 많은 종교들이
등장한다. 물론 시 가운데 '종교' 혹은 '종교적 사유'가 등장하는 것

---

1) 다만 유교를 종교라고 볼 경우 이의 제기를 할 사람도 있을 것이다. 그러나 유교를 종교
로 보는 데는 큰 문제점이 없다. 이에 대해서는 황필호, 〈유교는 종교인가〉, 《공자학》 제7
호(서울: 대한인쇄사, 2000. 9)와 최재목, 〈유교는 철학인가 종교인가〉, 《나의 유교 읽기》
(부산: 소강출판사, 1997)를 참조 바람.

은 일단 시 자체가 가진 특질로서 매우 자연스런 현상이라 할 수 있겠
지만, 한편으로 우리 사회가 걸어온 역사의 생생한 흔적을 드러내는
것이라 말해도 좋을 것 같다.

우리의 현대, 특히 80년대를 생각하면 어쩌면 독재와 민주, 단순과
복잡, 단일과 다양, 중앙과 지방, 중심과 주변, 지역과 국제, 민족과
세계와 같은 대극적 혹은 대비적인 이념 항목들이 마치 길 양편의 수
종(樹種)을 달리하는 가로수처럼 줄지어 버티는 것 같은 착각을 불러
일으킨다. 그 두 항목들은 서로 뒤섞여 바람에 흔들리는 주마등처럼
우리 머리 속에 우두커니 남아 있다. 30대로서 80년대 학번이자 60년
대 출생한 '386세대' 라는 신조어는, 80년대를 그 이전의 70년대와 그
이후의 90년대로부터 구별짓는 중요한 단서를 제공할 것 같다. 이것
은 우리 사회의 격동기를 암시하는 단서의 하나인 듯하다. 우리 사회
가 민주화, 현대화, 산업화 그리고 최근의 정보화를 겪어 나오는 도상
에서 종교적 열망들은 증폭했었다. 그것은 사회적 제 현상을 통해서
도 확인할 수 있다. 예컨대 다음은 이를 잘 보여주고 있다: 외세에의
대항, 반독재와 민주화 운동을 겪으면서 기독교 인구가 증가한 것.
그리고 동서의 대립, 나의 것과 남의 것의 대항 구도 하에 가문 · 혈
통 · 족보 · 효와 같은 키워드를 기반으로 한 유교의 범사회적 이데올
로기화와 종교화[2]의 진전. 돈오돈수(頓悟頓修)냐 돈오점수(頓悟漸修)
냐를 둘러싼 이른바 돈점(頓漸) 논쟁 및 교단 내부의 정치적, 경제적
문제를 포함한 보수 · 진보의 갈등을 경험했던 불교. 기(氣) · 단전호
흡 · 선(仙) · 전원생활 · 무공해 자연식과 같이 자연주의와 불로장생

---

2) 1995년 11월 28일 성균관 유도회는 유교의 제도개혁을 중심으로 하는 종헌을 제정하여
'유교의 종교화 선언' 을 하였다. 이에 대해서는 고건호, 〈유교는 종교인가〉, 한국종교연
구회 편,《종교 다시 읽기》(서울: 청년사, 1999), 106쪽 참조.

(不老長生)을 주축으로 하며 사회적 갈등 상황에서 개체적인 몸(身體)의 해방과 초월의 길을 모색했던 도교(道敎) 혹은 도가류(道家流)적 사고 유형들의 등장. 기타 신흥종교의 사회적 쟁점화 등.

이러한 종교에 대한 이끌림이 문학인들이라고 예외로 두지는 않았을 것이다. 우리 앞에 주어진 상황이 문학인들에게도 큰 문제의식을 일구고 가꾸게 해 주었던 것이다. 일제 강점기에 기독교계 혹은 승려 시인의 시 속에서 종교성을 발견할 수 있는 것은 그 좋은 예일 것이다. 물론 이런 상황 논리만으로 현대시 내부에 증폭된 종교에 대한 지향성을 전부 설명해 낼 수는 없다. 다른 쪽에서 조망해 보면, 한 예로서 한국인들이 대단히 '원리' 지향적이고 또한 강한 '실천'주의적 성향을 갖고 있다는 점을 과소평가해서는 안 된다. 다시 말하면 종교(철학사상도 마찬가지이지만)가 한국 내부에서 성(聖)과 속(俗)에 대한 긴장감을 갖는 동시에 실천적, 원리적으로 더욱 깊어지면서 그 순수성을 지켜내려고 했던 것이 우리 사회 전반에 여러 종교의 개입과 침투를 부추겼던 간접적 요인이라고 고려해 볼 수 있는 것이다.

'시'와 '시적', '종교'와 '종교적'인 것

시(詩, poetry, poem)가 무엇인지를 정의하기란 그다지 쉽지 않다. 아마도 시인(詩人)의 수만큼 시의 정의도 많을 것이다. 그렇다면 누구에게나 어디에서나 보편적으로 통용될 '하나의 시'란 기대할 수 없고, '다수의 시'에 관심을 기울이고 또 주목해야 할 것이다. 그리고 '시란 무엇인가?'라고 끊임없이 묻기보다는, 정의에 앞서서 우리는 이미 시라는 것을 쓰고 또 음미하고 있다. 그래서 우리는 시를 다이

내밀한 문화 현상으로 보아 인간 생활 속에서 그것이 어떠한 작용을 하고 어떠한 구실을 하고 있는가 등등 종합적으로 묻는 것이 중요하다. 그렇다면 결국 우리는 '시는 무엇인가?'(시의 본질에 대한 물음)와 더불어 '시는 어떤 것인가?'(시의 기능에 대한 물음), 그리고 '어느 것이 시인가?'(시의 확인에 대한 물음)라는 것에 모두 관심을 가져야 한다. 물론 여기서 이 모든 것을 다 말할 수도, 또 다 말할 필요도 없을 것이다. 종교(宗敎, religion)도 마찬가지이다. 종교에 대해서 수많은 학자들이 정의를 해왔다.[3] 아마도 종교학자의 숫자만큼 종교의 정의가 다양할 것이다. 그렇긴 하지만, 종교에 대한 정의는 일단 크게 세 가지로 구분할 수가 있다.[4] 첫째, '신에 대한 관념, 즉 신관(神觀)'을 중심으로 종교를 규정하려는 것(그러나 불교, 휴머니즘적 종교의 흐름인 존 듀이의 종교사상, 자연현상에 직접 초자연적인 힘이 깃들어 있다고 믿는

---

3) 종교를 획일적으로 정의하는 것은 곤란하다. 일반적으로 종교의 정의는 종교학자의 수만큼 많다고 하는데, 그 대표적인 것만을 골라 보아도 상당수에 이른다고 한다. 예를 들면, James H. Leuba는 그의 저서 부록에 48개의 정의를 모아서 비평을 가하고 있다.(J. H. Leuba, *A Psychological Study of Religion*(New York: Macmillan Co., 1912), 339~361쪽). 또 일본의 文部省 宗務課에서 만든 《宗敎의 定義集》에는 104개의 정의를 들고 있다(文部省 調査局 宗務課 編, 《宗敎の定義をめぐる問題》, 1961). 물론 이것보다 더 많은 정의를 모으는 것도 곤란하지는 않을 것이다(小口偉一·堀一郎 감수, 《宗敎學辭典》(東京: 東京大學出版會, 1973), 262쪽 참조). 이렇게 해서 결국 '하나의 종교' 란 성립할 수 없다. Wilfred Cantwell Smith는 하나의 특정종교가 비교적 정확하면서도 제한된 역사적 현상으로 발전해온 과정을 고찰함으로써, '하나의 종교' 라는 개념은 오늘날 우리가 생각하듯이 보편적이고 자명한 현상이 아니라, 원래 서양철학이 만들어 내어서 나중에는 동양까지 보급된 인위적인 개념이라는 것을 보여준다(존 H. 힉, 황필호 옮김, 《宗敎哲學槪論》 증보판(서울: 종로서적, 1992), 198~199쪽). 동서양을 막론하고 인간이라는 생명체가 살아 숨쉬는 곳에 보편적인 문화 현상으로서 분명히 여러 형태의 종교가 존재한다는 것을 전제하여야 한다.

4) 이에 대해서는 기시모토 히데오, 박인재 옮김, 《종교학》(서울: 김영사, 1983), 28~30쪽 참조.

프리애니미즘(preanimism)과 같이 신을 내세우지 않는 것도 있음)이다. 둘째, 장엄감(莊嚴感) · 청정감(淸淨感) · 신성감(神聖感) · 외경(畏敬)의 정(情) 등과 같이 인간의 정서적 경험에서 종교로서의 특징을 찾아내려고 하는 것이다. 셋째, 인간의 삶의 활동 중에서 종교는 어떤 구실을 하고 있는가 하는 데 관심을 두고 종교를 규정하려고 하는 것이다.[5] 이처럼 누구에게나 어디에서나 보편적으로 통용될 '하나의 종교'란 기대할 수 없고 '다수의 종교'에 주목해 가야 할 것이다. 어쨌든 종교를 획일적으로 정의하는 것은 곤란하다는 것은 분명하다. 우리가 꾸준히 물어가야 할 것은 '종교는 무엇인가' (종교의 본질에 대한 물음)와 더불어 '종교는 어떤 것인가?' (종교의 기능에 대한 물음), 그리고 '어느 것이 종교인가?' (종교의 확인에 대한 물음)라는 것일 것이다.[6]

그런데 흔히 우리는 별로 구별하지 않고 사용은 하고 있지만, 시와 시적인 것, 종교와 종교적인 것은 어떻게 다를까? 우선 '시'와 '종교'는 명사적으로 사용된 것이고, '시적'과 '종교적'이란 말은 형용사적으로 사용된 것이다. 다시 말하면 '어느 시'라고 할 때는 항상 장르로서의 시나 구체적 작품을 말한다. 그리고 '어느 종교'라고 할 때는 특정한 신앙체계나 제도를 갖는 어떤 실체를 지칭한다. 종교는 그것을

---

5) 이 세 번째는 종교를 다이내믹한 문화 현상으로 보아 인간 생활 속에서 그것이 어떠한 작용을 하고 어떠한 구실을 하고 있는가 하는 각도에서 규정하고자 하는 것이다. 이에 따르면, "종교란 인간 생활의 궁극적인 의미를 명확하게 밝혀 인간 문제의 궁극적인 해결에 관계를 갖고 있다고, 사람들로부터 믿어지고(인정받고) 있는 행위를 중심으로 하는 문화 현상이다. …… 종교에는 그 행위와 관련하여, 신(神) 관념이나 신성성을 수반하는 경우가 많다."고 보고 있다. (기시모토 히데오, 《종교학》(김영사, 1993), 30쪽)

6) 이런 물음들의 필요성에 대해서는 황필호, 〈유교는 종교인가〉, 《공자학》 제7호(서울: 대한인쇄사, 2000. 9), 31쪽 이하를 참조 바람.

구성하는 요소인 믿음, 실천, 조직의 양태를 갖는다. 그리고 '시적'이라고 할 때는 어떤 대상에 대해 언어로 표현하려는 모든 미적인 경험과 태도를 말하며, '종교적'이라고 할 때는 모든 믿음의 대상과 그 대상을 통해서 제시된 목적과 이상에 대해서 갖는 경험과 태도를 말한다. 그런데 이 글에서 말하는 '시'의 의미는 위에서 말한 시와 시적인 것, 즉 '형식과 내용을 가진 하나의 문학 장르로서의 시'(a)와 '시적인 경험과 태도'(b)를 포괄한다. 그리고 '종교'란 마찬가지로 '의식과 교리, 조직·제도를 가진 역사적인 종교'(A)와 '종교적인 경험과 태도'(B)를 포괄한다. 물론 a와 b, A와 B는 구별될 수 있고, 또 되어야 할 성질의 것이지만, 후자는 전자에 포함될 수 있다. 따라서 a·b, A·B라는 관계가 성립한다. 종교적인 경험과 태도가 없는 역사적인 종교란 있을 수 없고 시적인 경험과 태도가 없는 문학 장르로서의 시는 있을 수 없기 때문이다. a/A를 기초로 해서 b/B가 가능하다는 말이다(a/A b/B).

시와 종교 : 하나의 본질, 두 가지 갈래

흔히 시인들은 자신의 글쓰기를 '구도(求道)의 길'이거나 '종교적 구원(救援)'에 해당하는 작업으로 간주하기도 한다. 그것은 반드시 틀린 말이 아니다. 그러나 시가 없는 삶은 있을 수 있지만, 삶이 없는 시란 있을 수 없다는 점을 이해한다면 시가 구도나 구원 그 자체인 것은 아니고, 구도나 구원의 길 위에 있다고 이해해야 할 것이다.

시는 인간 삶의 한 표현방식이며, 인간의 삶에 그림자나 후광처럼 수반되면서 스스로를 드러낸다. 삶은 시의 내용을 채워 준다는 점에서 시의 내용을 규정해 주며, 시는 시인의 구체적인 삶의 체험과 상상력 없이는 드러날 수 없기에 시인의 삶에 의존(수반)한다고 할 수 있다. 시의 글쓰기는 자신의 삶을 끊임없이 진지하게 언어로 형상화하여 바깥으로 드러내어 보여 주려고 한다는 점에서 그 자체로 '수행적'이다. 또한 자신의 사유와 상상력을 폐쇄하거나 억압하는 것이 아니고 적극적으로 표현하고 해방시켜 간다는 점에서 '치유적'이라고 말할 수 있다.[7] 여기서 말한 '수행적'이고 '치유적'이란 말은 앞서 말한 '구도' 혹은 '종교적 구원'의 길과 부분적으로 통하는 바가 있다. 이것은 시 그 자체가 갖는 종교성에서 기인하는 것이라 하겠다.

시인들은 사유와 상상력으로써 삶을 구체적으로 표현해 가며 미적(예술적) 세계를 드러내고, 또한 그것을 삶의 전면에 총체적으로 개입시켜 그런 가운데 인간을 위치시키면서 신화적 세계를 넓혀 간다. 미적, 예술적 세계는 언어를 매개로 시로 드러나고, 신화적 세계는 믿음·거룩함·신성감·경배심과 같은 어떤 종류의 '가치 있는 서약(誓約)'[8]을 바탕으로 삶의 전반에 침투하여 종교로 이어진다. 그러나 양자는 상상력을 공통분모로 한다는 점에서 어떤 무엇(X)의 양면성(A/B)을 보여 준다. 그렇다면 시와 종교는 동일한 어떤 것의 양면에 불과하다고 볼 수 있다. 이에 대해서 존 듀이(John Dewey, 1859~1952)는 그의 저서 《하나의 공통 신앙(A Common Faith)》에서, 조오지 산타야나(George Santayana, 1863~1952)의 《시와 종교의 해석(Interpretations of

---

7) 이러한 생각의 단편에 대해서는 최재목, 〈수행적 글쓰기, 치유적 글쓰기〉, 《제16회 성철선사상연구원발표집》(서울: 성철선사상연구원, 2000. 10. 7.)과 최재목, 〈늪, 글쓰기, 인문학, 공생〉, 《시인이 된 철학자》(수원: 청계, 2000)를 참조 바람.

8) 시와 종교에 대해서는 멜빈 레이더·버트람 제섭, 김광명 옮김, 《예술과 인간가치》(서울: 이론과 실천, 1987), 270~271쪽 참조.

Poetry and Religion)》[9] 속의 내용을 인용하면서 다음과 같이 말한다.

산타야나(Santayana)는 시에서 표현된 경우와 같이 인간 경험에 관한 종교적 본질을 상상과 관련된 것(imaginative)으로 생각하고 있다. 그는 '종교와 시'는 "본질적으로 같은 것이다. 단지 현실적인 문제와 결합되는 양식이 다를 뿐이다. 시가 인간 생활 속에 개입될 때 그것을 종교라고 부른다. 종교가 단지 인간 생활에 수반될 때 그것은 시에 불과한 것이 된다."고 말한다. 여기서 개입되는 것인지(intervening in), 수반되는 것인지(supervening upon)의 차이는 중요하다. 그 차이는 양자가 본질적으로 동일하다는 전제로서 중요하다. 상상력(imagination)이 생활의 표면에서 표현될 수 있다. 혹은 생활 속으로 깊숙이 스며들 수도 있다. 산타야나는 그것을 이렇게 말한다. "시라는 것은 하나의 보편적이며 도덕적인 기능을 갖는 것이다." 왜냐하면 "시의 가장 큰 힘은 인생의 이상과 목적에 대한 적응성 속에 내재되어 있기 때문이다." 만일 그 최고의 힘이 생활의 내면에 개입되지 않는다면 모든 관찰은 생명력이 없는 사실만을 관찰하는 것이 되며 모든 규율은 단지 억압에 불과한 것이 된다. 이러한 사실들이 소화되고, 이러한 규율이 인간이 가지는 본능 속에서 구현될 때 비로소 그것들은 사회·종교·예술의 이상적 건설을 위해 확고한 기초가 될 수 있는 상상력의 창조적 활동의 출발점이 될 수 있다.[10]

---

9) George Santayana, *Interpretations of Poetry and Religion*(New York: Harper & Brothers Publishers, 1957).

10) John Dewey, *A Common Faith*(New Haven: Yale University Press, 1934), 17~18쪽. 이 책의 한글 번역으로는 《민중의 신앙》, 임한영 역(한양대학교 출판부, 1983)이 있다. 이 글에서는 이 번역을 부분적으로 고쳐서 인용하였음.

위에서 종교와 시가 '본질적으로 같은 것'이라고 한다면, 종교를 시화(詩化)한다고 우려할 사람도 있을 것이다. 어쨌든 이(종교와 시가 하나로 된 어떤) 본질적으로 같은 것(X)이 '현실과 결합하는 양식'(Y/Y′)의 차이에 의해 시(a)와 종교(b)로 갈라진다.[11]

이렇게 $X \times Y = a$, $X \times Y' = b$와 같이 갈라지는 것은 각각 '수반'과 '개입'이라는 계기에 따른 것이다. X라는 것은 위의 인용문에서 인간이 가진 상상의 작용, 즉 상상력임을 알 수 있다. 그래서 (종교가) 인간 생활에 수반된다는 것은 상상의 작용이 생활의 표면에서 표현되는 경우를 말하며, (시가) 인간 생활에 개입한다는 것은 상상의 작용이 생활 속으로 깊숙이 침투하는 경우를 말한다. 전자는 특수한 부분적인 요소들과 결합을 통해 표현된 것이며, 후자는 '믿음(belief)'과 '(거룩함·신성감·경배심과 같은) 어떤 종류의 가치 있는 서약'[12]처럼 인간의 모든 요소 중에 완전히 침투되어 있는 것을 말한다. 그래서 존 듀이는 다음과 같이 말한다.

---

11) 이를 정리하면 다음과 같다.

생활의 표면에서 표현됨
|
인간생활에 수반함
⬇
현실과 결합하는 양식(Y) = 시(a)

어떤 본질적으로 같은 것(X) ×

현실과 결합하는 양식(Y′) = 종교(b)
⬆
인간생활에 개입함
|
생활 속으로 깊숙이 침투함

12) 멜빈 레이더·버트람 제섭, 김광명 옮김, 《예술과 인간가치》(까치, 2001), 270~271쪽 참조.

단지 수반에 불과한 상상력과 개입에 불과한 상상력의 차이점을 말해야 할 것이다. 그것은 인간의 모든 요소 중에 완전히 침투되는 것과 특수한 부분적인 요인과 더불어 서로 짜여지는 것의 차이점을 뜻한다. 생명력이 없는 사실에 대하여 단순히 관찰을 위한 관찰을 한다는 것은 실제로 있을 수 없는 것이다. 그것은 마치 압력을 위한 압력을 목적을 하는 규율이 거의 성립될 수 없다는 것과 같다. 사실을 관찰한다는 것은 어떤 실재적 목표와 목적의 관계에서 일반적으로 이루어진다. 그러한 경우 그 목적은 단지 상상력과 더불어 나타나게 마련이다. 가장 억압적인 훈련도 적어도 표면적으로는 이상이라는 가면을 쓴 어떤 목적을 가지고 있다. 만일 그렇지 않다면 그것은 단지 성적 학대(sadistic)에 불과하다. 그러나 그러한 관찰이나 규율의 경우에 상상력의 작용이란 제한된 것이며 부분적인 것이다. 그것은 더욱 진전되지 않으며 더욱 깊고 넓게 침투되지 않는다.[13]

이렇게 본다면 시는 "수반에 불과한 상상력＝특수한 부분적인 요인과 더불어 서로 짜여지는 것"이며, 종교는 "개입에 불과한 상상력＝인간의 모든 요소 중에 완전히 침투되는 것"이다. 결국 시와 종교는 하나의 상상력의 두 방향에 불과하다. 시는 그 자체로서 종교성을 지니고 있고, 종교는 그 자체로서 시적인 성격을 지니고 있다고 하겠다.

시와 종교의 이러한 관계는 북송의 철학자 주렴계(周濂溪, 1017～1073)의 "무극이면서 태극이다(無極而太極)."[14]라는 말을 떠올려도 좋

---

13) John Dewey, *A Common Faith*(New Haven : Yale University Press, 1934), 18쪽.
14) 《近思錄》〈道體篇〉 첫머리 참조.

겠다. 그는 어떤 궁극적인 것 = 원리가 있는데 그것은 구체적으로 '이 것이다' 하고 감각해낼 수 없다는 점에서 유적무(有的無)로서 보고, 이렇게 없는 것 = 어떤 것처럼 보이지만 실제로는 우주와 천지만물을 창조해 내며 운행해 가고 있다는 점에서 무적유(無的有)라고 생각하였다. 무극(유적무)은 상상력의 시적인 전개에 비길 수 있고, 태극(무적유)은 상상력의 신화적 전개에 비길 수 있다. 시에서 예술성과 종교성의 만남은 이렇게 가능하다.

시적인 상상력과 종교적 상상력의 만남을 구체적인 시로 예를 든다면,

온종일 햇살 나리는 하루 저 하늘
그리워하는 것은
그저 푸른 하늘 때문만이 아니다
있다는 그 하나만으로 나를 향하게 하는
크나큰 힘

— 최재목, 〈빛나는 산정〉 일부[15]

에서처럼 "온종일 햇살 나리는" 머리 위의 그냥 푸른 하늘(무극 = 유적무)은 거기서 그치지 않는다. "있다는 그 하나만으로 나를 향하게 하는/크나큰 힘", 즉 거룩함·신성감·경배심을 느끼게 하는 하늘(태극 = 무적유)이다. 이것은 천상병(千祥炳, 1930~1993) 시인의 시에서도 잘 드러나 있다.

15) 최재목,《나는 폐차가 되고 싶다》(대구: 시와 반시사, 1998), 29쪽.

나 하늘로 돌아가리라

새벽빛 와 닿으면 스러지는

이슬 더불어 손에 손을 잡고,

나 하늘로 돌아가리라

노을빛 함께 단 둘이서

기슭에서 놀다가 구름 손짓하며는,

나 하늘로 돌아가리라

아름다운 이 세상 소풍 끝내는 날.

가서, 아름다웠다고 말하리라.……

— 천상병, 〈귀천(歸天)〉 전문[16]

이 시에서 '하늘(天)'은 우리 머리 위에 펼쳐진 자연물이다. 이 하늘은 자연물로서 고정된 것이 아니고 이에다 상상력이 더해졌다. 종래 천에는 우리 머리 위에 펼쳐진 ①자연적 천(蒼蒼者)이란 뜻 이외에도 ②주재적 천(主宰者), ③이법적 천(理) 등의 여러 뜻이 있다.[17] 이

---

16) 천상병, 《천상병 시선: 주막에서》(서울: 민음사, 1980), 88쪽.

17) 참고로 《朱子語類》 권1, 〈理氣/上 · 太極天地/上〉에서는 "창공을 천이라고 한다. 돌고 옮기며 널리 펼치어 그치지 않는 것이다. 이제 하늘 가운데 한 사람의 인격이 있어 사람의 죄악을 감시하고 있다고 한다면 원래 잘못이다. 그렇다고 하여 완전히 주재가 없다고 한다면 그것도 잘못이다. 이 점은 잘 깨달아야 한다(蒼蒼之謂天, 運轉周流不已, 便是那箇, 而今說天有箇人在那裏批判罪惡, 固不可, 說道全無主之者, 又不可, 這裏要人見得)"(沈閒錄)고 하였다. 여기서 朱熹가 천을 완전한 자연물로도 보지 않고 또 완전한 인격체로도 간주하지 않았음을 알 수 있으나, 그는 "帝는 理를 主로 하는 것(帝是理爲主)"(陳淳錄)《주자어류》 권1, 같은 곳)이라 여김으로써, 그(帝) 인격성을 지우고 강하게 이법화하고 있다. 덧붙인다면 위의 沈閒이 기록한 곳의 주에 보면, 주희가 천을 자연적 천

러한 뜻 가운데 위의 시에서는 주로 ①과 ②의 의미의 결합이다. 그러나 두 가지 뜻 가운데에서 보다 더 진정한 의미는 ②의 '주재한다'는 것이다. 여기서 하늘은 힘을 지닌 것이며, 인간의 신화적 상상력을 만들어 내게 한다. 우리 전통에서도 하늘은 의지를 지닌 것으로 파악되었다. 《용비어천가(龍飛御天歌)》에서는 천(天)을 '하늘', 천명(天命)을 '하늘뜯'으로 번역하고 있다.[18] 하늘뜯은 하늘의 의지인 것이다. 다시 말해서 하늘은 삶의 종국에 자리해 있는 곳이자 우리들의 죽음을 포용하는 어떤 힘을 지닌 '돌아갈 곳'으로서, 삶과 죽음 이후를 책임지는 종교적 주재성(主宰性)을 갖는다. 그래서 하늘은 하나의 상상력(상상의 작용)으로서 생활의 표면에서 표현되는 것일 뿐만이 아니라 인간 생활에 깊숙이 침투하여 개입하고 있는 것이다.

일반적으로 시는 미(美)를 목적으로 삼는다. 막스 셸러(Max Scheler, 1874~1928)는 가치의 서열을 다음과 같이 정하고 있다.[19]

① 감성적 감지에 대응하는 쾌, 불쾌라는 가치 계열('유용한 것'의 가치는 이 가치 계열에 대한 종속 가치)

② 전적으로 독자적이며 다른 가치 양상으로 환원될 수 없는 '생명 가치' 계열

(蒼蒼者), 주재적 천(主宰者), 이법적 천(理)으로 삼분하여 설명하고 있음(要人自看得分曉, 也有說蒼蒼者, 也有說主宰者, 也有單訓理時)을 알 수 있는데, 이것은 이후 중국철학에서 천 분류의 모범이 되고 있다. 예를 들면 馮友蘭은 천을 物質·主宰·運命·自然·義理의 다섯 가지로 나누고 있다(馮友蘭, 《中國哲學史(上)》(上海: 商務印書館, 1934), 55쪽). 하지만 이러한 분류도 결국 그것을 세분화한 것으로 주자의 분류의 틀을 벗어나지 못했다고 하겠다.

18) 이에 대한 논의는 정대위, 〈용비어천가에 보이는 천명사상의 종교사적 의의〉, 《그리스도교와 동양인의 세계》(서울: 신학연구소, 1986), 135쪽을 참조 바람.

19) 이에 대해서는 이양호, 《막스 셸러의 철학》, (대구: 이문출판사, 1996), 107쪽 참조.

③ 미적 가치(미) · 정의의 가치(선) · 순수한 가치(진)와 정신적 가치
영역
④ 성스런 것과 세속적인 것이라는 가치 양상

이렇게 보면 인간의 삶에 있어서 미라는 것은 유용성과 생명의 가
치보다 높은 서열에 있다. 그리고 미적 가치는 성스러움의 가치 속에
포섭될 수가 있다. 그래서 이미 지적하였듯이, 시와 종교는 완연히
다른 두 가지의 별개 영역이 아니다. 산타야나(Santayana)가 "종교는
믿어지는 시"라고 했고, 콜링우드(Collingwood)는 "신성한 것은 현실
로 주장된 아름다움"이라 하였으며, 에른스트 카시러(Ernst Cassirer)는
"종교의 전 역사 속에서 종교는 영구히 신화적 요소와 연결되고 이에
스며들어 있을 것이다."라고 한 것[20]에서 우리는 종교에서 시적 혹은
신화적 요소가 결여될 수 없다는 것을 잘 알 수 있다. 그래서 "종교의
시적 혹은 신화적 요소를 제거함으로써 종교를 구제하자는 제안은
확실히 잘못된 것"이며, '종교의 상상적 내용'을 잘라 버린다는 것은
'종교의 핵심을 단념'하는 것이라 할 수 있다. 시가 없는 종교는 '도
덕적 설교 혹은 추상적 형이상학'과 같은 것으로 탈변해 버리기에 더
좋은 방편은 본질적으로 종교는 '인간가치와 통찰력의 신화적 표현'
이라고 인식하는 것[21]이라 보면 좋을 것이다.

<hr>

20) 멜빈 레이더 · 버트람 제섭, 김광명 옮김, 《예술과 인간가치》(까치, 2001), 264쪽.
21) 멜빈 레이더 · 버트람 제섭, 김광명 옮김, 《예술과 인간가치》(까치, 2001), 264쪽.

중국과 인도에서 시와 종교의 만남의 예들

시와 종교의 만남의 예들은 아래와 같이 중국과 인도의 사상과 종교에서 잘 드러나고 있다.

중국에서 도가적(道家的)인 정취를 잘 드러냈다고 하는 도연명(陶淵明, 327~427)의 다음 시에서도 시적인 상상력과 신화적 상상력의 만남을 읽어 낼 수 있다.

사람 사는 곳에 초가 짓고 살아도,

수레와 말달리는 시끄러움 모르겠네.

그대에게 어찌 그럴 수 있는가라고 물으니,

마음이 (속세로부터) 멀어지니

사는 곳 저절로 외지게 된다 하네.

동쪽 울 밑에 핀 국화를 따며

물끄러미 남산을 바라보네.

어스름 저녁 산 기운 아름답고

나는 새들 무리 지어 돌아오네.

이 속에 참된 뜻(진리, 道)이 있는데

말하려 해도 이미 말을 잊고 마네.

結廬在人境, 而無車馬喧

問君何能爾, 心遠地自偏

採菊東籬下, 悠然見南山

山氣日夕佳, 飛鳥相與還

此間有眞意, 欲辯已忘言

이 시에서 "이 속에 참된 뜻이 있는데, 말하려 해도 이미 말을 잊고 마네"라고 말한 것은 혼돈 된 어떤 풍광과 경지를 말한 것이다. 다시 말해서 이 때의 혼돈은 설명하기는 간단하지 않지만 그 속을 잘 들여다보면 어떤 위대한 조리와 질서, 그리고 만물을 주재하는 힘을 가졌다는 것을 지적한 것이다. 자연의 도라는 것은 하나의 상상력(상상의 작용)으로서 생활의 표면에서 표현되는 것일 뿐만이 아니라 자연만물과 인간 생활에 깊숙이 침투하여 개입하고 있는 것이다. 인간이 자연에 개입하는 것이 아니라 자연이 인간에 개입하며 주재하는 힘을 가졌다는 데서 시적인 상상력과 신화적 상상력의 만남을 알 수 있다.

이러한 예는 유교에서도 마찬가지이다. 자로(子路), 증석(曾晳), 염유(冉有), 공서화(公西華), 네 사람이 공자와 같이 있을 때, 공자가 "내가 너희보다 나이가 많아서 나를 써주는 사람이 없느니라. 너희는 평소에 말하기를 '사람들이 나를 알아주지 않는다.' 고 하였으니, 만약 어떤 사람이 너희를 알아주면 너희는 어찌 하겠느냐?"고 물었을 때, 각자 공자에게 자기의 뜻을 말하였다. 세상에 쓰임이 있어 정치에 참여하여 백성을 편안하게 하고 싶다는 것이 공통된 내용이었다. 그러나 증석은 다른 사람과는 다르게 "늦은 봄에 봄옷을 갖추어 입고 어른 오륙 명과 동자 육칠 명과 함께 기수(沂水)에서 목욕을 하고 무우(舞雩)에서 바람을 쐬고 노래를 부르며 돌아오겠습니다."라고 말하였다. 공자는 다른 사람의 뜻에는 동의를 하지 않고, 이 말에 찬탄하면서 "나는 점(點 = 曾晳)에게 더불겠노라." 고 하였다.[22] '무우' 는 기우제(祈雨祭)를 지낼 때 무당이 춤추는 터(壇)로서 신성하고 청정한 장소를 말한다.

---

22)《論語》〈先進〉: 子路, 曾晳, 冉有, 公西華, 侍坐, 子曰, 以吾一日, 長乎爾毋吾以也, 居則曰, 不吾知也, 知或知爾, 則何以哉, …點…曰, 莫春者, 春服旣成, 冠者五六人, 童者六七人, 浴乎沂, 風乎舞雩, 詠而歸, 夫子, 喟然歎曰, 吾與點也.

따라서 앞의 '노래를 부르며' 의 노래도 기우제 때 부르는 노래일 것이다(당연히 춤도 따를 것이다). 공자가 증석에게 동의한 앞의 이야기를, '유교가 낭만성과 합리성의 종합' 이며 "모든 중국 문화의 전형이었다는 점을 전해 주고 있다."고 평가하는 경우도 있다.[23] 다만 공자가 증석에게 동의한 것은 신에게 제사 지내는 성스러운 정신으로 일상을 살아가고 싶다는 이상을 말한 것이며, 다르게 이해한다면 '예악에서 노니는 것' (遊於禮樂)이었다고 생각된다.[24] 이럴 경우, 일상의 삶 전체는 예악에서 그 진정한 의미를 찾는, 즉 '신성한 예식을 통한 인간의 공동체' [25]라고 말할 수 있다. 그리고 이러한 신성한 예식이 행해지는 일상을 벗어날 때 인간의 삶의 의미는 없어지고 만다. 이렇게 볼 때 유교를 '전적으로 현세적 속인인륜(俗人人倫, Laiensittlichkeit)' [26]이라고 단정하는 것은 무리이며, 그것은 종교, 윤리 체계 또는 정치 철학으로서 다원적 성격을 지닌다.[27] 이것은 중국의 천(天)의 관념이 원시 종교로부터 정치·윤리·역사관 그리고 철학과 과학에 이르기까지 중국인의 온갖 사상을 지배하는 기본 원리였던 것과 같다고 하겠다.

고대 인도인들의 사유에서도 시와 종교의 결합은 발견된다. 고대

---

23) 조셉 니담, 이석호·이철주·임정대 옮김,《중국의 과학과 문명(II)》(서울: 을유문화사, 1986), 18쪽.

24) 공자는 "도에 뜻을 두고 덕에 근거하며 인에 의지하며 예(藝) 가운데서 노닐어야할 것"(《論語》〈述而〉: 子曰, 志於道, 據於德, 依於仁, 遊於藝)이라고 말하였다.《論語集註》의 朱熹 註에 따르면, "예는 예악(禮樂)의 文이고, 사·어·서·수(射御書數)의 法이며 모두 지극한 도리가 있는 것으로 일용에 없어서는 안 될 것"(藝則禮樂之文, 射御書數之法, 皆至理存焉而日用之不可闕者也)이라 하였다.

25) 허버트 핑가레트, 송영배 옮김,《공자의 철학》(서울: 서광사, 1993), 제1장을 참조 바람.

26) 막스 베버, 이상률 역,《유교와 도교》(서울: 문예출판사, 1990), 225쪽.

27) 이에 대해서는 최재목,〈유교는 철학인가 종교인가〉,《나의 유교 읽기》(소강, 1997)를 참조 바람.

인도인들은 자연의 세계에 대하여 무한한 신비감과 경이감을 가졌다. 그들은 자연현상을 현대인들이 보는 것처럼 엄격한 인과의 법칙에 의해 지배되는 기계적인 체계로 본 것이 아니라 생동하는 신비스런 힘에 의해 지배되는 살아 있는 존재로 본 것이다. 그리하여 이러한 신비스러운 자연현상을 이해함에 있어 그들은 각 현상의 배후에 살아 있는 인격적인 힘이 지배하고 있다고 생각했으며 기도와 찬양과 제사를 통해 이 힘들과 인격적인 관계를 가지려고 했다. 이러한 인격화된 자연의 힘들이 《리그 베다(Ṛig Veda)》의 1028개 송가(頌歌)들의 대상이 되고 있는 여러 신(deva)들인 것이다.[28] 《리그 베다》는 기원전 약 1,500년경부터 인도의 서북부를 침입하여 원주민들을 정복하고 새로운 삶의 터전을 마련한 인도유럽 어족(Indo-European)인 아리얀(Āryan) 족이 오랜 세월에 걸쳐 만들어 낸 인도 최고(最古)의 성전(聖典)이다. 《리그 베다》에서 우리는 감각과 외계대상에 대한 고질적인 물음에서 벗어나려는, 소박하지만 시적인 영혼들의 열정적인 노래들을 본다. 이 찬가들은 초인간적인 통찰이나 비일상적인 계시에 의해서가 아니라, 인간 스스로의 이성의 빛으로 우주의 신비를 설명하려 한다는 점에서는 철학적이다. 베다의 찬가들에 나타나는 정신은 어떤 하나의 형태가 아니다. 단순히 하늘의 아름다움과 땅의 놀라움을 묵상하며, 찬가를 지음으로써 자기의 음악적인 영혼에서 무거운 짐을 덜려는 시적인 사람들이 있었다. 디야우스(Dyaus), 바루나(Varuṇa), 우샤스(Uṣas), 미트라(Mitra) 등과 같은 인도-이란의 신들은 이러한 시적 정신의 산물이다.[29]

---

28) 길희성, 《인도철학사》(서울: 민음사, 1984), 23쪽.
29) 라다크리슈난, 이거룡 옮김, 《인도철학사 · I》(서울: 한길사, 1996), 106쪽 참조.

　물론 이러한 예들이 중국과 인도에서만 발견되는 것이라기보다는 인류가 가진 보편적인 영성적(靈性的) 자산으로 보아야 할 것이다. 시와 종교에 대한 이분법적인 사고를 넘어서서 양자 간의 깊은 이해와 사색의 교류는 인간 그 자체에 대한 보다 깊고 보다 넓은 해석과 시야를 가져다 줄 것이다. 우리 한국 현대시 속에서 보여진 종교는 그러한 가능성의 편린이었을지도 모른다.

수행적 글쓰기, 치유적 글쓰기
— '잡(雜)' 다시 읽기 —

'나'의 잡생각, 그 허무맹랑함 속의 진지한 가리킴들

나는 가끔 흔히 말하는 잡생각을 한다. 그 잡생각은 참으로 허무맹랑하다. 그러나 생각해 보면 그것은 참으로 진지한 무언가와 연결되곤 한다. 내가 겪었던 일 하나를 소개하면서 얘기를 계속하자.

8월 초 어느 날 저물 무렵, 화장실 창밖에는 백일홍 꽃이 붉게 피어 있었다. 눈앞의 창틀은 하나의 액자처럼 느껴졌고 바깥의 배경과 대조적으로 안쪽엔 내가 물끄러미 서 있었다. 나는 소변을 보다가 우연히 나의 '그것' (?)을 바라보았다. 순간 나는 나의 그것이 왜 그렇게 초라하고 서글프게 보였는지…… 뭐 이런 잡된 느낌과 생각들이 일순 지나갔다. 바지를 올려도 바깥의 저무는 배경은 그대로 숨쉬고 있었다. 허공과 변기는 따끈히 홍건하게 젖어 있었고, 백일홍은 붉게 울먹이는 듯했다. '그것'에 대한 홀연히 떠오른 잡스럽던 느낌과 생각은 무슨 영감(靈感) 같기도 했지만, 어쨌든 그날은 그저 그렇게 지나갔다.

나는 얼마간 그 잡스러움 속의 영감 같았던 그 무엇을 줄곧 잊고 있었다. 그런데 며칠 뒤 잠자리에 들어 잠이 몰려드는 새벽 두 시쯤 되었을 무렵 그 잡스럽던 느낌과 생각들이 또렷이 머리에 떠올랐다. 그리고 입에서 흥얼흥얼 글로 정리되는 듯했다. 벌떡 일어나 형광등 불빛 아래서 이리저리 고치고 아래와 같이 썼다. '그것' 이라고 하니 혹자는 내 신체의 은밀한 특정부위라고 여러 가지 상상을 할 수도 있겠다. 하지만 '그것' 은 사실 단일(單一)하고 순일(純一)한 어떤 대상이라고 말하기 어렵다. 그것은 복잡한 어떤 것을 가리키고 있다.

오줌을 누다가
그것을 바라보았다, 그것은
초라하게 움츠렸다 눈을 뜬다
사이에 끼였다가
흐리고 뜨겁게 울었다, 그것은
가끔 우울하게 서 있었다
그러다가 낯선 곳에
얼굴을 파묻고 허공을 적신다
빈 벽을 타고 흥건히 흘러내릴 때
내 손끝에 목이 잡혀 끌려 다녔던,
글씨
혹은 붙들린 한줄기 붉은,
눈시울
이제, 백일홍이 핀다
얼른 바지를 끌어올렸다
다 닫히지 않고, 그것은 울먹인다
창 밖에서 저무는 저녁 무렵

—최재목, 〈그것〉 전문

‘복잡한’ 그리고 ‘하찮던’ 느낌과 생각들이 한 줄의 시로 정리되었다. 아니 나의 느낌과 생각들이 한순간에 꼭지를 잡고 들어가 ‘질서’를 찾았던 것이다. 그래도 그 질서는 여전히 ‘잡된’ 것들과 함께 살고 있는 것이라 할 수밖에 없다. 어쨌든 시를 휘갈겨 놓고 나는 편안히 팔을 베고 잠자리에 들 수 있었다. 내가 얻었던 그날의 편안한 잠은 결코 잡된 것들과의 ‘별리(別離)’나 ‘절교(絶交)’에서 얻은 것이 아니었다. ‘나’의 잡생각, 그 허무맹랑함 속의 진지한 가리킴들의 의미를 짚어주고, ‘잡’에서 돋아난 느낌과 생각에 정당하게 이름표를 달아주는 것이었다. 말하자면 내 삶은 결국 잡과의 ‘동거’나 ‘공생’인 셈이다.

‘잡’이란 무엇인가

우리들의 생활 속에서 ‘잡(雜)’이란 말은 꼭 부정적이거나 나쁜 뜻이라 단정할 수는 없지만 그다지 좋은 뜻이 아님이 사실이다.

한글사전[1]에는 ‘잡’을 다음과 같이 정의하고 있다.

① 한 가지만이 아닌 ‘여러 가지가 뒤섞여 순수하지 않거나 자질구레한’의 뜻을 나타내는 말.

② ‘제멋대로’ ‘막된’ ‘보잘것없는’의 뜻을 나타내는 말.

잡(雜)의 본자(本字)는 잡(襍)으로서 ‘의(衣)’와 ‘집(集)’이란 두 자

____

1) 한글학회지음, 《우리말 큰사전》(어문각, 1992).

가 모여서 된 것이다. '여러 가지로 채색된 실을 모아서 옷을 만들다' 에서, '섞다' 는 뜻을 나타내게 되었다. 무언가 '섞인 것' '섞은 것' 이기에 당연히 '한 종류로 통일 된 것(統/一/合)' '순일 순수한 것(純/精/眞)' 과 상대된다. 예컨대 흔히 우리들이 쓰는 말 중에서,

　　잡종, 잡초, 잡목, 잡꿀, 잡악(雜樂), 잡가, 잡극, 잡곡, 잡식, 잡언, 잡류, 잡서, 잡음, 잡색, 잡균, 조잡, 난잡, 번잡, 잡비, 잡수입, 잡신, 잡내음, 잡밥, 잡생각, 잡소리

　　온갖 잡새가 날아든다, 온갖 잡놈이 다 있다, 잡다한 일 처리로 시간을 보내다, 오만잡것들만 다 모였다, 잡된 일에 혼이 뺏기다, 잡사에 파묻혀 살다, 잡기에 능하다, 잡문만 쓰다

등등은 한글사전에 정리된 대로, 한 가지만이 아닌 '여러 가지가 뒤섞여 순수하지 않거나 자질구레한 것' 으로서 '제멋대로' '막된' '보잘것없는' 것을 뜻한다.

　그런데 과연 '잡' 을 우리는 위에서 든 사전적 의미로만 이해하면 그만일까? 섞이어 딱 한 가지로 구분하기 힘든 것, 선을 긋기 힘든 것을 뭉뚱그려서 '잡'이란 이름표를 붙여 정리를 할 경우 전혀 문제가 없는 것일까? 아니, 꼭 그렇지만은 않다. 종래 우리의 전통 문화 속에서도 '잡'이란 이름을 붙여서 사물을 분류하는 예가 많다. 그 점에서 '잡'은 이미 하나의 장르이거나 그러한 의미에서의 어떤 부류로서 '질서'에 편입이 되어 있다. 잡악(雜樂), 잡가(雜歌), 잡저(雜著), 잡가(雜家)와 같은 것이 그것이다. 다시 말하면 '잡'은 혼돈스런 어떤 것을 임시적으로 이름표를 붙인 것이지 정말 어찌할 방도가 없는, 그래서

아무런 가치도 없는 것이란 뜻은 아니다.

전통 유학자들의 문집 속에 들어 있는, 오늘날의 논문류에 해당하는 글들을 모은 것이 '잡저(雜著)'이다. 거의 모든 문집의 처음에는 '시(詩)'가 실리고 잡저는 그 한참 뒤에 온다. 지금 철학을 하는 우리의 기준으로 보면 잡저는 철학적인 내용을 많이 담고 있다는 점에서 상당히 중요하며, 문집의 제일 앞에 오는 시는 잡저의 뒤에 자리하게 될 것이 분명하다. 물론 문학을 연구하는 사람들에겐 우리와 또 다른 기준이 있을 것이다. 어쨌든 여기서 내가 말하고자 하는 것은 잡과 순의 개념이란 것이 얼마나 상대적인 것이고 또한 인위적인 기준에 의해 조작된 것인가 하는 점이다.

한편 '잡'이란 말은 혼돈(chaos)과도 맥이 통한다. 여기서 잠시 혼돈을 잡과 연관시켜 생각해보자. 혼돈은 ①머리가 혼돈스럽다, ②천지자연이 혼돈된 경지에 있다처럼 크게 두 가지의 뜻으로 나누어서 이해할 수 있다. ①은 뒤죽박죽(난장판)이라서 뭐가 뭔지 구분하기가 힘들다는 것을 의미하며, 혼잡(混雜), 난잡(亂雜)의 '잡'과 통한다. 혼란(混亂)의 뜻이다. 그런데 ②는 중국의 유명한 시인 도연명(陶淵明, 327~427)의 시를 읽으면 잘 알 수 있을 것 같다.

사람 사는 곳에 초가 짓고 살아도
수레와 말달리는 시끄러움 모르겠네.
그대에게 묻노니 어찌 그럴 수 있는가?
마음이 (속세로부터) 멀어지니
사는 곳이 저절로 외지게 되네.
동쪽 울 밑에 핀 국화를 따고
물끄러미 남산을 바라보네.

어스름 저녁 산 기운 아름답고

나는 새들 무리 지어 돌아오네.

이 속에 참된 뜻(진리, 道)이 있는데,

말하려 해도 이미 말을 잊고 마네.

結廬在人境, 而無車馬喧

問君何能爾, 心遠地自偏

採菊東籬下, 悠然見南山

山氣日夕佳, 飛鳥相與還

此間有眞意, 欲辯已忘言

이 시에서 "이 속에 참된 뜻(진리, 道)이 있는데, 말하려 해도 이미 말을 잊고 마네."라고 말한 것은 혼돈의 어떤 풍광과 경지를 말한 것이다. 다시 말해서 이 때의 혼돈은 '설명하기는 간단하지 않지만 그 속을 잘 들여다보면 어떤 위대한 조리와 질서가 있다'는 것을 지적한 것이다. 이것은 '기계구조가 복잡하다' '복잡한 생태계'라고 할 때의 '잡'의 뜻과 통한다.

이처럼 '잡'이란 말을 위의 사전적인 정의에서 보듯이 꼭 부정적인 의미로만 파악해서는 안 된다는 것을 잘 알 수 있다.

몇 년 전에 나는 베트남의 메콩 델타 지역에 들러 길을 걷다가 재미있는 풍경을 발견하였다. 그것은 활엽수를 배경으로 가느다란 전선주에 계량기가 덕지덕지 붙어 있는 '난잡'이거나 '복잡'하기 그지없는 것이었다. 같이 가던 한 신문기자가 '뭔가 예술가의 작품처럼 보이네'라고 했을 정도로 마음에 들고 또 재미있어서 사진을 찍어두었던 것이다. 이 사진을 잘 들여다보면 전선주의 전선은 계량기에 연결이 되어 각 가정으로 전기를 나르는 데 아무 문제가 없음을 알 수 있

다. 여기서 내가 쓴 '난잡'이거나 '복잡'이라는 말은 아마도 이 글의 첫머리에 지적한 "'나'의 잡생각, 그 허무맹랑함 속의 진지한 가리킴들"처럼 '한 종류로 통일 된 것(統/一/合)'과 간극이 있고 단절된 것이 아니라 생각한다. 계통, 통일을 갖는다는 말이다. 그런 면에서 '순일 순수한 것(純/精/眞)'과도 서로 맥이 통하고 있다고 해야 한다.

　이제 한 가지 우리가 진지하게 되짚어볼 것은 '계통(系統)' '정통(正統)' 혹은 '도통(道統)'에서의 이른바 '통(統)'에서 벗어난 것을 '잡'이라고 할 경우, 통(統)은 과연 '잡'과 무관한가, 그리고 그것은 '순일 순수한 것'만을 담고 있는가 하는 점이다. 종래 '통'과 '잡'을 이해해 오던 우리의 문화는, 예컨대 흔히 대학 강단에서 범하기 쉬운, '제도권 강단 = 진(眞)' '비제도권 거리 = 속(俗)'이란 식의 이분법적 구별 방식과 상이하지 않다. 다시 말하면, '순(純)/통(統)/일(一)/합(合)/정(精)' = '진(眞)' '잡(雜)' = '속(俗)'이라는 도식 바로 그것이다. 이러한 눈은 세련될 대로 세련되어 정통적인 것, 제도권의 것은 정상적인 것이며, 거기서 벗어난 것은 일괄적으로 '잡'이라 규정하고, 나아가서는 잡을 왕따시키는 것이다. 사실 '계통(系統)' '정통(正統)' 혹은 '도통(道統)'의 '통(統)'은 지배권력, 기득권자 혹은 어떤 체제나 집단들의 이익이나 독자성 확보와 깊이 관련되어 있다. 어떤 무엇을 '순(純)' '정(正)' 혹은 '도(道)'의 통(統)으로서 규정하고 나면, 당연히 그 외의 것은 '한 가지만이 아닌 여러 가지가 뒤섞여 순수하지 않거나 자질구레한' 것이며, 또한 '제멋대로, 막된, 보잘것없는' 것이 된다.

　여기서 잠깐 '족보(族譜)'라는 것을 예로 들어보자. '족보'는 같은 씨족(동족)의 시조로부터 그것의 편찬 당시 자손까지의 계통을 기록한 것이다. '족보'가 등장한 것은 '벌족(閥族)'의 세력이 서로 대치하고 동성일족(同姓一族)의 관념도 매우 현저하게 된 이후의 일이며, 계

급적 의식과 당파관념이 자못 치열해짐에 따라 문벌의 우열을 명백
히 하려고 하였음에 기인'한다고 한다.[2] 그리고 '족보'에서 말하는
'씨족(동족)'은 여계친족(女系親族)이 아니다. '성(姓)과 본관(本貫)이
같아서 동조의식(同祖意識)을 가진 남계친족(男系親族)'을 가리킨다.[3]
이처럼 계통, 계보를 더듬는 것(뿌리 찾기)에서 '순(純)/통(統)/일(一)/
합(合)/정(精)' = '진(眞)'에 해당하는 개념 혹은 관념은 바로 '동성일
족 관념' '계급적 의식과 당파관념' '문벌의 우열' '성' '본관' '동조
의식' '남계친족'이다. 이에 대해, '이성(異姓)' '타성(他姓)'이나 '여
계(女系)' 혹은 족보에서 일탈되거나 누락된 가계는 '잡(雜)' = '속(俗)'
의 부류로 들어가게 마련이다. 이렇듯 '통(統)'이라는 것은 어떤 집단
들의 이익이나 독자성 확보를 위해서 조작된 '허구'라는 것을 알 수
있다. 순수 양반이나 순수 종족을 지칭하는 모임이 세간에 있는 것도
인위적으로 이러한 계통을 지키는 노력의 표현들이다. 어쨌든 이러
한 허구는 어느 때, 어느 곳에서나 새롭게 재구성될 여지가 있다. 통
은 다시 잡으로, 잡은 다시 통으로 순환 가능하다는 말이다.

　　결국 잡과 진은 결코 이분법적인 것이 아니라 함께 있는 것이다. 진
은 속이고 속은 진이다. 우리의 삶은 '잡(속)⇄순(진)'의 무한 순환적
인 것으로 이해되어야 하며, 전방위적으로 포용되고 또 열려 있어야
한다.

---

2) 최재석, 〈족보〉, 《한국민족문화대백과사전》 20, 한국정신문화연구원 편, 666쪽.
3) 최재석, 〈족보〉, 《한국민족문화대백과사전》 20, 664쪽.

잡과의 공생, 화해를 위하여

삶에 있어서 통칭 '잡되다'고 하는 것인 잡사(雜事), 잡문(雜文), 잡담(雜談)과 같은 것을 뺀, 다시 말해서 '잡'을 다 걸러버린 순수한 삶이 존재한다고 상정하는 것은 허구이며 큰 착각일 것이다. 또 그런 순수 증류수와 같은 삶이 있다고 믿고, 그런 신념 아래 살려는 사람은 바보이거나 순진한 자 아니면 심각한 결백주의자에 속한다고 보아야 한다.

그럼에도 불구하고 우리는 더럽혀진 손을 씻듯이 순과 잡을 분별하고 구별하기 위해 얼마나 근엄하게, 또 신경질적으로 살고 있는가? 순과 잡의 구별, 진과 속의 구별, 그래서 순과 진의 편식, 잡과 속의 차별이라는 '눈'은 우리를 지적인, 문화적인 편식증에 빠뜨리고 만다. 순수 우월주의, 정통 지상주의는 한편으로는 요즘 논의되곤 하는 서울 중심주의(중앙 중심주의)와 무관하지 않다고 본다. 우리들 마음 속에서 벌어지고 있는 순과 잡의 싸움, 잡과 잡된 것들에서 순과 진의 집요한 '구출' 노력이 사라지지 않는 한, 잡과의 공생, 화해는 이루어지지 않는다. 우리들 정신의 편식증 혹은 순종주의, 혈통주의가 스스로의 삶을 철저히 왜곡해 가고 있는 것이다. 사고의 균형을 찾는 것, 오만 잡것들과의 공생과 화해를 지향해 가는 것은 우리 삶의 진정한 의미(목적, 가치)를 원상 복귀시켜 가는 것이다.

이렇게 '잡(속) ⇄ 순(진)'의 무한 순환적인 느끼기, 생각하기, 말하기, 그리기, 일하기, 글쓰기를 나는 포괄적으로 '늪'이라는 상징을 빌어 와서 '늪의 글쓰기'로 규정한 적이 있다.[4] 이 때의 글쓰기는 이 글

---

4) 이에 대해서는 먼저, 최재목, 〈폐차와 늪, 쓸모 있는 것들의 무덤 속에서 희망 캐기〉, 《밤》

의 첫 머리에 실은 "내 손끝에 목이 잡혀 끌려 다녔던, /글씨/혹은 붙들린 한줄기 붉은, /눈시울/이제, 백일홍이 핀다"는 시에서처럼 '손끝'의 작업을 넘어서서 '삶 전반'으로 확대된다. 다시 말하면 '늪' 이란 것은 오만 잡것들과 공존하는 삶의 총체성이며, 그래서 늪의 글쓰기는 '사유 ⇄ 담론 ⇄ 글쓰기 ⇄ 생활하기' 전반을 포괄한다. 이것은 좀더 풀면 "보고 듣고 느끼고 생각하기(느낌과 생각) ⇄ 말하고 쓰고 그리고 노래하고 만들기(생활과 표현)"를 동시에 드러내 보이고자 하는 전략이기도 하다. 여기서 '잡 ⇄ 순'의 무한 순환이 생겨나고, 이해와 비판, 표현이 동시적이고 전방위적으로 이루어지는 것이다.

글을 쓰다 보면 동시에 이것저것을 한꺼번에 쓸 때가 있다. 이것은 글을 쓰는 사람이라면 누구나 경험하는 사실일 것이다. 예컨대 논문, 신문에 게재할 칼럼, 시, 혹은 부탁받은 공식 행사의 인사말 등을 원고 마감 관계로 동시적으로 쓸 때가 있다. 이럴 때마다 나는 '집중' 과 '단일'이 아닌, '복잡'과 '난잡'의 글쓰기가 오히려 글 상호간의 긍정적 소통 혹은 상승 작용을 가져오는 것을 느낀다. 아이디어들이 서로 걸림 없이 오고가면서 서로 도와주고 또 교정해 주고 종전에 없었던 색채나 색상을 드러내 주거나 깊이나 넓이를 가져다 준다는 말이다.

논문 이외의 글을 우리는 흔히 잡문이라고 치부해 버린다. 그러나 이른바 잡문 쓰기란 그렇게 쉬운 것이 아니다. 논문보다 더 어려울 때가 있다. 세상에 대해 이래저래 한마디씩 소견을 갖고 조리 있게 말을 할 수 있다는 것은 잡된 작업이 아니다. 논문 이상으로 소중하

(창간준비호, 빔, 2000.4), 32쪽과 최재목, 〈인문학의 위기에 대한 철학적 성찰〉, 《시인이 된 철학자》(청계, 2000)를 참조 바람.

고 귀한 일이다. 이렇듯 자신에게 닥쳐오는 일을 있는 그대로 받아들이는 것, 그것을 잡으로 규정하지 않고 내 삶 그 자체로서 긍정하며 그것들과 공생, 화해하는 것이 바로 내가 말하는 '잡(俗)'을 '순(眞)'으로 바꾸는 것이고 더 나아가서 삶을 '잡(俗)⇄순(眞)'의 무한 순환 속에서 이해하는 것이다.

이러한 사고의 변환은 글에 있어서 뿐만이 아니라 일에 있어서도 마찬가지이다. 거의 하루의 반 이상을 대학이라는 틀 속에 삶을 묻고 살아가는 나로서는 연구와 강의라는 것 외에도 교내외의 속칭 '잡무'라는 것에 시달릴 때가 있다. 하지만, 돌이켜보면 '잡무'라는 것은 연구와 강의라는 것을 '주' 업무로 미리 정하고 나서 그 외의 것을 '잡'으로 자리매긴 것에 불과하다. 그런데 내가 잡일이라고 할 때 그것만을 주 업무로 삼는 행정직원들에겐 큰 실례일 수도 있다. 왜냐하면 그들의 '주' 업무는 나의 '잡' 무를 담당하는 것이기 때문이다. 특히 내 주변의 보직 교수들은 (연구와 강의 이외의) 잡무를 맡고 있다는 생각이 지배적인 것 같다. 그래서 가끔 "나는 절대로 보직을 하지 않겠다!"고 선언하기도 한다. 잡무를 맡지 않겠다는 말이다. 그리고 어떤 교수들은 "나는 절대로 (논문 이외의) 잡문을 쓰지 않겠다!"고 공언하기도 한다. 논문 쓰는 것은 정도(正道)이고, 잡문 쓰는 것은 외도(外道)라는 생각에서 비롯한 것이다.

이처럼 우리는 '주'와 '잡' 사이를 오가며 투덜거리거나 불만스럽게 생각한다. '잡(俗)'과 '순(眞)'을 미리 규정해 두고 후자를 소홀히 하고 전자에 관여할 때엔 뭔가 인생에서 시간과 정력을 허비하는 잘못된 길을 걷거나 옳지 않은 방식의 삶을 사는 걸로 자신을 질책하고 계몽하고자 한다. '주'와 '잡', '순(眞)'과 '잡(俗)'을 나누는 순간 우리의 삶은 그만큼 좁은 폭 속에 갇히고 편식(偏食)과 편도(偏道)를 택하는 것과 같다. '주'와 '잡', '순(진)'과 '잡(속)'의 구분에서 자유로워지는 것, 그래서 닥쳐오는 일을 있는 그대로 자기의 삶으로 받아들이는 것은 다양성 복잡성과 친하며 오만 잡것들과 공생 화해해 가는 참으로 큰 선택이자 결단에 속한다.

그렇다면 우리들의 글쓰기는 이러한 삶의 모든 과정들이 부정됨이 없이 표현되어야 하고 또 담겨져야 한다. 삶의 전 과정에 촘촘한 그물을 드리우는 저인망 작전으로 '나'를 건져 올리는 일이 되어야 한다. 그럴 때 비로소 앞서서 내가 지적한, '사유 ⇄ 담론 ⇄ 글쓰기 ⇄ 생활하기'가 가능하고, "보고 듣고 느끼고 생각하기(느낌과 생각) ⇄ 말하고 쓰고 그리고 노래하고 만들기(생활과 표현)"도 가능하다.

내가 말하는 '늪의 글쓰기'는 결국 자신의 삶의 하나 하나의 과정(전과정)을 지나침(看過), 잘라버림(裁斷) 없이 있는 그대로 받아들여서 표현해 가는 것이다. 그것은 바로 일종의 '수행적 글쓰기'이다. 또한 그것은 스스로를 왜곡시키지 않고 막힘 없이 온전히 드러냄으로써 정신의 치유를 가져다 줄 수 있다는 의미에서 '치유적 글쓰기'라 말하고 싶다.

정의(定義)의 노예와 독단에서 벗어나기

여기서 잠깐 철학에 대한 이야기를 해두자. 평소 품고 있던 철학에 대한 생각이 글쓰기와 관련이 되기 때문이다.

철학을 전공하는 나는 가끔 '철학이란 무엇인가?' 하고 자문해 볼 때가 있다. 그러나 그에 대한 해답을 얻기보다는, 문득 문득 강단에서 철학교수로 서 있다는 것 자체가 참으로 우울해질 때가 많다. 어떨 때는 아무도 철학에 귀 기울이지 않는데, 홀로 외진 산골길을 엿장수가 엿을 팔기 위해 가위를 치는 것처럼 느껴지기도 한다. 이 시대에 나는 엉뚱하지만 당당하게 제 길을 걸어가는 '돈키호테' 거나 무슨 '호걸' 이나 되는 걸까? 도대체 지금 난 뭘 하고 있는 것일까? 이런 심정은 얼마 전에, 지금까지 써 온 나 자신의 철학함, 인문학함에 대한 단상들을 주로 모아 《시인이 된 철학자—골방을 넘어 거리로—》[5]란 졸저를 내고 나서도 여전하기만 하다. '골방' 을 완전히 넘어 '거리' 로 가지 못하고 여전히 골방에 틀어박혀 동면(冬眠)해 있는 기분이기 때문이다. '거리' 로 가서 골치 아프면 '골방' 에 숨고, '골방' 에서 답답해지면 '거리' 를 거니는 어쩌면 임기응변적으로, 편의대로 재량대로 적당히 교수라는 직업의 철 밥통(안정된 생계)에 숨어 살면서 철학이란 것을 해오고 있는 데서 오는 권태감이라면 참으로 크게 반성해 볼 일이다.

지금 나는 철학을 '보다 나은 삶에 다가서는 하나의 과정'을 배우고 생각하며 실천하는 학문으로 생각하고 있다. 이러한 정의를 부정할 사람도 있겠다. 하지만, 나는 더 이상 스스로 독단적인 정의내림으로 인해 오히려 철학이란 말을 신비스럽고 더 어렵게 만들 의도는 없다. 보다 나은 삶을 추구한다는 것 자체에, 이미 삶과 그것을 둘러싼 것들의 옳음, 참됨, 선함을 깊고도 넓게 탐색한다는 뜻이 포함되어 있다. 그러나 사실 이러한 '정의(定義)' 자체가 자칫하면 독단(dogma)에 빠지게 할 우려가 있다. 교조화해 버리기 쉽다. 정의된 것을 가르치는 '개론' '입문'이라면, 오랜 역사 속에 축적된 많은 장황한 지식들을 무작정 널리 배우고 애써서 기억하는 쪽으로 몰고 가 철학을 주

---

5) 최재목,《시인이 된 철학자—골방을 넘어 거리로—》(청계, 2000).

입 암기하게 만드는 것이 된다. 그리고 배우고 기억한 그대로 생각하고 행동하도록 강요한다.

철학이라는 것은 보다 나은 '삶을 위한 하나의 방편'이지 '독단'이 아니다. 그렇다면 보다 나은 삶을 추구하는 방식은, 철학의 교과목, 철학의 연구실, 교실/강단, 학과, 학교, 제도, 철학교수의 머리에만 고정되어 있는 것이 아니다. 언제 어디서나, 무엇에서나 또한 누구에게서나 가능한 것이어야 하며 열려 있고 또 그래야만 한다. 그렇다면,

　　강단(학교 = 제도권) 철학(인문학) : 진(眞)―진여(眞如)의 세계 = 진제(眞諦)

　　거리(비 제 도 권) 철학(인문학) : 속(俗)―세속(世俗)의 세계 = 속제(俗諦)

식의 이분법적 도식은 통할 수 없다. 진속은 원융(圓融)하다. 속에 있으면서 진을 구현하고, 진에 있으면서 속을 구현해야 한다. 내가 여기서 하필 철학이야기를 예로 든 것도 철학을 비난하거나 매도할 의도에서가 아니다. 바로 '정의(定義)의 노예, 독단(獨斷)을 벗어나라!'는 말을 하고 싶어서이다. 이럴 때 철학의 글쓰기, 말하기도 새로운 길을 모색할 수 있을 것이다. 철학에서 잡사, 잡문, 잡담 다시 읽기를 외치고 싶다.

다음은 어느 대중잡지에서 본 글이다. 화장실에서 흔히 볼 수 있는 짧은 글을 옮긴 것이다.

　　신은 죽었다 ― 니체
　　니체, 너는 죽었다 ― 신

신, 너도 죽었고, 니체, 너도 죽었다 — 청소 아줌마

이 짧은 글은 참으로 우습기도 하면서 한편으론 대단한 것을 말해 주기도 한다. 니체와 신이 말한 '죽었다' 는 과거형이지만, 청소 아줌 마가 말한 '죽었다' 는 것은 '그들이 이미 죽고 없다' 는 '과거' 의 사실을 말함과 동시에 '낙서하다 잡히면 죽임을 당하게 될 것이다' 는 미래에 도래할 사실을 말한다. 죽었다고 단정하고 죽일 거라는 말을 하는 청소 아줌마는 니체, 신과 동등한 위치 그 이상의 어떤 것으로서 있고, 또한 그 아줌마는 그들(니체와 신)을 훈계하는 현실적인 어떤 권위를 갖는 것으로 보인다. 그럼 청소 아줌마는 누군가? 흔히 들리는 말로는(아니 솔직하게 말하면 나도 체험한 것이지만) 바로 남자화장실에서 남자들이 최고 무서워하는 존재이다. 남자들이 소변을 보고 있거나 어쨌거나 마구 들락거리며 못 본 척 남자들의 다리 밑에 주저앉아 열심히 바닥청소를 하기에 말이다. 위의 글은 청소 아줌마의 삶에서 나오는 강인한 분위기도 함께 담고 있는 것으로 보인다. 어쨌든 이러한 농담, 혹은 잡담의 허무맹랑함, 황당무계함마저도 우리 삶의 무언가를 '진지하게' 지시하고 있다는 사실을 말해 주고 있는 것이다. 그렇다면 어린아이들이나 성인들도 잘 읽는 만화 속에서도, 그리고 유행가 속에서도 우리는 무언가를 찾아낼 수 있을 것이다.

수행적 글쓰기, 치유적 글쓰기

삶의 과정에서 보면 자기의 작은 느낌과 생각, 말과 일들은 그물처럼 자신의 삶의 목표로 연결되어 있다. 그러나 그런 잡다한 것들이

모두 '간단한(簡, simple)' '쉬운(易, easy)' 것으로 정리 정돈되어 마음
이 편안하고 즐겁게 되기를 기대할 수는 없다.

  누구나 경험하는 일이겠지만, 나의 경우도 할 일이 많거나 일에 휩
싸여 머리가 복잡할 때에는 잠자리에 누워도 잠이 잘 오지 않는다.
그럴 때는 다시 일어나 나를 긴장시키고 신경 쓰게 만드는 그것에 관
해 언제, 어떻게 내가 처리할 것인지를 메모한다. 잡된 어떤 것이 이
미 내 속에서 수없이 매만져지고 다져진 진실(誠)일 때 그것은 또렷하
게 드러나(明) 내 손끝에서 정리된다. 그 때 나는 훨씬 수월하게 잠을
자게 된다. 무언가 잘 모르는 것(혼돈)에서 "아, 이것이구나!" 하고 어
떤 분명한 것(질서)을 알 때, 우리는 고뇌를 벗어나 즐거움(樂)과 기쁨
(悅), 자기충족감(自謙)을 얻을 수 있다. 일찍이 송대(宋代)의 사상가
정명도(程明道)는 잠자리에 누워서 "천지만물은 홀로인 것은 없다.
반드시 짝(對)이 있다. 그것은 모두 자연적으로 그런 것이지 일부러
손을 써서 그렇게 해서 된 것(安排)이 아니다."는 것을 깨닫고서 한밤
중에 팔다리가 덩실거렸다고 한다.[6] 이 이야기는 우리의 글쓰기가
지향해야 할 점을 암시해 준다. 팔다리가 덩실거릴 정도의 즐거움과
기쁨을 가져오는 글쓰기는 그야말로 '온몸으로' '생각과 느낌 등 심
신의 모든 능력을 총동원하여' 쓰는 것이다.[7]

  흔히 '세상에 버릴 것이 없다' 고 한다. 이 말은 사실 우리들의 글쓰
기에도 그대로 적용된다. 자신의 삶에서 보고 듣고 느끼고 생각하고
말하고 행동하는 것은 어느 하나라도 버릴 수가 없는 것이다. 예컨대

---

6) 《近思錄》, 〈道體篇〉: 天地萬物之理, 無獨必有對, 皆自然而然, 非有安排也, 每中夜以思,
   不知手之舞之, 足之蹈之也.
7) 이에 대해서는 최재목, 〈체인지학의 현대적 가능성: 양명학 다시 읽기— '온몸으로 하는
   철학 시론' 〉, 《양명학과 공생 · 동심 · 교육》(영남대출판부, 1999)을 참조 바람.

우리가 자고 일어나서 움직이고 다시 잠들 때까지 무수히 보고 듣고 느끼고 생각하고 말하고 행동하지만 그 중에서 실제 자신의 글쓰기로 연결되는 것은 얼마나 될까? 실제 무언가 쓸거리가 닥쳤을 때, 그 시점에서 머리를 짜내고 일을 시작한다. 하지만 막상 우리가 자신의 삶에서 '글' 이란 것을 끄집어내고, 건져 올릴 때, 대부분 자신이 머리를 쓰고, 애간장을 태우고, 이래저래 겪어온 '실존적 체험의 과정' 은 다 생략하고 '생각의 결과' 만을 '논리적' 으로 기술한다. 가능한 한 '나' 를 천막 뒤에 숨기고 그야말로 멸사봉공(滅私奉公)이나 극기복례(克己復禮)의 자세로 하는 글쓰기가 일반화되어 있는 것이다.

여기서 내가 강조하고픈 것은 '어떤 결과에 도달하기까지 겪는 전 과정을 포함하여 글쓰기를 하자는 것' 이다. '온전한 풀이과정과 그 옆에 휘갈긴 낙서, 그리고 지우개로 지운 흔적까지 모두를 드러내는 것' 말이다.

우선 나 자신의 평상시에 하는 글쓰기를 예로 들어보자. 지난해 봄 어느 날 몰래 낙서처럼 써 두었던 시들 속에서 가려 뽑은 것이다.

오늘 나는, 맑았다 흐려진 오후의 강가에 갔다

그리고 더 기억이 나지 않는다 ■□□□ 아마도 그 강가에

한참 동안 남아□ □□□□ ■ 있다가

□■□□■□□□□□□ ■

□□□아□□□아□□□□■□

이런 이빨 빠진■■■■■■ 생각에

말을 맞추고 있었을 거다

—최재목, 〈발굴—1999년 4월 1일〉 전문

　이 시는 케임브리지와 보스턴 사이를 흐르는 찰스 강가에 앉아 있다가 우연히 떠오른 느낌을 정리한 것이다. 생각나지 않는 부분을 ■표로 비워 두고 쓴 것이다. 그리고 시라고 하지만 그냥 느낀 것을 있는 그대로 기술한 것이다. 그리고 아래 시 두 편도 케임브리지에서 봄을 맞았을 때 그 일상의 길모퉁이에서 느낀 것을 솔직히 옮긴 것이다. 〈꽃잎 시든〉은 봄날 자목련이 홀로 떨어지는 장면을 멀리서 목격하고 나서, 그리고 〈아름다운 길은 없다〉는 봄날 창가에서 야한 봄 풍경을 물끄러미 바라보며 적어 두었던 것이다.

자목련이 뚝뚝 떨어졌다
목조건물 옆에서
슬쩍 눈물을 닦는다
시든 꽃잎들 떠밀고 가
땅 끝 어딘가에 파묻고 돌아오는,
봄
이제 서로 얼굴조차 알아볼 수 없구나
제대로 망가진 것들
그래서, 너에게 나는
나에게 너는
얼마나 또
간섭할 수 있는 걸까

—최재목, 〈꽃잎 시든〉 전문

만우절에 나는 몇 번 속았다
속으면서, 추행을 당하는

풍경을 바라보았다

신에게 꽃을 바치는 들판, 이파리 많은 추억을 기른 꽃들

이름표를 달고 초등학교 첫 입학 등교를 하듯

물오른 식물들 하루종일 하늘 밑에 줄지어 서성거린다

손수건에 코를 닦으며 호명되길 기다리는 일은

얼마나 가슴 두근거리는 일인가, 나의

첫 관계, 조금씩 손을 더듬어 나가

꽃 잎 하나씩 열어 가면서

물어내던

신음,

그립던 것들은 눈에 닿기 전에

이미 뜨겁게 뒤엉켜 흐느적거린다

봄, 강물, 소리

―최재목, 〈아름다운 길은 없다〉 전문

  물론, 이런 생각이 떠오른 날도 그 생각만으로 있었던 것은 아니고 논문도 쓰고 틈틈이 고국에 보낼 답장 엽서도 쓰는 등 다른 작업도 함께 하는 도중이었다. 학자의 입장에서 본다면, 논문에 담긴 것만 '주'·'순(진)'이고 시와 같은 글들은 '잡(속)'일 것이다. 내가 이런 생각으로 일관했더라면 내 삶의 어느 곳에선가 불현듯 떠오르는 생각과 느낌들은 억제되어 세상에 얼굴을 드러내기도 전에 유산당하고 말았을 것이다.

  각자가 지닌 느낌과 생각의 풍성함이 절제되거나 억압되지 않고 온갖 잡된 것들이 공생하는 '늪'처럼 혼돈과 질서를 겸한 삶의 표현 방법을 택할 때 생각과 느낌의 목과 어깨는 경직 경화되지 않을 것이

다. 예를 들면 〈아름다운 길은 없다〉의 "그립던 것들은 눈에 닿기 전에"라는 내 생각의 한 구절마저도,

   ① 그립던 것, 들은 눈에 닿기 전에
   ② 그립던 것, 들, 은, 눈에 닿기 전에
   ③ 그립던 것들은 눈에 닿기, 전에

처럼 '끊기(보기/생각하기)' 에 따라 여러 가지로 서로 다른 의미가 드러나는 것이다. 이렇게 나의 느낌과 생각은 풍요로울 수 있는데, 왜 표현은 빈곤하고 또 글쓰기는 경직되어 있는가? 나 자신의 삶에서 보고 듣고 느끼고 생각하고 말하고 행동하는 것을 있는 그대로 드러내는 것이 얼마나 차단되어 있는가? 우리들의 생각과 느낌은 풍요롭게 열려있다. 예컨대 자기 삶의 어떤 느낌과 생각 즉 '×' 라는 것이 있다고 하자. 그것은 '× ⊗ ⊗ ⊗ ⊗ ⊠ ⊠ ⊠ ⊠ ⊠ ▨ ⊠ ⊠ ⊠ ⊕ ⋈ ⋈ ⋈ ⊠ ⊹ ※ ‡ ⅄ ☆ ★ X * + χ # ✄ ✄ ✄ 力 4 ⅄ &' 등등 얼마든지 바꿔서 표현할 수 있는 것이다. 내가 말하는 글쓰기는 바로 이 '바뀌고' '떨린' 것(넓이와 깊이를 위한 진동)을 하나 하나 표현하는 것이다. 내 생각과 느낌의 '지(地, ground)' 에다 '도(圖, figure)' 를 만들어 가는 것이다. 이렇게 해서 잡된 것들과 화해하고 공존하는 것이다. 이것을 포괄적으로 '늪의 글쓰기' 라 규정하였던 것이다. 그렇다면 사실 내가 말하는 이 '늪의 글쓰기' 는 내 삶의 연마과정이기에 '수행적' 이고, 또한 내 삶에서 막히고 얽힌 부분을 하나 하나 정리하여 해방시키고 풀어낸다는 의미에서 '치유적' 이다. 그래서 스스로의 삶을 있는 그대로 '털어놓는', 우울을 '푸는' 것이며 복잡하고 오만가지 잡된 것들과 얽혀 있는 삶의 과

정을 있는 그대로 정직하게 하나 하나 표현해 나가는 글쓰기이다. 그
것이 잡사이든 잡문이든 잡담이든 관계없다. 노래든 그림이든, 만화
든, 무엇이든 간에 자신의 삶이 이러한 '잡(雜)'과 공생 화해를 할 수
있는 것은, 결국 자신이 억압한 자신 속의 '버들잎은 푸르고 꽃은 예
쁘다(柳淸, 花明)'는 것을 솔직히 받아들이는 순간인 것이다. 자신 속
에 감춰진 의미(가치)를 회복하는 것이다.

어쨌든 우리의 삶은 '잡(속) ⇄ 순(진)'의 무한 순환적인 것으로 이
해되어야 하며, 전방위적으로 포용되고 또 열려 있어야 한다.

지은이 **최재목**

choijm@yu.ac.kr

경북 상주(尙州)에서 태어나, 영남대 철학과를 졸업하고 대학원에 진학한 후 일본 쯔꾸바대(筑波大)에 유학하여 거기서 문학석사와 문학박사 학위를 받았다. 이후 동경대 객원연구원과 하버드대 연구교수를 지낸 적이 있다.

현재 영남대 인문학부(철학전공) 교수로 재직중이며, 철학과 문학을 넘나드는, 다양한 장르를 가로지르는 자유로운 글쓰기에 관심을 갖고 있다.

〈매일신문〉 신춘문예에 시당선(1987)되었으며, 시집으로는《나는 폐차가 되고 싶다》《길은 가끔 산으로도 접어든다》등이 있다.

철학 관련 저서로《동아시아의 양명학》《나의 유교 읽기》《시인이 된 철학자》《양명학과 공생 · 동심 · 교육의 이념》《동양의 지혜》《내 마음이 등불이다》등이 있고, 기타 다수의 공역저서 및 논문이 있다.

크로스오버 인문학
─젊은 철학자의 '늪의 글쓰기' ─

●

●

●

2003년 11월 19일 초판 발행

●

지은이 / 최재목

펴낸이 / 김병무

펴낸곳 / 도서출판 장승

●

출판등록일 1993. 2. 13, 제2-1493호

(우)110-718 서울 종로구 관훈동 197-28

백상빌딩 13층

전화 (02)730-2500

팩스 (02)723-5961

●

값 10,000원

●

ISBN 89-8001-029-X   03800

• 지은이와의 협의에 의해 인지는 붙이지 않습니다.

• 잘못된 책은 바꾸어 드립니다.